三国志

一の巻 天狼の星

新装版

北方謙三

時代小説文庫

JN036641

角川春樹事務所

本書は、二〇〇一年六月に小社より時代小説文庫として刊行された『三国志 一の巻 天狼の星』を改訂し、あとがきを加えて、新装版として刊行しました。

目次

馬群 7
砂塵遠く 55
天子崩御 100
洛陽内外 149
諸侯参集 199
群雄の時 277
地平はるかなり 332
あとがき　三国志の日々 386

新装版

三国志

一の巻

天狼の星

*編集注　本文中の距離に関する記述は、中国史における単位に従い、一里を約四〇〇メートルとしています。

馬群

1

草原が燃えていた。

火は拡《ひろ》がることはなく、ひとすじの煙をあげているだけだ。男は息をこらした。煙は次第に近づいてきて、やがてそれが土煙《つちけむり》であることも見てとれるようになった。馬の姿が現われた。

男が片手をあげ、しばらく間を置いて振り降ろした。男の両側にいた二十六騎が、一斉に駈《か》けはじめた。

六百頭の馬。むかってくる。まるで馬ではない別のもののように見えた。地そのものが動いている。二十六騎のうち、十六騎が横に回った。馬群の後方にいる数十騎。土煙を浴び、顔を伏せている者が多い。

斬《き》り落とし、蹴散《けち》らすのに、大した時はかからなかった。

馬群は方向を変え、丘と丘の間の小さな草地で、ひとかたまりになってとまった。追い散らした者たちの数は、六、七十人というところか。その内の十数人は、斬り落とされて死んでいた。こちらの二十六人は、さしたる傷を負った者さえいない。

「これから、馬を小さくまとめて、信都《しんと》にむかう。およそ二百里（約八十キロ）。二日で到着して馬を持主に返す」

「待てよ。せっかく六百頭からの馬を手に入れたんだ。黙って返すって手はねえだろう。俺《おれ》たちで売っ払って、金を分けよう」

「馬を取り返し、信都まで運ぶ。はじめから、そういう話だったはずだ」

「そりゃ、そういう約束で小金を貰《もら》った。誰《だれ》も取り返せるなんて思ってねえから、一応ついてきただけさ。取り返せたのは、運がよかった。この運を逃がす手はないぜ」

涿《たく》県の居酒屋で雇った、四人のうちのひとりだった。四人は、仲間と考えていいだろう。ほかにも、何人か同調しそうな気配がある。

「私は、はじめから取り返すつもりでいた」

男は、人の輪の外にいる、二人の大柄な男に眼《め》をむけて言った。不意討ちの乱戦というかたちだった。その二人は、本気を出したとも思えないのに、働きは尋常《じんじょう》ではなかった。ぶつかった相手を馬から抱えあげ、別の相手へ投げつけるなどということを、たやすくやっていたのだ。

「運がよかったと言うなら、それもよかろう。だが私は、そういうちっぽけな運など欲しくはない。信都へ行けば、礼金が出る。おまけに、信用というものも手に入る」

男の背後には、護衛《ごえい》するように六人が回った。この六人と、涿県の北で馬を飼うことを生業《なりわい》にしていたひとり。男が信用しているのは、この七人だけだった。六人は、涿県で日頃《ひごろ》から親しんでいる若者たちである。

「わかったよ。それなら馬を頭数で分けねえか。信用の欲しいやつは、信都へ行けばいい。俺はいやだな。途中に賊の仲間の巣があって、そこにゃ二百人はいるぜ。死なないまでも、みすみす馬を奪い返されるに決まっている」

「ならば、去れ。私は、賊になるつもりはない。男には、命を捨てても守らなければならないものがある。それが信義だ、と私は思っている」

「なにが信義だ、こんな世の中で」

汚ない歯を剝《む》き出して、男が嗤《わら》った。ほかの三人も嗤いはじめる。

輪の外にいた二人の大男が、ゆっくりと近づいてきた。草地に風が通った。草の靡《なび》きが、湖上の波のように拡がっていく。

「六百頭の馬を、二日で信都《しんと》へ届けるだと。それがうまくできるという心積りが、あんたにはあるんだろうな」

眼の大きな方の男だった。まだ若い。声も大きかった。

「成算《せいさん》がないわけではない。しかし、うまくいくと断言もできない」

「それでも、やろうというのか？」

「やる」

「ひとりになっても？」

「少なくとも、私に付いてきてくれる者が、七人はいる」

「本気か、あんた？」

「口に気をつけろ。私は、行くと言っているのだ。二言はない」

「面白いな」

四人の男たちが、くっくっと笑い声をあげた。

「おまえらは、去れ」

男が、大きな眼をさらに大きく剝いて言った。

「去れとは、どういうことだ。俺たちを除いた人数で、馬を山分けにするのか」

「いたければ、いてもいい。ただ、馬は信都に運ぶぞ」

言ったのはもうひとりの、髭《ひげ》を蓄えた大男だった。声は落ち着いている。その分、威圧するような響きもあった。

「ここにいる全員は、馬を取り返し、それを信都まで運ぶということで、この人に雇われた。わずかだが、すでに銭も貰っている。だから俺は、最後まで仕事をしようとは思っている」

「わずかな銭でか？」

「言われた額より少なかったら、俺は怒る。言われた額を貰ったのなら、多くても少なくても、引き受けたということだ。それに、いまのところ、この人のやり方はうまくいっている」

「運だ。これ以上続けると、運が逃げる」

「運なものか。この人には、策《たく》があった。それは見ていてわかった。地形をよく知っていたし、馬を扱うのが巧みな者も連れていた。俺は、馬を信都まで運んでみたい」

「おまえら、これ以上うるさく言うと、首を捩《ね》じ切るぞ。やる気がないのなら、そうならないうちに去れ。ほかの者たちも同じだ」

眼の大きな男が、全員を見回して言った。

去っていったのは、結局は四人だけだった。二十二人になった。

「ありがたかった。礼を言う」

男は、二人の前に立った。

「姓は劉《りゅう》、名は備《び》、字《あざな》は玄徳《げんとく》と言う」

「関羽《かんう》、字は雲長《うんちょう》」

髭を蓄えた男だった。

「張飛《ちょうひ》、字は翼徳《よくとく》」

もうひとりの、眼の大きな方だ。

「君たちがいてくれなかったら、内輪《うちわ》揉《も》めになったところだった」

「まだ礼を言うのは早い。俺たちは、あんたの手並みをちょっと見てみたいと思っただけだ。涿《たく》県で声をかけられた時も、おいしいことは言わなかった。それで、誘いに乗ってみる気になった。つまらん男だとわかれば、俺たちは消える」

「そうか。ならば、私も君たちを思うように使うことにする。それでいいな？」

「おう、使いこなしてみろ。馬六百頭を扱うより、難しいかもしれんぞ」

張飛が言う。荒っぽそうに見えるが、人の良さも覗《のぞ》かせていた。

「先頭に六名。関羽も張飛も、中軍で私と一緒にいろ。後方には一名。馬の扱いを心得た者だ」

「後方に、あいつが一名だと」

「よせ、張飛。この人が決めたことだ。失敗すれば、この人が失敗したということだ」

関羽が言った。張飛よりは醒《さ》めた感じだが、ほかの者たちより血は熱そうだった。

「出発する。陽《ひ》が落ちるまで、駈け続けるぞ。今夜は、水しかない。明日は、水もない。信都《しんと》まで、耐え続けて貰う」

馬群が、動きはじめた。劉備は、それを丘の高みからしばらく見ていた。関羽と張飛も、黙って背後にいた。洪紀《こうき》が、うまく馬群を操っている。雌馬《めすうま》を先頭に立て、有力な雄《おす》を三頭後方に置いている。それをどうするのかわからなかったが、洪紀は任せてくれと言った。祖父の代から馬を飼っている。もの心がついた時は、たてがみを摑《つか》んで馬に乗っていたという。

「先頭の六人はいいな。あんたの直属というところか。それから、あの洪紀という小男も。巧みに馬群を操っている」

張飛《ちょうひ》が言った。馬の動きを見ただけで、すでに血を熱くしているようだ。

劉備《りゅうび》は、馬群を走らせはじめた。群れから離れていく馬はいない。関羽《かんう》と張飛は、ぴったりと両脇《わき》についている。それ以外は、なんとなくという感じでひとかたまりになっていた。武器もまちまちで、衣装も揃《そろ》っていない。

「ほかの連中を、どうやって使うつもりだ、あんたは。いない方がましなやつらばかりだぞ」

「よさんか、張飛。俺たちは劉備殿に従ってみると決めたのだ。信都《しんと》までは、従おう。いま劉備殿の心を乱すようなことは言うべきではない」

関羽がたしなめたが、手並みを見てやるぞという響きが口調の底にあった。

その日は、信都の北八十里（約三十二キロ）の地点にまで達した。なにも起きなかった。逃げた馬もいない。

劉備は直属の六名を二名ずつに分け、順番に斥候《せっこう》に出した。疲れきってみんな眠りたがったが、叱咤《しった》して見張りにも立たせた。

三番目に出した斥候の二人が、明け方近くに戻ってきた。

二百人以上の賊が集まり、手ぐすねを引いているという。暗いうちに襲ってこないのは、馬を逃がしたくないからだ、と劉備は思った。驚いた馬は、八方に駈け散るかもしれないのだ。

「馬を散らさずに、駈け抜けてみせます」

洪紀《こうき》が言った。見張りに立っている者を除いて、起き出してきたのは関羽と張飛だけだった。

「私は、先頭で雌馬に乗ります。それを雄が追います。ほかの馬も、つられて駈けるでしょう。自信はあります」

任せるしかなかった。洪紀とは四年の付き合いになる。軍学などを習いたがったので、教えた。はじめは読み書きからだったので、劉備にも教えられた。

盧植《ろしょく》の門下《もんか》として学門を身につけた、と人には思われていたが、それほど身を入れたわけではない。人と交わっている方が、書物にむかうより好きだった。

「駈け抜けたら、そのまま信都まで駈け続けろ。六人を、おまえに付けてやる。後方は気にするな」

「先生は？」

洪紀にとって、劉備は師である。

「二百名をあしらいながら、私も信都にむかう。大事なのは、なにが勝ちかを見きわめることだ。いまは、六百頭の馬を信都に運べたら勝ちだ。わかったな」

自分のことは気にするな、と劉備《りゅうび》は言ったつもりだった。気にした瞬間に、遅れる。

眠っている者を、起こした。

六百頭の馬と、洪紀《こうき》ほか六名を残し、先に発《た》った。まずは、敵に構えさせることだ。人に対する備えをさせることだ。

三里進む間に、陽が昇ってきた。旗でも立てたいところだ、と劉備は思った。敵が見えてきた。明らかに、数を恃《たの》んでいる。人垣《ひとがき》で、こちらを止めようというのだろう。たかが十数人。敵には、斥候隊のように見えるかもしれない。

「賊だと言って、侮《あなど》れんな。いい武器を持っていやがる」

張飛《ちょうひ》が言った。関羽《かんう》は、敵を見ても自若《じじゃく》としている。

「進むぞ。右に関羽、左に張飛。あとの者は後ろにつけ」

「ほんとうに、やるのかね、あんた?」

これぐらいの敵さえ撃ち破れないのなら、自分の人生も知れたものだ、と劉備は思った。死ぬ定めなら、ここで死ぬだろう。

「矢が届くところまで進んだら、二人はすぐにほかの者を連れて横に走れ。六百頭の馬が突っこんでくる」

「あんたは？」

「私は、馬が来る寸前まで、敵前に留《とど》まる。馬が通り過ぎたら、蹴散らされた敵がひとつにまとまる前に、敵中に斬りこむ。その時は、私が先頭に立てる」

「待てよ、あんたが大将だろうが。それが、敵の矢に身を晒《さら》そうってのかい」

「この小人数に、大将もなにもない」

言って、劉備は馬腹を蹴った。関羽と張飛は両脇についている。近づいた。矢。地に突き立つ音が聞えるほどだ。劉備は、歯の根が合わなくなるのを感じた。

矢が、届きはじめた。関羽と張飛は、素速く横に走った。ほかの者も従ったようだ。劉備は、退《さ》がりそうになる自分を叱咤した。自分にこれからの道があるなら、矢が当たるはずはない。天が、それを決める。さらに二歩、劉備は馬を進めた。耳もとを、矢が数本掠《かす》めた。

地が揺れた。そんな気がした。六百頭の馬。突っこんでくる。敵が、四方に蹴散らされた。劉備は、馬群をかわせるだけの距離を、横に走った。しばらくは、土煙でなにも見えなかった。洪紀が言った通り、馬はすべて駈け抜けていった。

いつの間にか、関羽と張飛がそばにいた。

「運がいいぜ、あんたは」

張飛《ちょうひ》が言う。

「矢が当たらなかったことがじゃない。俺たち二人に声をかけたのがさ。まあ、見ていなよ。あんなやつら、俺がひとりで皆殺しにしてやる」

張飛が言い終える前に、劉備《りゅうび》は突っこんでいた。恐怖は、もう消えている。右手に剣を構えた。敵。顔がはっきりと見えた。劉備は叫び声をあげた。ぶつかる。右手の剣は、相手の胸から背中に突き通っていた。剣が、相手の躰《からだ》から抜けなかった。馬から落ちかかる相手を、劉備が支えているという恰好《かっこう》だった。足を相手の躰にかけ、渾身《こんしん》の力で引いた。抜けた。傷口から血が噴き出し、頭から浴びた。次の敵が、むかってこようとして、すぐに背をむけた。その背中に、劉備は剣を叩《たた》きつけた。馬から滑り落ちた男の背に、血が滲《にじ》んでいる。さらに次の敵に当たろうとしたが、周囲に誰もいなかった。

張飛が、奪った矛《ほこ》を片手で振り回している。そうしながら、駈けているのだ。馬上の敵が、次々に叩き落とされていた。張飛は、叫んでいるのか笑っているのかわからないような声で、それをやっていた。敵は逃げるだけである。

関羽《かんう》は、張飛ほどには動いていないように見える。静かに敵に馬を寄せ、斬りあげ、斬り降ろす。三人四人と、見る間に馬から落ちていった。ほかの者も闘っていたが、二百を超える敵は、ほとんど二人だけに押しまくられているように見えた。

張飛が動くさきで血が飛ぶ。関羽の馬がとまるところで、また血が飛ぶ。劉備は、茫然《ぼうぜん》としてそれを見ていた。

「大将、行こう」

張飛が声をかけてきた。気づくと、逃げ去る敵の姿が遠くにあるだけだった。

「言ったろう。俺たちに声をかけたあんたは、運が強いって」

張飛が、声をあげて笑う。ほかの者たちも集まってきた。

「馬群を追うぞ」

劉備は、無意識に叫んでいた。駈け出す。転がっている屍体《したい》を、いくつも踏み越えた。こちらは、誰も傷ひとつ負っていないように見える。劉備も頭から血を浴びていたが、斬られたところは一カ所もなかった。

信都《しんと》の近くまで駈けた時、ようやく馬群の後方についた。

2

酒も料理も、ふんだんにあった。

張世平《ちょうせいへい》が用意したものだ。礼金も、想像していた以上に出た。六百頭の馬は張世平と蘇双《そそう》のものだった。二人とも、中山《ちゅうざん》では知られた大商人である。

「馬は、いずれ賊に買い戻させられると思っていましたよ。それと較《くら》べれば、礼金などそれほどのものではありません」

馬は、幽《ゆう》州やさらにその北の烏丸《うがん》にまで手をのばして集めたもので、信都《しんと》で洛陽《らくよう》から来た商人などに売り捌《さば》く。扱っているのは馬だけではないが、このところ馬の被害がほかの商人からも出ているのだという。

「小さな物を運ぶようには、馬は参りませんのでな。賊に眼《め》をつけられやすいのでしょう。このところ、河北《かほく》では賊が増えております。世が乱れているからでしょうな」

「そんなにも、賊が」

「おまけに、黄巾賊《こうきんぞく》というものまで出はじめて、これは役所などを襲ったりすることが多いようですが」

「黄巾賊は、漢《かん》の全域で乱を起こしているという噂《うわさ》だが、張世平殿はこれからどうなると思われる」

「たやすいことではありませんよ、劉備《りゅうび》様」

張世平は、劉備に酒を注《つ》ぎながら、にやりと笑った。

「賊と言っても、民です。太平道《たいへいどう》というものを信じた民の叛乱《はんらん》なのですよ。漢の王朝がいまのままの政事《まつりごと》を続けたら、鎮《しず》めるのは難しいと思います」

流民《るみん》が賊になったのとは、まるで違うものだ、ということは劉備も感じていた。兵を送って押さえつければ、それで解決するとは思えない。たとえ解決したとしても、また別のかたちで叛乱が起きる。

大事なのは、漢王朝がどれだけひとつにまとまれるかだが、宦官《かんがん》の専横《せんおう》がひどくなるばかりだという話も聞く。

「世が乱れたら乱れたで、商人には商売の方法はあるのですよ。穀物など、値があがりましょう。馬も必要とされるでしょう。そういうものを動かしているのは、みんな商人ですから」

関羽《かんう》と張飛《ちょうひ》は、劉備の両脇《わき》で黙って杯を口に運んでいた。張飛など、一斗《と》（約二リットル）ぐらいの酒は、ものともしないようだ。ほかの者たちも、それぞれに愉《たの》しんでいる。

「ただ問題なのは、商人も自分で自分を守らなければなりませんでな。と言ったところで、私が自分で剣を執《と》っても、女子供ほどの役にも立ちますまい」

肥《ふと》った腹を揺らしながら、張世平《ちようせいへい》が笑った。

「それで商人も、世の中から豪傑《ごうけつ》を集めなければなりません。たとえば私と蘇双《そそう》が金を出し合って二百人の兵隊を集める。そしてそれを指揮する豪傑を捜すわけです」

「二百の兵がいれば、まあ賊の手から商品を守ることはできるでしょうが」

「考えてみれば、安いものなのです。ただ、信用できる指揮官がいない。二百の兵を預けたところで、二百の賊とは闘ってくれないかもしれません。せいぜい泥棒を追い払うぐらいでね。下手をすると、指揮官が泥棒になってしまうこともあるでしょうし」

「河北《かほく》の大商人たちは、みんなそんなふうにして、自分の兵を抱えているのですか？」

「みんなとは言いませんが、次第に増えてきました。雇った兵に、守るべき商品を持っていかれた、という者も出てきています。私は、運がいいのかもしれない。ここにおられる二十数人の方々は、絶対に信用ができます。命を賭《か》けて、馬を守ってくださったのですからね。いかがです。二十数人の方々すべてを連れて、中山《ちゆうざん》へ来てみませんか。私と蘇双で三百の兵は雇っています。それを、劉備《りゆうび》様が指揮してくだされば、こんなに心強いことはない」

「私と、そこにいる若い者六名。それにいま馬の世話をしているひとり。この八名を除けば、あとは御自由に雇ってくださって結構ですよ。私はとにかく、馬を信都《しんと》まで運ぶという仕事をしただけで、いま誰かに雇われようとは思っていません」

「雇うなどと。食客《しょっかく》のようにして、来ていただければいいだけです。涿《たく》県と中山とは、それほど遠くもありません。王朝の軍制の中で、千人の兵を指揮する者が受ける以上のものを、差しあげられると思うのですが」

張飛《ちょうひ》の表情が、ちょっと動いたようだった。関羽《かんう》は、黙って張世平を見つめている。

「私には、荷が重い。それに思うところもあります」

「あなたは、中山靖王劉勝《ちゅうざんせいおうりゅうしょう》の後裔《こうえい》たるお方ではありませんか。それがまた、もとの生業《なりわい》に戻ってしまわれるというのですか。それは、いかにも惜しい」

「身にそなわった力があれば、私も考えるかもしれませんが」

「馬を、信都まで運んで来られた。これは、力がなければできないことです」

「運ですよ」

杯を干し、劉備は笑った。

「私より、このお二人はいかがです。私など較べものにならないほどの豪傑ですし、なにが信義かということも心得ておられる御仁《ごじん》です。このお二人の力で、馬も運んで来られたようなものなのです」

張飛《ちょうひ》の手が、また動いたようだった。関羽《かんう》の眼が、それを制している。

「われらは、武辺一辺倒でしてな。確かに力はあるが、それの使い方がよくわからぬ。こうしていま、宴《うたげ》の席に連《つら》なっていられるのも、劉備《りゅうび》殿の指図があったればこそ」

「みなさん、謙遜《けんそん》なさるのですね。まあ、今夜は馬が無事に届いたお祝いの席です。あまりしつこくは申しますまい。しかし、諦《あきら》めたわけではありませんぞ、劉備様。それに、関羽様に張飛様」

張世平《ちょうせいへい》は大きな躰《からだ》を揺すって笑い、ほかの席へ酒を注ぎに行った。

小さなことだったが、みんななにかをやり終えたという充足に溢《あふ》れた表情をしている。礼金もみんなの前で貰《もら》い、みんなの前で等分に分けたのだ。

夜が更《ふ》けてから、劉備は外へ出た。半数の者はまだ飲み続け、半数の者は眠っていた。

張世平が用意した宿から一里（約四百メートル）ほどのところに柵《さく》があり、運んできた馬はそこに追いこんであった。

柵に手をかけた劉備のそばに、洪紀《こうき》が近づいてきた。

宿から持ってきた豚の肉と酒を、劉備は洪紀に差し出した。洪紀がむさぼるように食いはじめる。

長駆《ちょうく》した六百頭の馬の中には、傷を負ったものがいくらかいた。洪紀は、その手当てをしていたのである。張世平に渡してしまえばそれで終りだが、洪紀にとってはそうはならないらしい。なにより、馬が好きなのだ。

「おまえのおかげだ、洪紀」

「そんなことはありません。私は、自分がなにができてなにができないか申しあげただけで、あとは先生の指図に従ったのですから。臆病《おくびょう》な私が、先生のおかげで人と人の闘いの場にも、足を踏み入れることができました」

洪紀が言うのを聞き、劉備はかすかに恥じてうつむいた。夜の闇《やみ》の中で、それは洪紀には見えなかったようだ。

「こんなところか、劉備殿」

酔った張飛の声が聞えた。関羽も一緒にいるようだ。

「洪紀が気に入っているようだな」

「傷を負った馬の手当てをするために、宴にも出なかった。酒と肉を運んでやったところだ」

「ほう」

関羽《かんう》が、柵に手をかけて洪紀《こうき》の方を覗《のぞ》きこんだ。

「おまえは馬をよく知っているのだな。馬群の扱いは、眼を瞠《みは》らせるものがあった。敵にそれほどの男がいたらと思うと、冷や汗が出るわ」

「私は、馬が好きなだけですよ」

洪紀は、残った豚肉を平らげると、少しだけ酒を飲んだ。

「流れ矢を受けた馬がまだ二頭ほどいるので、その手当てをしてやります」

劉備《りゅうび》に言い、洪紀は頭を下げて馬群の中へ消えていった。

「おかしな野郎だ。人よりも馬の方が好きだとはな」

張飛が言った。

「いや、あの男に眼をつけて連れてきた劉備殿は、確かに大将の器を持っているぞ、張飛《ちょうひ》。ひとりで、数百の兵の働きをしたと言ってもいい」

関羽は、馬群の中に洪紀の姿を捜しているようだった。闇に紛れて見えない。

近くの大木の下に、劉備は移った。

「張飛、もう飲むのはやめにしろ。二斗（約四リットル）は飲んでいるぞ、おまえ」

「五斗飲んだ時に言ってくれ、兄貴。二斗ぐらいは俺《おれ》にとっては酒ではない」

大木の下の根が突き出したところに、劉備は腰を降ろした。夜露も、そこでなら防げそうだった。関羽と張飛もそばへ来て座った。戦場でのすさまじさとは違う、別人のような稚気《ちき》を張飛は見せている。

「ところで劉備殿、張世平《ちょうせいへい》の申し出を、なぜ断ったりしたのだ。悪い話ではない、と俺は思ったがな。張飛など、放《ほう》っておくと飛びつきそうな顔をしていた」

「いささか、思うところがあって」

「ほう、それは？」

「心に秘していることなのだ。人には語りたくない」

「なら、訊《き》くまい。しかし劉備殿、策は見事に決まったが、おぬし、はじめはふるえていたな。戦場で、それほど恐ろしい目に遭ったことがあるのか？」

関羽にとっても張飛にとっても、大した戦《いくさ》ではなかったのだろう。指揮者であった劉備の様子を、しっかりと見ていたようだ。

「私は盧植門下《ろしょくもんか》で、軍学なども学んできた。洪紀には、戦場ではこう兵を動かすなどということを、語るというより教えてきた」

「だから、策は見事だったと兄貴は言っている。あれ以上の策は、俺には思いつかん」

張飛《ちょうひ》は酒の匂《にお》いは発しているが、酔って自分を失っているわけではなさそうだった。

「私が、なぜふるえていたか聞きたいのだな。私は、戦場でどんな目にも遭ったことはない。人と人の闘いの場に臨んだのは、はじめてのことなのだ」

「戦の経験がない？」

「そう」

「驚いたな。俺はすっかり騙《だま》された。兄貴、どう思う、この騙しようは。俺たちは、戦もしたことがない男に、顎《あご》で使われたのだぞ」

「誰も訊かなかったから、語らなかった。それでも、騙したことにはなるのだろうな。済まぬ。これも、勝ったから謝れるのだが。私はこのまま涿《たく》県へ帰るが、君たちは張世平《ちょうせいへい》に雇われたらどうだ。君たちこそ勝者で、張世平の話は悪くないと私も思う」

不意に、関羽《かんう》が声をあげて笑いはじめた。

「面白い御仁だ。人の五人や十人は斬ったと、普通の男なら見栄《みえ》を張るものだがな。おまけに、張世平のうまい話を、俺たちに譲ってくれようという」

「譲るというのではない。私には思うところがある、と言ったはずだ」

「まあいいさ。俺たちも、張世平の話に乗る気はない。商人の私兵で盗賊の相手など、退屈で耐えられん」

「退屈か」

「ああ、退屈だ。なにか賭《か》けるものが欲しいと、俺も弟も思っている。生涯を賭けてなにかをやる。それが男というものではないか。はじめから安穏《あんのん》を求めていたら、はらわたが腐ってしまうわ」

「私も、そう思っている」

「涿県で、なにかやるつもりか？」

「また、日々の生業《なりわい》に戻ることになるだろうな。張世平殿に、奪われた馬を取り返して欲しいと頼まれた時、心に期するものがあった。だから今度のことは、張世平殿のためにやったことではなく、自分のためにやったことなのだ。涿県に帰って日々の生業に戻っても、前とは違うという気がする」

「なんなのだ、その日々の生業というのは？」

「筵《むしろ》を織り、売ることだ」

「なんだと？」

「筵《むしろ》さ。私は父を早く亡くし、母がひとりで筵を織って私を育ててくれた。盧植《ろしょく》門下に入った時の費用などは、叔父に借りたりしたが、母はひたすら筵を織っていた。涿《たく》県で、私はその生業《なりわい》を継いだのだ」

「確か、張世平《ちょうせいへい》が中山靖王《ちゅうざんせいおう》の後裔《こうえい》に当たると言っていたようだが、それはほんとうか？」

「ほんとうだよ。それは私の心の拠《よ》りどころになっているが、人に語っても仕方がないことだ」

「漢《かん》王室に連《つ》らなる者ということになるではないか。それを人に語っても仕方がないとは、やはり変った御仁だ」

「私が一千の兵を率いて王朝に仕えているというのであれば、多少は人に語れることかもしれん。中山靖王の後裔は数えきれないほどいるだろう。いまの私が語ればむなしいだけだ」

「心の拠りどころにしている、とは言った」

「私が、はじめてともに闘った人たちだったから、思わず言ってしまったということだろう。君たちのおかげで、私は勝つことができたのだし」

「中山靖王の後裔が、筵織りとはな」

「生業を、恥じてはいない。恥じるべきでもないと思う」

暗くて、関羽《かんう》の表情はよく見えなかった。

張飛《ちょうひ》が立ちあがった。酒の小樽《こだる》をぶらさげているが、空《から》になったようだ。張飛はそれを、虚空《こくう》にむかって投げあげた。地に落ちた音がしたのは、だいぶ経《た》ってからだった。

「あんたは、戦場で人を斬った。俺は見ていたぜ。突き刺した剣を抜くために、相手の躰を馬から蹴り落とした。筵織りのできることじゃねえ。どこか、荒々しいよ。徳のかたまりだというような顔や言葉で、それを隠しちゃいるがな。あの剣の抜き方は、俺は気に入ったな。兄貴は、あれを見ていたか？」

「見ていた」

「必死だったのだ、私は。自分ではよく憶《おぼ》えていない」

「だからこそ、ほんとうの自分が出る。いつまでも筵を織ってていい男じゃねえよ、あんた」

いつまでも、筵を織り続ける気はなかった。生業を恥じないと言ったが、このまま朽ち果ててたまるかという思いも、心の底では燃えている。ただ、無一物だった。名も、力もなかった。

「もっと飲もう、兄貴」

「もうよせ、張飛《ちょうひ》。おまえは飲みすぎると、眠る前に暴れたくなるではないか。これぐらいでやめておくのがいい」

「面白くねえな。大きな戦でもありゃあどっちかに味方をして、人が眼を瞠るような手柄を立ててやるのにな」

草の上に落ちた小樽を拾い、張飛はまたそれを虚空に投げあげた。

3

みんな一緒に、涿《たく》県へ帰ってきた。

劉備《りゅうび》の手下という感じの六人はともかく、ほかの連中まで一緒だった。劉備を信用していいのだと、みんなが思いはじめていた。

しかし劉備は、涿県へ帰ると、なにもなかったように、筵《むしろ》を織りはじめた。筵を背負って売り歩く劉備の姿を、二日に一度は見ることができた。あとは、洪紀《こうき》を相手に書物を読んで聞かせているぐらいだ。

なにを考えているのだ、と関羽《かんう》は何度も首を傾《かし》げた。

洪紀は、真面目《まじめ》な男である。劉備の家から帰ろうとしているところを、二度ほどつかまえて話してみたが、野心のようなものはひと言も語らなかった。馬を育てる人生を送りたいらしいが、多少の学問も必要だと思っていることだけがわかった。学問がなければ、商人にいいようにされてしまう、と考えたようだ。父も祖父も、それで苦い思いをしたと言った。

劉備からいろいろ教えられているうちに、洪紀は劉備を好きでたまらなくなったらしい。盗賊を相手に戦《いくさ》まがいのことをしてもいいと思ったのも、劉備を好きだったからだということが、はっきりとわかった。

「強くなりたいという気持も、どこかにあるのだと思います。男は強くなければならないと、やはり先生に教えられたのですよ」

二度目に話した時は、洪紀の朴訥《ぼくとつ》な口も多少滑《なめ》らかになっていた。

「好きになった女が、涿県にいるのです。遠くから見ているだけだった私に、先生は勇気をつけさせようと考えて、闘いの場に私を連れていかれたのだと思います」

洪紀が好きになった女というのは、鍛冶屋《かじや》の娘だった。どこにでもいそうな、平凡な女だ。それでも洪紀は、美しい女だと思っているようだった。

以前から劉備の手下だったような六人の若者は、畠《はたけ》を作っていた。前は博奕《ばくち》などを好んでいたようだが、劉備《りゅうび》と会って気持を入れ替えたのだという。その六人の方が、洪紀《こうき》よりもわかりやすかった。

関羽《かんう》が涿《たく》県に腰を据《す》えてしまったので、張飛《ちょうひ》も動くことができず、自分が生まれた村へ行っては、肉や酒を持ち出してきて、若い者同士で宴を張ったりしていた。張飛の生家が、肉屋らしいということを、関羽ははじめて知った。いままで、張飛がそんなことを語ったことはない。

関羽は、河東《かとう》郡の解《かい》県出身だった。洛陽《らくよう》と長安《ちょうあん》の中間あたりで、いい岩塩が採れた。

張飛と出会ったのは、そこである。岩塩を独占していた役所を、張飛が襲って暴れたのである。力の強い子供が暴れている、というように関羽には見えた。理《ことわり》は、張飛の方にあった。ひと摑《つか》みの岩塩を家に持ち帰ろうとした友人が咎《とが》められ、手を切り落とされそうになったのに怒って、役所に暴れこんだのだ。役所には、六十人の兵がいた。派手に暴れていたが、いずれ力が尽きると関羽は見た。思わず、助けていた。役人を十人ばかり叩《たた》き伏せ、張飛とともに河東郡から逃げたのだ。

あの時、張飛は十六歳で、いまは十七になっていた。暴れる姿を見た時から、一年余が過ぎている。河東郡から洛陽に流れ、さらに北に流れて幽《ゆう》州に入った。涿県でなにをやろうか考えていた時、劉備に声をかけられたのだ。

この一年、関羽は張飛に兄として扱われてきた。河東郡で兵に捕まり、首を刎《は》ねられるところを助けられた、と思っているようだ。

関羽はもともと、岩塩を独占している役所に、反感を抱いていた。父も伯父も、岩塩を盗もうとして、首を刎ねられたのだ。だから助けたのではなく、私怨《しえん》で動いたのだと張飛には言ったが、言葉通りにはとらなかったようだ。

この一年で、張飛との間には、血を分けた兄弟のような情が芽生えていた。そういう相手と、一生の内にめぐり会うことが何度あるのだろうか、としばしば考えた。

「なあ、兄貴。このところ考えこんでばかりだが、俺《おれ》たちはじっとしていていいのかな。黄巾《こうきん》の賊が、この幽州にも攻めこんでくるという噂《うわさ》ではないか」

「そうだな」

「功名《こうみよう》をあげるのに、いい機会だという気がするがな」

「それよ。俺も考えている」

「兄貴が考えこむことはめずらしい。俺がそれを黙って見ているのもめずらしい」

「もうしばらく、涿県を動きたくない」

「やはり気になるのだな、あの劉備玄徳《げんとく》という男が」

「なぜか、そうなのだ。おまえも、気になるのか？」

「うん。あんな男に会ったのは、兄貴以来だという気がする。顔も喋《しゃべ》り方もまるで違うのだが、似ていると思う。不思議な感じなのだ」

「俺は、おまえに似ているような気がしていた。大人と子供の違いはあるがな」

「どうしたものかな。本人は楼桑《ろうそう》村で織った筵《むしろ》を、ここに売りに来るだけだぜ」

「心に秘めた思いがある、とは言っていた。それがなにか、知りたいものだ」

「ならば、訊《き》きに行こう。兄貴が考えこんでわかるものでもない」

「そうだな」

「気が進まないのか。兄貴は、信都《しんと》でもそれを訊こうとしなかったし」

「心に大望《たいもう》を抱いている。そういう男であって欲しい。小さな思いを秘めているのなら、聞かない方がましだな」

「筵織りか。その筵織りの大望が、どれぐらいだったらいいのだ？」

「郡や県の頂点に立つ、という程度ではな。せめて州ひとつの頂点に立とうという大望ぐらいを抱いていてくれたら、担《かつ》ぎあげてもいい男だという気がする」

「あの御仁を担いで、功名をあげていくつもりなのだな、兄貴は？」

「人はいろいろといるが、腐った役人を担ぐようなことはしたくない」

「筵織りが、県の頂点に立つという大望さえ抱いているのかどうか、と俺は思う。まして郡などはな。州となれば、これは夢のまた夢だぜ。あまり期待しない方がいい。望みは、時とともに大きくなるものだろう」

「凡庸《ぼんよう》な者の望みだ、それは。よし、会って話をしてみて、その望みが小さければ、諦めよう。涿《たく》県の楼桑村に、筵を織っている友がひとりいる、と思えばいい」

「遠慮深いな、兄貴は。強引に引っ張り出して、仲間にしてしまえばいい、と俺は思うぜ」

「そうもいくまい。あの御仁を慕っている者が、何人もいるようだしな」

張飛《ちょうひ》が、酒と肉を持ってきた。

楼桑村の小さな家に着くまで、関羽《かんう》はまだ考え続けていた。劉備《りゅうび》という男に、自分がなぜ魅《ひ》かれるのか。ほんとうは、どういう男なのか。

家の前に着いた時も、関羽はまだ考え続けていた。張飛が、大声で訪《おとな》いを入れる。

「おう、関羽殿に張飛殿か。よほど涿県が気に入ったようだな。もう何日になる」

「さてと、十日ほどだったかな、張飛？」

「なにを言っているのだ、兄貴。もう二十日以上にはなる」

「そんなにか」

関羽《かんう》と眼《め》を合わせた劉備《りゅうび》が、ほほえんだ。なにかに引きこまれそうな気分に、関羽は襲われた。劉備が、二人を家の中に導いた。質素な家だった。書物が壁際に積み重ねられているだけで、あとはなにもない。

「酒と、肉が少々あります」

張飛《ちょうひ》が言う。家に入ってから、いくらか緊張しはじめたようだ。

「それはありがたい。炙《あぶ》って食うことにしよう。薪《まき》はきのう集めたばかりで、たっぷりとある」

劉備が火を燃やそうとした。関羽も張飛も、劉備を押しのけるようにして自分たちでやった。火はすぐに燃えあがり、串《くし》に刺した肉がいい匂《にお》いをたてはじめた。

「今日は、ぜひとも劉備殿に訊きたいことがあって、二人してきました」

「わざわざ酒と肉を持ってというのがありがたい。答えられることには、答えよう」

馬さえもなかった。馬群を取り返しにいく時は、劉備は二十数頭の馬を持っていたが、それは蘇双《そそう》という張世平《ちょうせいへい》と手を組んでいる商人が用意したもので、涿《たく》県へ戻った時に全部返してしまったのだ。

馬が二頭余っているから、賊退治を手伝わないか。最初に、劉備はそう声をかけてきたのだ。遠乗りにでも行く、という口調だった。どうせ十人ばかりの盗《ぬす》っ人《と》なのだろうと関羽は思ったが、退屈しているところだった。関羽よりもさらに、張飛は退屈しているようだった。そして、いくらかの銭にはなる。

　三百人近い賊が相手なのだとわかったのは、二日経《た》ってからだった。それを告げた時も、劉備はなんでもないことのように言った。

「兄貴」

張飛が、催促《さいそく》するように言った。

「待て、張飛。肉が焼けている。裏に返すのだ」

「肉なんて、兄貴」

「劉備殿への大事な土産《みやげ》だ。きれいに焼きあげろ」

張飛は、素直に従った。

「ずいぶんと、書物を読んでいるのだな、劉備殿は」

「私は、十五の時に遊学《ゆうがく》し、盧植門下《ろしょくもんか》に入ったが、大して学問はしなかった。人と会うのが愉《たの》しかったのだ。いまは、それを後悔している。学問が教えてくれるものは多い、と思っている」

「軍学も、かなりのものだな」

関羽《かんう》も、軍学だけは学んでいた。いつか役に立ちそうな気がしたからだ。書物の話を続けた。これなら、張飛《ちょうひ》は肉を焼くことに専念できるはずだ。

やがて、焼いた肉を皿に盛って、張飛が運んできた。岩塩も添えられている。

「心に秘めたものがある、と劉備《りゅうび》殿は言われたが」

関羽は、いきなり切りこんだ。

「われわれは、それが知りたくなった」

「なぜ？」

「どういう大将のもとで闘ったのか、知っておきたいからだ」

「肉を食おう。せっかく張飛殿が焼いてくれたのに、冷えてしまう」

「逃げるのか、劉備殿。われらは、劉備殿のことがどうも気になって、涿《たく》県を立ち去りかねていたのだ」

「語っても、私の夢を理解しては貰《もら》えないだろう」

「語りもせずに、そんなことがわかるものか」

劉備が肉に手をのばしたので、関羽も張飛もひとつずつ取った。羊の肋《あばら》の肉で、骨が付いている。それを握れば、箸《はし》はいらなかった。

「うまいな」

「劉備殿、語る気はあるか？」

「私は、この世を平定したいのだよ」

「どういう意味だ？」

「世が乱れている。だから平定して、民を安んじたいと、かねてから思っていた」

「意味はわかるが、しかしどういうことだ？」

「天下を、平定したい。この国のすべてを平定して、漢《かん》王室をきちんと立て直したい」

「なるほどな。天下を取るのか」

言ったが、言葉になんの実感もないのを関羽は感じていた。張飛は、肉をくわえたまま嚙《か》むのを忘れている。

「期するところがあって、賊との闘いに臨んだ、と私は言った。あそこで死ぬか、負け犬になるかすれば、所詮《しょせん》はそこまでという思いだったのだ。勝った。君たちのおかげではあったが、勝った」

「しかし、天下とは」

「私は、ひとりだ。名もなければ、財もない。無からはじめることなのだ。無に帰しても、悔みはしない。自分の命を、使いたいように使うだけだ。嗤《わら》ってくれてもい。私ひとりの夢だ。私の夢を押し潰《つぶ》すことは、誰《だれ》にもできはしない」

劉備《りゅうび》が、肉を食いはじめたので、関羽《かんう》も思い出したように口を動かした。酒で、それを呑《の》みくだす。

「天下だと」

張飛《ちょうひ》が喚《わめ》くように言った。それ以上、言葉は出てこないようだ。

肉を食い続けた。憑《つ》かれたように、三人とも肉を貪《むさぼ》り食った。口のまわりも指さきも、脂でべとべとになった。最初にそれを拭《ぬぐ》ったのは、劉備だった。

「うまい肉だった。焼き方がよかったのだ」

皿の上には、骨が十本ほど転がっている。

「思いきり肉を食ったのは、久しぶりのような気がする」

羊の肉もあまり口にできない男が、天下を取ると言うのを、関羽はなぜかおかしいとは思わなかった。天下を取ろうと思っている人間がいる。それを、眼の前にしている。

「本気、なのですね？」

「本気だ。誰が嗤おうと、私は自分の夢を大事にするつもりだ。命を大事にするよりもな」

しばらく、酒を飲んだ。その酒も、なくなった。酔いはまったくない。

「なぜ、もっと酒を持ってこなかったのだ、張飛」

「そんな。兄貴は、俺の酒をいつも叱《しか》るじゃねえか」

「そうだな。いつも、叱っている」

劉備が立ちあがり、しばらくして壺《つぼ》をひとつ抱えてきた。

「半分ほどしか入っていない。この間、洪紀《こうき》が持ってきたものだ。一緒に飲もうと言ってきたのだが、ほんの少しであれは酔ってしまう。あとは、眠る前に私が飲んでいた」

「洪紀は、劉備殿に従うのですか？」

「いや。あれは馬を飼うのが似合っている。戦をさせようとは思っていない」

「六人の若者は？」

「私が立てば、従ってくる者はいるかもしれん」

「しかし、どうやるのです。兵になって、少しずつ出世していこうと考えているのですか？」

「兵にはならん。たったひとりであっても、私は大将である気概《きがい》は失わないつもりだ」

「それで、道があるのですか？」

「それも、わからない。ただ、世はもっと乱れる。黄巾賊《こうきんぞく》が、各地で叛乱《はんらん》を起こしているという。叛乱が起きているから、世が乱れるのではない。世が乱れているから、叛乱が起きるのだ」

「それは、そうですね。いまの政治は、民にとってはひどすぎる」

「しばらくは、どうしようもないだろう。軍隊が出て、叛乱を押さえなければならん。たやすくはいくまい。時がかかればかかるだけ、軍隊が力を持つようになる」

「軍隊同士がぶつかり合って、またこの国は乱れると思っておられるのですね」

「そうだ。私は天に時を与えられた。そう思っている」

壺の酒を掬《すく》い、口に運んだ。しばらく、そうしていた。酒好きの張飛《ちょうひ》があまり飲もうとせず、関羽《かんう》が杯を重ねた。

「外戚《がいせき》や宦官《かんがん》が力を持ちすぎて、勝手なことばかりをやっている。四百年続いた漢《かん》の王室は、もう倒れますか？」

「私は、それを倒したくない」

「王室は、腐っていますよ」

「腐っているのは、王家ではない。そのまわりだ。地方の役人にまでそれが及んでいる。だから私は、天下の平定と言った」

「腐っているものを、除くということですね、この国から？」

劉備《りゅうび》が頷《うなず》いた。

「私と張飛を、その覇業《はぎょう》に加えていただけませんか？」

言っていた。そう言わなければならないような気分に、関羽は襲われていたのである。天下を取るということについては、実感などまるでなかった。ただ、自分が考えつきもしないようなことを考えている人間が、眼の前にいる。人生は捨てたものではない、と思った。

「加わると言うと？」

「劉備玄徳《げんとく》様のもとで、われら二人は働きたいと思います」

「なにを言っている」

劉備が、声をあげて笑った。

「なにもないのだ、私には。ただ、夢があるだけだ」

「それに、生涯を賭《か》けると言われた」

「私ひとりのことだ」

「自分の出世だけを考える、つまらん武将の下で働くより、夢のあるところで働きたい。玄徳《げんとく》様の夢を、わが夢にもできるという気がします」

「報われることは、なにもない。武将のもとで働けば、君らの勇猛さは必ず輝く。出世もできる。なぜ、報われもしないことを選ぼうとするのだ？」

「わかりません」

「わからぬと？」

「玄徳様が夢を持ったことと、同じことだろうと思います。とにかく、お考えくだされい。今日のところは、われらは失礼いたします。われらも、考えてみますので」

関羽《かんう》は立ちあがり、一礼して、家の外へ出た。慌《あわ》てていた。自分がなぜ慌てているのかもわからぬまま、ひどく慌てていた。待ってくれ、という張飛《ちょうひ》の声が追ってきた。

4

二日、考えた。

張飛とも、何度も同じことを語り合った。天下を取れるはずがない、と関羽は考えるたびに思った。名も、地位も、財もない。それがどうやって天下を取るのか。いくら乱世と言っても、そんなことが起こり得るはずがない。

不可能だと思いながら、劉備《りゅうび》の夢が関羽には輝かしいものに見えた。不可能だからこそかもしれない。

「俺《おれ》はやはり、玄徳様とともに生きることにするぞ、張飛。そう決めた。おまえはおまえで考えろ」

「兄貴が決心するのを、待っていた。なにしろ、いろいろと考えこむ男だからなあ。俺はとっくに決めていた」

「そうか。ひどい苦労をすることになるかもしれんのだが」

「したいのだろう、苦労を」

「不思議だな」

「いい主《あるじ》にめぐり会った。俺はそんな気がしているよ、兄貴」

「主か」

「そういうことだと思う。俺は、難しいことを考えるのにはむいていない。考えることは、兄貴に任せるさ」

三日目に、関羽は張飛と楼桑《ろうそう》村の劉備の家に出かけていった。なにも持ってはいなかった。家の前に座っただけである。

「どうしたのだ？」

出てきた劉備《りゆうび》が、驚いたように声をかけてきた。筵《むしろ》を背負っている。これから、城内に売りに行くつもりなのだろう。

「なにかお命じいただきたくて、ここで待っておりました」

「命ずることなど、なにもない」

「それなら、その筵を俺が売ってきます」

張飛《ちようひ》が言った。

「本気なのか、二人とも」

「男の本心を、疑われるべきではありませんぞ、殿」

劉備が、一度息を吐いた。

「実は、待っていた。二人がほんとうに来てくれるかもしれないと、心の底では待っていた。それは熱い思いだった。なにしろ、はじめて夢を語った相手だったのだからな」

「ならば、われら二人は、これより劉備玄徳《げんとく》様の家来《けらい》となります」

「二人とも、聞いてくれ」

「家来にしない、ということ以外なら、なんでも」

背負っていた筵を降ろし、劉備は二人の前に座った。

「私は、二十四歳になる。関羽《かんう》はひとつ下。張飛は十七。長兄と次兄と末弟ということにしようではないか。張飛が関羽を兄と呼んでいるように、二人とも私を兄と呼べばいい」

「わかりました」

頭を下げ、それから顔だけ劉備の方にむけた。

「兄上」

関羽が言うと、劉備がほほえんだ。張飛が、はしゃいだような声をあげる。

いきなりどこかへ駈《か》け去ったかと思うと、しばらくして鶏を数羽ぶらさげてきた。酒も持っている。

「盗んだのではあるまいな、張飛？」

「銭を払って買いました、兄上。俺は宴会が大好きですから」

張飛が大声で笑ったので、関羽はいささか楽な気分になった。

城内に帰ったのは、翌朝だった。

同じ家に住むと言ったのだが、城内にいるように劉備に命じられた。

洪紀《こうき》がいた。嬉《うれ》しそうな顔をして歩いている。馬が高く売れたのか。それとも、なにか別のことがあったのか。

「おい、洪紀。酒でも奢《おご》らぬか、俺たちに」

「なんだ、張飛《ちょうひ》殿か。それに関羽《かんう》殿も」

「嬉しそうな顔をしているやつを見ると、苛《いじ》めたくなるのだ、俺は」

「よしてくれ。というより、祝って欲しいな」

それで、洪紀がなにを喜んでいるのか、関羽にはわかった。好きな娘に、思いが通じたということだろう。

「言っておくことがある。俺と張飛は、劉備《りゅうび》様の家来になった」

「兄弟だぞ、兄貴」

「馬鹿。それは心の中のことだ。外からはあくまでも、劉備様の家来」

「そうなのか。それはよかった。二人が付いていれば、先生も心強いだろう。そろそろ、なにかをはじめられるであろうから」

「なぜ、おまえがそんなことを知っている？」

張飛が、いくらか気色《けしき》ばんだ。

「知りはしないが、そう思う。なにしろ、先生は二本重ねの剣を義父《ちち》に註文《ちゅうもん》されたのだから。すごい剣になるよ、これは」

「義父って、おまえ」

「私の妻になる娘の、実の父だよ」

「鍛冶屋《かじや》だったな」

「剣を作らせると、すごい。先生が註文されたのは、戦場でも決して折れないような、丈夫な剣だよ。義父が作ると、丈夫だけでなくよく切れるはずだ。私が使っている鎌《かま》も、信じられないほどよく切れるんだよ」

「おい、張飛」

「行こう、兄貴」

張飛が駈け出していた。関羽もすぐに後を追った。祝いを忘れないでくれ、と洪紀が叫んでいた。

鍛冶屋は、劉備の家来だというと、すぐに註文を聞いてくれた。関羽は薙刀《なぎなた》を、張飛は矛《ほこ》を註文した。かたちから重さまで、しっかりと伝える。鍛冶屋は、上機嫌で頷《うなず》いていた。

十日経《た》って、註文した武器はできあがってきた。青竜偃月刀《せいりゅうえんげつとう》。遣《つか》い勝手はよかった。自分の腕力にぴったりと合っている、と関羽は思った。張飛が頼んだ矛は、大蛇のようなかたちにも見えたので、蛇矛《じゃぼう》という名がぴったりだった。

この十日の間、夕刻近くになると、関羽《かんう》と張飛《ちょうひ》は楼桑《ろうそう》村の劉備《りゅうび》の家に出かけていた。夕食を二人で作り、夜更《よふ》けまで劉備と語り合った。

いい主にめぐり会った。関羽はそう思わずにはいられなかった。考えて考え抜いた自分より、張飛の方が直感でそれに早く気づいていた。

「おまえの眼《め》も、まんざらではない」

関羽がそう言うと、張飛は嬉しそうだった。まだ子供の部分が残っている。躰《からだ》こそ大きいが、髭《ひげ》も頼りなげに薄かった。その分だけ、関羽よりも感情の現われ方が率直なのだ。

「これで、馬さえあればいつでも戦《いくさ》に出られるぜ、兄貴。ほかの武器は、打ち倒した敵から奪えばいい」

「そうだな」

出来あがってきた青竜偃月刀《せいりゅうえんげつとう》と蛇矛を眺めながら、二人でそう言い合った。

幽州《ゆうしゅう》の刺史《しし》(長官)劉焉《りゅうえん》の高札《こうさつ》が涿《たく》県にも出たのは、それからさらに十日ほど経ってからだった。黄巾賊《こうきんぞく》と闘うための、義勇兵の募集である。

「これだ。殿はこれを待っておられたのだ」

高札を読んで、関羽は叫んだ。すぐに、楼桑村へ走った。

「黄巾の賊と闘うところから、乱世になる。殿が読まれた通りです」

「行こうか、弟たち。とりあえず、われらは義勇兵として功名を立てよう。少しずつだ。行く道は天下に通じる。そう信じて進もうではないか」

関羽は青竜偃月刀を、張飛は蛇矛を振り回して、声をあげた。

劉備が城内に入ると、すぐに四、五十人の若者が集まってきた。思い思いの武具を身につけている。劉備に従って、義勇兵となることを決めた者たちだった。

洪紀《こうき》が、五十頭の馬群を走らせてきた。鞍《くら》の用意もしてあった。

「張世平《ちょうせいへい》、蘇双《そそう》のお二人からです。ほかに、金五百両。ともに、先生の決起《けっき》を祝ってのことです」

「ありがたい。いまは、心遣いを率直に受けよう。洪紀、この劉備玄徳《げんとく》が心から礼を言っていたと、張世平殿と蘇双殿に伝えてくれ。これで、われらは騎馬兵としてこの戦に参加できる」

「楼桑村の家の書物は、私がいただきますよ、先生。代りに、いい馬が欲しい時は、いつでも私に言ってください」

「書物がすべてと思うなよ、洪紀。それから、妻になる娘に、いい子を産ませろ」

いきなり、洪紀《こうき》が声をあげて泣きはじめた。

四十六人の騎馬隊が、すぐにできあがった。残りの四頭の馬には、兵糧《ひょうろう》を積ませた。

「進むぞ。涿《たく》県に未練を残すな。われらは、大義のために闘う。命は、この劉備玄《りゅうびげん》徳《とく》が預かる。死のう。ともに死のう。生きて、生き抜いて、闘い尽したあとに、ともに死のう。それを、男子の誇りと思える者だけが、われに付いてくるがいい」

小さな、ささやかな軍勢だった。どんな大軍より勝っている、と関羽《かんう》は思った。目指すのは、天下なのだ。

城兵の声に送られて、涿県を出た。関羽と張飛《ちょうひ》は、劉備の両脇《わき》についた。荒野。踏み出して行く。風が立った。

新しい生がこれからはじまるのだ、と関羽は思った。夢も、これからはじまる。

砂塵遠く

1

三十歳になっていた。

騎都尉《きとい》（近衛騎兵隊長《このえきへいたいちょう》）である。二十歳《はたち》で孝廉《こうれん》に推挙《すいきょ》され、順調に昇進してきた。峻厳《しゅんげん》に職責を果すことで、多少は曹操孟徳《そうそうもうとく》という名は知られていたが、所を得たと思ったことはない。

騎都尉になっても、それは同じだった。

ただ、戦《いくさ》である。そしていま、自分で鍛えあげたというわけではないが、五千の兵を率いている。

曹操は、丘の頂きから、兵の行軍を見ていた。自分の兵としてはもの足りないものもあるが、そこそこには闘えそうだった。

洛陽《らくよう》から潁川《えいせん》まで百里（約四十キロ）ちょっとである。黄巾《こうきん》軍は、全土で一斉に蜂起《ほうき》していたが、朝廷がこわがっているのは、冀《き》州広宗《こうそう》県にいる頭目《とうもく》の張角《ちょうかく》より、洛陽に近いところにいる、弟の張宝《ちょうほう》、張梁《ちょうりょう》の方だった。近いからというだけの理由でこわがる朝廷の高官たちを、曹操《そうそう》は心の中で嗤《わら》った。洛陽の近くの叛乱《はんらん》より、遠い叛乱の方がずっと厄介《やっかい》なはずだ。討伐《とうばつ》の兵は、長駆《ちょうく》しなければならない。

いまのところ、全土から兵が集められている。それで、この叛乱は一応は押さえこめるだろう、と曹操は見ていた。しかし火種は潜在《せんざい》するはずだ。いまの政治のありようが引き起こした叛乱で、政治が変らないかぎり、必ずまたどこかで燃えあがる。

五千の兵の行軍を見終ると、曹操は六名の従者とともに疾駆《しっく》して、先頭に立った。百里を、二日で進むつもりだった。

心が燃えている。戦だ、と叫んでいる。

ただ戦をやりたい、というわけではなかった。しかし戦がなければ、自分のほんとうの力を人に知らせることはできないのだ。

乱世になってきた、と何度も思った。時が、自分を引きあげようとしている、という強い予感がある。いや、自信と言ってもいい。この時には、必ず乗ってみせる。

二日で潁川に入った。すぐに陣営を整えた。

大将は、皇甫嵩《こうほすう》と朱儁《しゆしゆん》である。この二人はうまくいっているので、左中郎将《さちゆうろうしよう》と右中郎将がつとまっているのだ。

曹操は、二人の陣営に挨拶《あいさつ》には行ったが、自分の軍は遊軍のような立場にしておいた。二人の大将だから、それができた。どちらも、自分の下に入れとは言いにくい。

陣を張って三日目に、官軍が押し、黄巾軍は少しずつ後退しはじめた。

長社《ちようしや》の草原で陣形を立て直そうとしている、という斥候《せつこう》の報告が入った。曹操は、即座に全軍に出動を命じた。

火攻めだろう、と直感したのである。皇甫嵩も朱儁も、愚かではない。軍を、長社の東の丘陵《きゆうりよう》に回した。陣形を組んでいる敵に、まともにぶつかるのは下策《げさく》だった。待った。草原が燃えはじめたのは、その夜だった。火をかけてすぐに、総攻撃に移ったようだ。空までが赤く染まっているのが、遠くに見えた。

「乗馬」

曹操が低く言ったのは、夜明けだった。黄巾軍が押されている。しかしまた、どこかで陣形を立て直すだろう。

「騎馬隊で、敵を分断する。それで崩れ、潰走《かいそう》するはずだ。すぐに追撃にかかる。大きく拡《ひろ》がらず、固まっていろ」

夜明けの光の中に、土煙《つちけむり》が見えた。近づいてくる。

「行け」

声をあげると、曹操《そうそう》は先頭で駈《か》けはじめた。退路を遮《さえぎ》られていることがよほど意外だったのか、敵は矢さえ射かけてこなかった。最初にぶつかった男を、曹操は剣で馬から叩《たた》き落とした。あとは、兵の勢いだった。四十騎ほどの護衛《ごえい》とともに、曹操は戦線から少し離れた丘に駈け登った。皇甫嵩《こうほすう》、朱儁《しゆしゆん》の兵に押され、曹操の兵に攪乱《かくらん》され、敵はまとまりを失いつつあった。もう一撃。それで、敵は潰走する。ぎりっと、曹操は歯を嚙《か》みしめた。あと一撃が、足りない。

不意に、むこう側の丘に、百ほどの騎馬が現われた。百騎は、丘の斜面を駈け下り、敵が一番強くまとまっているところへ、矢のように突っこんでいった。

実にいい一撃だった。敵が潰走をはじめる。百騎は散ることもなく、それを追撃していく。

「追え」

曹操も駈け出していた。百騎が討ち洩《も》らした敵を、曹操軍が討ち果していくという恰好《かっこう》だった。前方の百騎を睨《にら》みつけながら、曹操は駈けた。二人。すさまじい武器を振り回している。それに触れた敵兵は、ことごとく倒れていた。

「なんだ、あれは」

叫びながら、曹操は駈けた。十里（約四キロ）ほどで、ようやく敵は散った。討ち取った敵兵の数は、万を超えるかもしれない。

曹操は、兵をまとめながら、しっかりかたまって戻ってくる百騎の方を見ていた。暴れ回っていた二人に挟まれている耳の大きな男が、指揮官だろう。装備は貧弱だった。

「どこの軍だ？」

「どこの軍でもありません。涿《たく》県からの義勇兵です」

指揮官の声は落ち着いていた。穏やかと言ってもいいほどだった。百騎の動きには、まったく無駄がない。曹操は、その百騎にむけて馬を進めた。

「私は、騎都尉《きとい》だ。曹操、字《あざな》は孟徳《もうとく》。名は？」

「劉備《りゅうび》、字は玄徳《げんとく》。見事な戦ぶりを見せていただきました」

「こちらこそだ。耐えに耐えて、あそこで突っこんできた、と見た」

「われらは百騎。ああいうかたちでしか、お役に立つことができません」

かっと頭に昇ってくるものを、曹操《そうそう》はなんとか抑《おさ》えこんだ。

「劉備玄徳《りゅうびげんとく》。憶《おぼ》えておこう」

「曹操孟徳《もうとく》様。私も、その名を心に刻みつけておきます」

どこまでも、落ち着いた男だった。ふてぶてしいとさえ思える。こういう男が、乱世では強いに違いなかった。

曹操は、馬首を返した。

皇甫嵩《こうほすう》と朱儁《しゅしゅん》の軍が、ようやく追いついてきたところだった。

「よくやってくれた、曹操」

皇甫嵩が馬を寄せてきて言った。

「私ではありません。劉備という、あの義勇兵の頭目です」

「劉備玄徳か。いや、曹操孟徳の軍も、見事なものであった。手柄は、大きいぞ」

「恐れ入ります」

「劉備は、幽《ゆう》州、青《せい》州で、寡兵《かへい》をもって奮戦し、手柄を立てている。冀《き》州の盧植《ろしょく》殿のもとへ参った時、こちらの救援に回されたのだ。役に立つ男だ。五千の兵を有していたら、一方の将として立てるであろう」

「そうですか、盧植門下《もんか》ですか」

盧植は学者だが、軍学に長じ、黄巾《こうきん》の乱が起きた時に討伐の指揮官として起用されていた。冀州で黄巾の頭目張角《ちょうかく》と対峙《たいじ》し、次第に追いつめ、いまは広宗県《こうそう》で決戦に臨《のぞ》もうとしていた。私兵を蓄えようともしない清廉《せいれん》な人物で、朝廷はそれなりの将を選んだ、と曹操は見ていた。

潰走した敵を、さらに追討するための軍議が開かれた。劉備は、そこに出ることを許されるほどの指揮官ではないらしい。

すぐに曹操が潁川《えいせん》、汝南《じょなん》、陳《ちん》国の三郡の残敵を掃討《そうとう》し、主力は冀州の盧植のもとへむかうことになった。張梁《ちょうりょう》、張宝《ちょうほう》の兄弟は、広宗県の兄張角を頼ると考えられたからである。

三郡の掃討など、難しいことではなかった。

主力が冀州にむかうと、曹操はすぐに動きはじめた。間者《かんじゃ》を主力の軍に紛れこませておくことは怠《おこた》らなかったし、冀州や洛陽《らくよう》にも心の利《き》いた者を置いていた。

劉備のそばにいた二名は、関羽《かんう》と張飛《ちょうひ》という者だ、という報告が入った。劉備は、中山靖王《ちゅうざんせいおう》劉勝《りゅうしょう》の後裔《こうえい》であるという。血筋そのものは、恐るるに足らなかった。中山靖王の後裔となれば、数えきれないほどの数がいるだろう。血筋がなんだ、という思いも曹操にはあった。父の嵩《すう》は太尉《たいい》にまでなったことがある。太尉といえば名目上の軍の統轄者だが、その職を金で買ったとさえ言われていた。祖父の騰《とう》は宦官《かんがん》で、したがって嵩《すう》は養子である。

宦官の家系に生まれたということが、幼いころから曹操《そうそう》の心に影を落としていた。実力だけの時代が、もうそこまで来ている。二十歳のころから、そう思って生きてきた。だから、峻厳《しゅんげん》な軍人として貫き通してきた。誰《だれ》かに取り入り、その下に入ることを極力避けたのである。父嵩には宦官の祖父から受け継いだ莫大《ばくだい》な財があり、いまの朝廷で官位を買おうと思えば、たやすいことだった。そういう官位は無意味だ、と曹操は思っている。それでも、つまらぬことで自分の地位が危うくなった時だけは、ためらわず金を使った。いまの地位は実力で得たものであり、金を使うのは馬鹿馬鹿しかったが、つまらぬ告げ口などで失うのも馬鹿げていた。

「五十人の義勇兵として、涿《たく》県を出たか。それが、あの男か」

劉備《りゅうび》のことが気になり、調べさせた。一歩踏み誤まれば、野盗にでもなるしかない集団である。それをきちんとまとめあげ、各地で転戦しているのは見事なものだった。皇甫嵩《こうほすう》などは、その力をかなり買っているようだ。

ああいう男は、部下にしておきたい。曹操が考えたのは、それだった。これからは、どういう人間を抱えているかだ、と曹操は思っている。ただ、劉備の顔には、強い自立の意志があった。

そういう男だからこそだ、と曹操は呟《つぶや》いた。

三郡の掃討は、順調に進んだ。

盧植《ろしょく》解任の報が飛びこんできたのは、そういう時だった。聞いた瞬間に、なにが起きたのか曹操には理解できた。多分、軍情視察に、朝廷から宦官が派遣されたのだ。要求する金を渡せば、手柄のひとつもでっちあげてくれる。拒絶すれば、なにを言われるかわからない。

盧植には、宦官を扱う器用さがなかったということだろう。

それにしても、腐りきっていた。盧植は、張角《ちょうかく》の半数にも満たない兵力で徐々に追いつめ、決戦の間際まで持ちこんでいたのだ。

「盧植の後任が、董卓《とうたく》だというのか」

長く、辺境で闘ってきた軍人だった。辺境の戦とは、やり方も違えば、環境も違う。せめて皇甫嵩を後任に持ってこよう、という具申《ぐしん》をする者も、朝廷にはいないのか。

三郡を掃討すると、曹操は洛陽《らくよう》に戻り、戦況を見守った。

董卓は、勝手が違う戦で負け続け、ついに召還され、皇甫嵩がそれに代った。

俺《おれ》の出番はまだ来ていない、と曹操《そうそう》は思った。皇甫嵩《こうほすう》ならば、なんとか冀《き》州を平定するだろう。すでに、張角《ちょうかく》が病死しているという情報も、曹操は摑《つか》んでいた。真偽は、定かではない。ただ、噂《うわさ》でもそういう情報が流れるというのは、冀州の黄巾《こうきん》軍が終りにさしかかっているということだった。

思った通り広宗《こうそう》県の戦闘は、皇甫嵩の大勝利に終った。張角はやはり死んでいて、墓をあばき、首を晒《さら》したという。弟の張梁《ちょうりょう》は討ち取っていた。

皇甫嵩は凱旋《がいせん》し、冀州の刺史《しし》（長官）を与えられた。曹操も、済南《さいなん》郡の相《しょう》（家老）ということになり、赴任した。

天公《てんこう》将軍と称した張角も、人公《じんこう》将軍と称した張梁も死に、残るのは地公《ちこう》将軍の張《ちょう》宝《ほう》だけだった。張宝に当たったのが、朱儁《しゅしゅん》である。

朱儁は、全力をあげて陽城《ようじょう》県を攻め、地公将軍と称した張宝を討ち取った。これで、黄巾の頭目であった三兄弟はすべて討ち取られたことになる。

朱儁のそばには劉備《りゅうび》がいて、その働きはめざましかった。剛直に攻めるだけの朱儁に、しばしば劉備が策を具申した気配がある。そして、関羽《かんう》と張飛《ちょうひ》が縦横に動いていた。それも、朱儁の陣営に潜りこませていた者が、知らせてきたのだ。

劉備が欲しい。関羽と張飛を両腕のように持った劉備がいれば、天下はずっと近いものになる。

曹操は、出世など望んではいなかった。目指しているのは、天下に号令することだけである。その大望を、余人に語ったことはない。

曹操が赴任した済南郡には十余の県があった。峻厳《しゅんげん》な軍人の顔を、曹操は変えなかった。腐り切った役人を、次々に追放していく。祭祀《さいし》も厳しく禁じた。黄巾の乱は、太平道《たいへいどう》という道教《どうきょう》がはびこるのを許したからだ、と朝廷は見ているのだ。汚職と邪教は許さない、とまず最初に郡内に示した。

黄巾の乱は、太平道があったからでなく、起きるべくして起きている。それは、いくらかでも民政に関《かかわ》ってみればわかった。太平道がなければ、別のかたちで蜂起《ほうき》しただろう。事実、五斗米道《ごとべいどう》というものもあり、いくらか不穏な空気を漂わせている。

陽城県で勝利した朱儁は、その勝利の軍をもって、そのまま別の叛乱を討伐する命を受けたようだった。

宛《えん》県に、数万の叛乱軍が集まっている。黄巾軍の残党だが、その兵の集まり方を見ると、まるで地から生えてきたようだった。

乱世ははじまったばかりだ。曹操は、そう思った。

2

孫堅《そんけん》は、徐《じょ》州下邳《かひ》にまで進んできた。

兵は一千を超えている。呉《ご》郡からここまで、道々集めてきた兵である。黄巾《こうきん》の賊が叛乱《はんらん》を起こした。各地で官軍とぶつかり合い、役所などが襲われはじめた。

兵二千で、義勇兵として加わりたい、と生まれ故郷が近くの、朱儁《しゅしゅん》に手紙を託した。朱儁は呉郡富春《ふしゅん》とは川を隔てただけの、会稽《かいけい》郡上虞《じょうぐ》の出である。朝廷の重臣であり、黄巾賊鎮圧の将軍のひとりであった。

金もなにも手紙には付けず、ただ義勇兵として加わりたい思いだけを、文章をよく書く友人に書かせた。朱儁が、かなりの堅物だと聞いたからである。

陣営に加わってくれれば、それなりの官位を貰《もら》ってやろう、という返事がきた。

朱儁が闘っている場所までは、遠かった。遠くなければならなかった。呉郡を出た時は、手下が百人ほどだったのだ。道中で、人を集め、二千にしなければならない。

金は、いくらでもあった。その金で、県の役人になったりしたが、朝廷から官位を貫ってはいない。官位があれば、呉郡一帯で力を持てる。呉郡一帯で力を持てば、やがて揚州《ようしゅう》全域にその力を拡《ひろ》げられる。

　奪えるだけ、奪ってやる。孫堅は、そう思っていた。幼いころから、父に連れられて船で商いをした。時には海賊もやった。父の代から集めた金は、どれほどになるか孫堅にもよくわからなかった。

　それでも、郡の高官は孫堅に大きな顔をする。揚州の刺史《しし》は、会おうともしない。金を使って、少しずつ出世していくことなど、性に合ってはいなかった。しかし、いきなり揚州の刺史とぶつかっても、すぐに官兵を送られるだろう。孫堅が求めていたのは、自由に暴れられる場所だった。黄巾賊が叛乱を起こしてくれたおかげで、腰抜けの高官などより、兵を持っている者の力の方が強くなった。

　だから、朱儁に会うまでに、兵を二千である。それだけいれば、朱儁も無視はできないはずだ。

　通る町では、義勇を説いた。金も使った。若者が集まりはじめ、やがて一千に達したのである。百人が二百人になるのには、ずいぶんと手間がかかったような気がする。二百が三百になるのは、いくらか楽だった。五百を超えると次々に人が集まり、すぐに一千になった。このままいけば、二千も超える。

「堅、急ぎすぎてはいないか」

従兄の孫賁である。呉郡から、ずっと一緒に進んできた。金は、賁に任せておけば大丈夫である。幼いころから大人《おとな》しく、しかしなにか変ったことをやるのが好きだった。海賊を働く時、一度連れていったら、それからはなにかあるたびに、気づくと賁が後ろにいるというようになった。

大人しいので、人にあまりこわがられない。孫堅《そんけん》が、人の集まるところで勇ましいことを言い、賁が集まった人間をよく見ていて、ひとり二人と声をかけていく。そうやって人を集めてきたのだ。

「急いで、急ぎすぎることはない。愚図愚図《ぐず》していると、黄巾賊《こうきんぞく》は平定されてしまう。そうなれば、せっかく集めた人数も無駄だぞ。賁、とにかく馬を集めろ。このあたりからは、馬に乗るやつが多い」

下邳《かひ》から、西にむかって進んだ。まだ戦《いくさ》らしい戦はしていない。さらに兵は集まってきて、千五百を超えた。腕が鳴るのである。海賊をやる時はせいぜい二、三百人の戦だし、会稽《かいけい》で叛乱が起きた時の戦も、やはり二百人の規模だった。

会稽の叛乱の鎮圧に功があったことも、朱儁《しゅしゅん》への手紙にはちゃんと書かせた。斥候《せっこう》を出しながら、早朝から深夜まで進んだ。知らない土地である。海も、長江《ちょうこう》もない。斥候には、詳しく地形を報告させた。

予州《よ》から荊州《けい》に入ると、すぐに朱儁の陣営だった。

「揚州《よう》呉郡の孫堅文台《ぶんだい》、二千五百の義勇兵を率《ひき》いて、ただいま到着した」

孫堅は、大声をあげた。兵は二千ほどだが、二千五百と言ってみる。武器だけは持っているが、着の身着のままの兵ばかりだった。それも、長駆《ちょうく》してきた義勇兵の姿としてはふさわしい、と孫堅は考えていた。戦の前に、どういう売りこみ方をするかである。

「朱儁公偉《こうい》である。孫堅殿、よくぞ約束を守って駈《か》けつけてくれた」

出てきたのは、顔に皺《しわ》の多い、小柄な男だった。こんな男が大将なのか、と孫堅は思った。到底、戦の先頭になどは立てはしないだろう。

「戦は、どうなのでしょう？」

孫堅は、表情には出さず、そう言った。

「ようやくここまで追いつめたが、いまだ五万の賊がいる」

陣屋の中に案内された。

男がひとり、立ちあがって迎えた。

「劉備《りゅうび》、字《あざな》は玄徳《げんとく》と申します」

「孫堅《そんけん》、字《あざな》は文台《ぶんだい》。呉《ご》郡から駈け通して参った。敵はまだ、五万はいるとか」

「こちらは、三万弱。孫堅殿の二千五百は、心強い来援《らいえん》です」

躰《からだ》は大きかったが、それより耳の大きさが目立った。眼《め》には、不敵な光がある。朱儁《しゅしゅん》よりも手強《てごわ》そうだ、と孫堅は思った。

「明日あたりが、まず決戦であろう。敵は宛城《えんじょう》を背負っている。撃ち破っても、宛城に逃げこまれる。それを囲んで、息の根を止めてやろうと思っておる」

朱儁が、卓上の地図を指でさして言った。敵の陣形が書きこまれている。なるほど、背後は宛城であった。

「孫堅殿の手勢に、武具を手当てせねばならぬな」

「お気遣いくださるな。みんな刀か槍《やり》は持っております。鎧《よろい》などは敵から頂戴《ちょうだい》することにします」

鎧などどいくらでも買えた。身すぼらしいなりも、義勇軍らしさを見せるための孫堅の考えだった。それは失敗ではなかった。朱儁は、まず孫堅の兵の装備に眼をむけたのだ。

劉備《りゅうび》という男は、名も聞いたことがなかった。同じ義勇兵らしい。何人かと問うと、百人余と恥《はずか》しそうに言った。朱儁の兵を、数千預けられているらしい。

「先鋒《せんぽう》を、命じていただけますか、朱儁様？」

「孫堅殿の兵は、駈けつけたばかりだが」

「朱儁様の兵は、闘い続けていたのではありませんか。私の兵は、闘いに傷ついてはおりません」

軍議のようになった。総大将が、義勇兵の隊長二人と軍議をしている。おかしなことだ、と孫堅は思った。朱儁には、頼りになる軍師などはいないらしい。

劉備は、言葉は少なかったが、言うことは筋が通っていた。朱儁も、信頼を置いているようだ。これまでに、戦の実績があるということだった。

中央から朱儁が攻め、機を見て孫堅と劉備が左右から突っかける。それで敵の陣形が崩れれば、総攻めにかかる。作戦は、そういうふうにまとまった。

翌早朝、全軍は動きはじめた。

さすがに官兵である。訓練はできているようだ。孫堅の率いる一隊だけが、さながら野盗のようであった。

朱儁の本隊が、正面からぶつかった。正攻法である。敵も、よく支えていた。戦のやり方が、朝廷の任命した将軍であるからすぐれている、ということはないと孫堅は見ていて思った。やがて、賊軍の方がいくらか押しはじめた。堅陣《けんじん》を敷けば、押しても引いても、陣形には緩《ゆる》みが出る。それが堅陣の欠点でもあった。さらに、賊軍が押した。陣形の緩みが、隙《すき》となって見えるほどになった。

攻撃を仕かけようと、孫堅《そんけん》は右手をあげかけた。敵陣の右手に回っていた劉備《りゅうび》の軍が不意に現われ、一直線に敵陣に突っこんでいった。しばらく見物していよう、という気に孫堅はなった。

劉備の軍の攻撃は鋭かった。特に、先頭を走る二人が、実に果敢な動きをしている。賊軍の兵を、蹴《け》散《ち》らすという感じだった。この国は広く人は多い、と正直に孫堅は思った。いそうもない豪傑《ごうけつ》がいるものだ。

劉備軍の攻撃で、敵の陣形にはさらに緩みが出た。

「よし、突っこめ」

孫堅は声をあげ、自らも駈け出した。大将が勇猛であれば、兵も勇猛になる。それが孫堅の考えだった。だから、大将は常に先頭を駈けるべきなのだ。

孫堅軍の攻撃で、敵は混乱して総崩れになり、潰走《かいそう》をはじめた。逃げる敵を、孫堅は奪った戟《げき》で追いながら薙《な》ぎ倒していく。部下も付いてきていた。義勇兵の募集に応じてきた者たちである。もともと闘う気はあるのだ。勝ちに乗ると、さすがに勢いはよかった。

軍議での予想通り、賊軍は宛城《えんじよう》に逃げこんで門を閉ざした。即座に水も洩《も》らさぬような囲みの態勢がとられた。

孫堅は、敵の捕虜や屍体《したい》から、筒袖鎧《とうしゆうがい》などを剝《は》いでこさせた。それを着せると、孫堅の軍はようやくそれらしい姿になった。

包囲三日目には、城内から降参の使者がやってきた。糧食《りようしよく》などの蓄えはまったくなかったらしい。しかし、朱儁《しゆしゆん》は頑としてそれを受け付けなかった。劉備は、それに反対しているようだ。ここで戦が終ってしまうと困る、と孫堅は考えていた。まだ、手柄が足りない。孫堅ありと、世に知らしめることもできない。せめて、もう一戦はしたかった。

劉備が、思いのほか手強いのだ。兵の動かし方が巧みで、しかも見たことがないような豪傑がふたりいる。

「叛乱の時はやりたい放題で、負けそうになると降参して許される。そんなことをしていては、いつまでも叛乱は鎮まらん」

朱儁は、降参を受け入れそうもなかった。劉備も、説得を諦《あきら》めたようだ。

劉備は、四方の囲みの一方を解くべきだと主張しはじめた。

「このまま降参が許されなければ、敵は必死の反撃をしてくるでしょう。『囲師《いし》には必ず闕《か》き、窮寇《きゅうこう》には迫ることなかれ』と『孫子《そんし》』にもあります」

それには、朱儁《しゅしゅん》も頷《うなず》いた。孫堅《そんけん》は、劉備《りゅうび》が『孫子』などを持ち出したのが気に入らなかった。いずれ、孫子の後裔《こうえい》であることを名乗ろう、と考えていたのだ。劉備も、中山靖王《ちゅうざんせいおう》の後裔を名乗っている。先に名乗った方が勝ち、というところがあった。

それでも孫堅は、劉備の意見に難癖《なんくせ》はつけなかった。言うことには、筋が通っているのである。

東の門の固めを解いて、攻めることになった。残りの三門の攻撃は、三人がそれぞれにやる。

難しい戦ではなかった。一度は降伏を申し出ている敵なのである。

最初の攻撃で、城内は算を乱し、東の門から雪崩《なだれ》をうって逃げはじめた。再び追撃戦である。賊の頭目は三人いて、その中のひとりは宛城《えんじょう》の中だったという。追撃戦の途中で、朱儁自らがその男を射殺していた。

城外にいた頭目が二人。恐らくは、救援の兵を集めていると考えられていた。

その二人が救援を率いてやってくるところに、先頭で追撃中だった朱儁の軍が出会《でくわ》し、押された。ここだ、と孫堅は思った。思った時は、馬を走らせ、朱儁の軍を回りこむようにして、敵の側面を衝《つ》いていた。敵が崩れる。逃げる。孫堅は、先頭で追った。敵の一万余は、小さな城の中に駈けこんだ。そこに拠《よ》って防ぐ気らしい。その準備さえ、孫堅は与えなかった。自ら城壁に取りつき、逃げようとしていた賊の頭目のひとりに飛びつくと、突き殺した。城内は混乱した。孫堅の軍が、次々に城壁を乗り越えてくる。賊は門を開き、再び外へ逃げようとした。劉備の軍がいて、残るひとりの頭目を殺した。そこを突破した者も、朱儁の大軍に阻《はば》まれ、大半が殺されるか投降するかした。

軍は留《とど》まることはなかった。そのまま南陽《なんよう》郡の掃討《そうとう》に入り、二日もすると賊の姿はひとつもなくなっていた。

「大勝利だ」

朱儁は、使者を洛陽《らくよう》に走らせ、凱旋《がいせん》の準備をはじめた。

「二人の働きは、必ず上表《じょうひょう》する。任官の沙汰《さた》があると思う」

朱儁は、勝利に酔っているようだった。すぐに、兵たちには酒を出した。

「劉備殿は、各地を転戦されたのか？」

酒を飲みながら、孫堅は劉備に顔を寄せて訊《き》いた。

「黄巾賊《こうきんぞく》が幽《ゆう》州を侵《おか》してより」

「ほう、それではほとんどはじめから」

「といっても、わずかな人数に過ぎません」

「いずれ、任官の沙汰があろうな。俺など、呉《ご》郡から駈けつけて、ようやくこの戦に間に合っただけだからな」

孫堅《そんけん》を驚かした二人の男は、関羽《かんう》と張飛《ちょうひ》という名だった。二人は劉備《りゅうび》の後ろに立っていて、酒を飲もうともしなかった。

「賁《ほん》、洛陽《らくよう》の宦官《かんがん》どもに、少し鼻薬《はなぐすり》をきかせてやれ」

宴《うたげ》を終えてから、孫賁《そんほん》に言いつけた。持ってきた金は、まだたっぷり残っている。足りなくなれば、いくらでも呉郡から運ばせればいい。

劉備玄徳《げんとく》という男は、人を見る眼を持った者なら、必ず認めるだろう。いまは、劉備との任官の競《せ》り合いだった。ここは、気に入らなくても、宦官の力を利用しておくことだった。

「呉郡の、海や河ばかりで生きてきたが、陸も結構面白いものだな、賁」

「そうですね」

孫賁も、新しいことが嫌いではない。ただ、戦の役には立たなかった。

海は広い、と孫堅は思っていた。こうして荊《けい》州に来てみると、陸も広い。そしてなにより、人が多い。

陣屋へは戻らず、孫堅は草に腰を降ろして、夜空を見ていた。海のものとは、また違う夜空だった。

3

中山国安喜県《ちゆうざんこくあんき》の県尉《けんい》（警察署長）。それが劉備《りゆうび》に与えられた官だった。

それも、待つだけ待たされてである。朱儁《しゆしゆん》に従って一緒に凱旋《がいせん》した孫堅は、すぐに別部司馬《べつぼうしば》（遊軍隊長）というもっと上の官位を与えられ、赴任《ふにん》していった。

劉備は赴任すると、罪人を追う仕事などより、県の民政の職務に精を出した。これで、民のことが少しでもわかればいい。

その気持は、関羽にも張飛にも話してあったので、大きな不満を洩《も》らすことはなかった。それより、与えられた官が、二人には不満なのだった。

最初の挙兵《きよへい》から従ってきた者のうちの何人かは、涿《たく》県に帰した。中山から、それほど遠いところではない。怪我《けが》をしている者もいたし、死んだ者も六人いた。いま、劉備のもとにいるのは、二十名ほどである。

黄巾《こうきん》の乱がなんだったのか、劉備《りゅうび》は考えてみるいい機会だと思っていた。民の中から湧《わ》き起こった叛乱《はんらん》。しかも、全土である。太平道《たいへいどう》は鎮圧されたが、五斗米道《ごとべいどう》などというものはまだある。

人はなぜ、宗教に惹《ひ》かれていくのか。いや人というより、民はである。もともと、民とはそういうものなのかもしれない。どこかで、救われたいのだ。自分の力ではどうしようもなくても、別の誰《だれ》かが、あるいは人ではないものが、救ってくれるかもしれない、とたえず心の底で思っている。それが、ある時は宗教なのだ。

太平道も五斗米道も、病を治すところから広まっている。それならばいいのだ。西から伝わってきた、浮屠《ふと》(仏教)というものもあるという。そういう宗教が、なぜ叛乱軍になっていくのか。

政治が、そうさせていくとしか、いまは言いようがなかった。

太平道は、ある時から漢《かん》王室にとって代ろうとした。信徒を三十六の『方《ほう》』(教区)に分けたのは、軍制に似たようなものなのだ。太平道の叛乱計画が発覚した時、張角《ちょうかく》はその『方』に指令を出して、同時に蜂起《ほうき》させた。

「こんな県尉《けんい》などをやっていて、どうなるというんです、劉備様」

しばしば、張世平《ちょうせいへい》がやってきて言った。張世平の地もとである。人を集めるのなら、力を貸すとも言われた。

いますぐに、人を集めようと劉備は思っていなかった。この一年、戦《いくさ》に明け暮れてきたのだ。人を集めるのがどれほど難しいかも、身をもって知った。

いま劉備が考えているのは、集めるのではなく、集まってくるようにできないものだろうか、ということだった。劉備玄徳《げんとく》のいくところ、必ず人が集まってくる。何代も続いた貴族ではない。地位もない。

人が集まってくる、とは漠然と考えているだけだった。方法は、思いつかない。少なくとも、張世平にすべてを頼って再び人を集めるのは、無駄である。義勇軍などというものは、手柄を立てたい軍人に利用されるだけだ、という面はあるのだ。どこかで、自分の兵を持つこと。それが、少しずつ増えていくこと。それで代々の貴族や、莫大《ばくだい》な財を持った者の後を、ようやく追いかけていける。

安喜《あんき》県は、穏やかになった。役所が、なすべきことだけをしっかりやれば、民の心は平穏になっていく。そういうものなのだ。

宮殿造営のための増税があったが、それも粘り強く説得すれば民は受け入れた。叛乱を平定した直後に、宮殿造営とはなに事だ、と劉備の方が怒りを感じたほどである。

「私はこのごろ、人心というものについてよく考える」

食事の席で、劉備《りゆうび》は関羽《かんう》と張飛《ちょうひ》に言った。安喜《あんき》県に来てからは、三人は家族のように暮し、食事も一緒だった。二人は、率直にそれを喜んでいる。

劉備には、惨《みじ》めな思いがあった。一年を、転戦してきたのである。手柄も、少なかった。それでも、二人に報いてやれるほどの官位さえも貰《もら》えなかった。

官位が欲しいわけではない。むしろ、宦官《かんがん》と外戚《がいせき》が専横《せんおう》をきわめるいまの朝廷から貰う官位など、という思いがある。それでも、自分に従った者たちには、報いたかった。

「人心とは、どういうことです、兄者？」

「私になにがあるのか。なにもないとすれば、なにを作り出すことができるのか。このところそればかり考えている」

「つまり、人心を集めることならできる、ということなのですね？」

「それしかできない。そこから、私は自分を大きくしていくしかない。いまは、そう思っている」

関羽が頷《うなず》いた。張飛は、こういう話は苦手である。敵に突っこめ、と命令される方がずっと楽だ、と考えている男だ。それでも、張飛は安喜に来てからよく耐えている。

「兄者は、従者《じゅうしゃ》にかしずかれた貴族ではなかった。筵《むしろ》を織ることを生業《なりわい》にしていた人です。朝廷の将軍たちより、民がなにかずっとよく知っているはずですから」

「大兄貴は、このところ顔が暗い」

張飛が言う。劉備が大兄貴で、関羽が小兄貴である。

「これからもまだ、叛乱が続くことは俺《おれ》にもわかる。秋《とき》を待とう、大兄貴。いまに、俺たちを乗せる雲もやってくる」

なにを言っても、二人に慰《なぐさ》められる。このところ、そんな感じが続いていた。

「おまえたちには、済まぬと思っている」

「なにを言い出すのです、大兄貴。俺たちの間に、そんな言葉はなかったはずだ。俺は大兄貴がどんな人か、一年ともに戦野を駈《か》け回って、よくわかったつもりです。つまらん話は、やめにしませんか」

関羽が、小さく頷いた。

劉備も、ただ安喜で穏やかに暮していたわけではなかった。張世平《ちょうせいへい》や蘇双《そそう》とは、何度も夜を徹して語り合った。全土の情報については、商人は実に詳しかった。なにかひとつでも見落とすと、そのまま商いに響いてくるからだ。

二人の話によれば、叛乱はまだ多発するということだった。黄巾《こうきん》の乱は、その端《たん》緒《しょ》にすぎない。そして朝廷は、その腐敗の進み具合をさらに早くしていく。

事実、朝廷の高官は、その位を相変らず売買している。賂《まいない》も横行している。廷臣《ていしん》がどれほど腐っていこうと、帝《みかど》は帝だった。それを動かすことは、誰にもできないはずだった。

しかし、今の帝を廃位《はいい》しようという動きが、洛陽《らくよう》ではあったようだ。それも、張《ちょう》世平《せいへい》の情報だった。帝の廃位に、二、三の高官が動いたと聞いた時、劉備《りゅうび》は鬱々《うつうつ》とした日を過した。帝を廃するのではなく、なぜ宦官と外戚を除こうとしないのか。

洪紀《こうき》が、馬を二十頭曳《ひ》いてやってきた。そんな無理はすべきではない、と劉備は言ったが、代金は張世平が払ったようだ。

「烏丸《うがん》が、動いておりまする」

どこかの農家で子豚が生まれたとでもいうように、洪紀が言った。

黄巾の乱の次は、北方の異民族か、と劉備は思った。確かに、叛乱は終ったのではなく、はじまったばかりなのだ。

「張世平殿から聞いたが、子が生まれるそうだな、洪紀。なのに、まだ烏丸と交わっているのか？」

「私の生まれが白狼山《はくろうさん》だというのは、御存知《ごぞんじ》でしょう。いい馬がいます。馬さえいるのなら、私はどこへでも行きますよ。それより、先生は妻を娶《めと》ることを考えておられないのですか？」

「私には、まだ流浪《るろう》の時が続くであろう」

「そんな。県の役人から郡の役人へと、出世していけばいいではありませんか。先生にその気がおありなら、いくらでも助けると張世平殿は言われませんでしたか。昨今は、金を積めば官位は買えます。すぐれた人がそれを買って力を発揮するのがいい、と張世平殿は考えておられます」

「私は、役人でいる気はないのだ、洪紀。関羽《かんう》や張飛《ちょうひ》には、苦労をかけることになるのだが」

「馬が御入用の時は、私をお忘れなく。一応言ってはみましたが、先生が県や郡の役人というのは、やはり似合わないような気がします」

洪紀はそれから、劉備が残していた書物の話をして帰っていった。この一年、書物などと縁のない生活をしてきた自分を、劉備はふり返った。

安喜《あんき》県に中山《ちゅうざん》の督郵《とくゆう》が巡回してきたのは、それからすぐだった。郡の監察官であるので、劉備は部下に命じて宿を整え、城外まで迎えに出た。督郵《とくゆう》はほとんど劉備を無視していて、県舎の脇《わき》の柵《さく》の中にいる、二十頭の馬に眼《め》をやっただけだった。

安喜《あんき》の住民が、百人ほど集まっていた。督郵を迎えに出たのだと思ったが、劉備の解任を心配して、陳情《ちんじょう》に来たのだった。

その住民たちを抑え、劉備は改めて宿舎に挨拶《あいさつ》に行った。

「ここでは、県尉《けんい》が二十頭もの馬を飼っているのか」

督郵の態度は横柄《おうへい》だった。劉備にとっては、首がつながるかどうかの瀬戸際である。

「賊が現われた時には、速やかに出動できるようにしてあります」

督郵は、袍《ほう》の前を少し緩《ゆる》めた。肥《ふと》っていて、わずらわしいらしい。冠《かんむり》も取ってしまいたそうな顔をしていた。

「賊には、郡の兵が出動する。県尉に馬二十頭は多すぎる。それは召しあげることにしよう」

馬二十頭を寄越《よこ》せば、首はつなげてやると言っているのだ。どこもかしこも、こういう役人ばかりだった。金を使って官を得ているので、任官したらその金を取り戻し、さらに儲《もう》けることしか考えない。

「困りましたな。出動が遅れます。賊を追うこともできません」

「ならば、ほかの方法を考えろ」

馬二十頭分の金でもいい、と言っている。外に控えた関羽《かんう》と張飛《ちょうひ》の方を、劉備はちらりと見た。二人とも、退屈そうな表情で立っている。

「安喜県には、なんの問題もありません。増税の沙汰《さた》も、住民たちは納得してくれました」

「そんなことは、どうでもよい。わしは休みたい。明日の朝までに、馬二十頭か、それに代るもの。県尉は、それぐらいの働きはするものだ」

「安喜県は大丈夫だと思っていたが、豚のような盗《ぬす》っ人《と》が現われてしまったな」

にやりと笑い、劉備は言った。

「わかったな、もうよいぞ」

督郵は、劉備が言ったことを聞いていなかったようだ。

劉備は、督郵に歩み寄った。なにか用かというように、督郵が濁《にご》った眼をむけてきた。その顔の真中に、劉備は拳《こぶし》を叩《たた》きこんだ。仰《あお》むけに倒れた督郵は、なにが起きたのかすぐにはわからなかったようだ。

劉備は、督郵の袍を摑《つか》んで引き起こした。鼻血にまみれた顔に、二度、三度と拳を叩きこむ。袍《ほう》を摑まれている督郵《とくゆう》は倒れることもできず、拳を打ちこまれるたびに、頭をのけ反らせた。

気配を察して、関羽《かんう》と張飛《ちょうひ》が駈けこんできた。

「兄者、なにを」

関羽が、劉備《りゅうび》に抱きついた。督郵が、床に崩れ落ちた。

「いいのだ、関羽。こんな男は殴り殺して、また原野に出るぞ。役人がどんなものか、よくわかった」

「待ってくれ、兄者。兄者がこんな男を殺して、なんになる」

「どうせ、金を寄越せと言ったんだろう。大兄貴の代りに、俺がこいつを打ちのめしてやる。大兄貴が、再び原野に出ると言うのなら、俺は嬉《うれ》しいね。小兄貴、大兄貴と一緒に馬の用意を。俺はこいつを住民の前で打ち据えて、どれほど無様《ぶざま》なやつか見せてやる」

張飛は、督郵の肥った躰《からだ》を軽々と担ぎあげ、外へ出ていった。

「兄者、計算してやったことですか？」

「なにをだ？」

「この間、人心の話をしていたではありませんか。兄者は県尉《けんい》として安喜《あんき》で実績をあげた。しかし督郵が邪魔をする。怒った兄者が、督郵をぶちのめし、官を叩き返して原野に出ていく。人は、みんな喜んで手を打ち鳴らしますよ」

「そういうことか」

考えてはいなかった。官位などどうでもいい、という思いがあっただけだ。そして私利を貪《むさぼ》る役人を見ているのが、不意に不愉快になった。それだけのことだった。鬱々《うつうつ》とした日々の思いが、爆発してしまったのかもしれない。

「こういう噂《うわさ》は早い。十日も経《た》てば、兄者はどこへ行っても人気者ですよ」

「私が、そんなに計算高いと思っていたのか、関羽？」

「いや」

関羽が、にやりと笑った。

「兄者にも、こういうところがある。知っているのは、二人の弟だけですがね」

「そうだ。それでいい」

外からは、悲鳴と肉を打つ音が聞えてきていた。心配した部下たちも集まってきている。

「出発の用意をしろ。もうこんなところに用はない」

劉備が言うと、二十名ほどが一斉に動きはじめた。外の悲鳴が、いっそう高くなった。哀願《あいがん》するような声も混じっている。

劉備《りゅうび》と関羽《かんう》は、外へ出ていった。

督郵《とくゆう》は、柳の木に縛りつけられていた。袍《ほう》は破れ、肌のところどころからは血が滲《にじ》み出していた。張飛《ちょうひ》は、柳の枝をへし折って、それで打っている。枝が肌に食いこむたびに、督郵が悲鳴をあげた。

「もうやめろ、張飛」

劉備は声をかけた。張飛が、やりたくてやっていることではないことは、わかっているつもりだった。

「こういう腐った役人は、民を苦しめるだけではありませんか。打ち殺すのが民のためなのです」

「ひとりを打ち殺したぐらいで、いまの政治が変ることはない。まあ、命だけは助けてやれ。私は、県尉《けんい》を辞すことに決めた」

取り巻いていた人の輪に、かすかに衝撃が走ったようだった。劉備は、県尉のしるしである印を、ぐったりしている督郵の首にかけた。

人の輪にむかって、頭を下げる。

「みんな済まぬ。この劉備玄徳《げんとく》、県尉としてなにもしてやることができなかった。

悪かった。恥じ入っている」

劉備様、という声がいくつか聞えた。

馬が連れてこられ、劉備はそれに跨《またが》った。劉備様と呼ぶ声が方々からあがりはじめた。馬の腹を蹴《け》る。

劉備は、自分を呼ぶ村人たちの声より、原野の呼び声を強く聞いていた。

「兄者は、ごく稀《まれ》にだが興奮すると見境がつかなくなる。そんな激しさがなければ、大望《たいもう》も抱けないというものですが」

馬を並べていた関羽が言う。

「しかし、荒っぽいことを自分でやるのは、避けてください。それは、張飛がやります」

「戦場以外では、能がありませんから」

張飛が言い、ふりむいて白い歯を見せた。

「兵を訓練するのも、厳しくする時は俺がやります。死んだ方がいい者は、俺がみんなの前で打ち殺します。弱い兵も、それを見ていて強くなります。ひとりを殺して百人を強くできるなら、そうした方がいいと小兄貴がいつも言っています」

「いい弟たちを持ったな、私は」

全部で二十名。最初に涿《たく》県を出た時の、半分以下に減っている。ただ減っただけではない。別のなにかは、多分加えているのだ。

「さて、どこへ行きます、兄者。中山《ちゅうざん》は出なければなりますまい。場合によっては、冀《き》州も出た方がいいかもしれません」

「そうだな。代《だい》郡の山中にでも行くか。あそこの山は、よく知っている。涿県にも遠くない」

「それはいい。山ですか」

「頂上から、駈け降りられるものな」

張飛《ちょうひ》が、大声で言った。

4

兗《えん》州東《とう》郡の太守《たいしゅ》というのは、悪い話ではなかった。済南《さいなん》郡の相《しょう》からでは、大きな昇進である。しかし曹操《そうそう》はそれを受けず、病を理由に郷里の譙《しょう》県へ帰った。浪人である。

曹操には、それなりの考えがあった。どうせ官位に就くなら、洛陽《らくよう》でしかるべき官位に就きたかった。地方での任官は、叛乱《はんらん》を鎮《しず》めるために起用されたということなのだ。黙って受けていれば、叛乱が起こったところばかりを回される。

戦《いくさ》がいやなのではない。宦官《かんがん》と外戚《がいせき》がすべての、いまの漢《かん》王室のための戦を、したくないだけなのだ。自分のために戦ができる時を、いまは待つべきだった。

譙県の、父の屋敷だった。宏大《こうだい》である。三公（司徒《しと》・司空《しくう》・太尉《たいい》の三名の大臣で漢王朝の最高職）のひとつを、一時的にせよ金で買えるほどの財があった。浪人といっても、洛陽や赴任地にいるより、ずっと贅沢《ぜいたく》な生活ができた。なにより、峻厳《しゅんげん》な軍人の仮面を被《かぶ》っていなくても済む。

久しぶりに、書を読む時があった。詩を作ることもできた。それでも、曹操は天下の形勢に眼《め》を閉じているわけではなかった。

これまでに使っていた、五人の男をいまも使っていた。表に出てくることはない。曹操の命令で、間者《かんじゃ》としていろいろなところに入りこむ。

いまは、洛陽に二人置いていた。ほかは全土を旅していて、曹操の眼となっている。その五人を束《たば》ねているのが、石岐《せきき》という男だった。曹操の任地の変更に伴って、自分も付いてくる。宦官であった祖父の代から使っていて、いまは二代目である。

山中を好むが、譙に山はないので、丘の雑木林の中に小さな庵《いおり》を作って住んでいた。

「五人を、もっと増やしたいのだがな、石岐《せきき》」

石岐は、滅多に曹操《そうそう》のところにやってこない。いつも近くにいる、というだけなのだ。五人の男たちにも名はなく、ただ五錮《ごこ》の者と曹操は呼んでいた。名が必要な時は、時によって変える。

「やはり、少なすぎますか。いずれそう言われるであろうと思い、準備だけはしてきました」

「十人、集められるか？」

屋敷の敷地の中にある、亭《ちん》だった。敷地の中で、猟もできる。

「五人は、増やせませぬ」

「準備していた、と申したではないか」

「五人の下に、それぞれ四人ずつ付けます」

石岐の年齢がいくつなのか、曹操にはよくわからなかった。昔から同じ顔をしているように見えるが、自分よりずっと若いのではないかと思いたくなる時もある。

「ひと組が五人。全部で二十五人。それで、組ごとにいままでより大きな仕事をお申し付けくださいませんか？」

曹操は考えこんだ。いままでよりも大きな仕事。つまり謀略《ぼうりゃく》ということになる。

時には、暗殺もあり得る。つまり、自分の手の内を、ほとんど石岐に握られるということだ。

「こういうことは、使う側が使われる者を、黙って信じられるかどうかです。そこを疑うのならば、はじめから使わない方がよろしいと思います」

曹操の気持を読んだようなことを、石岐は言った。

「そうだな」

「これからは、天下というものを見つめていかれるのだろうと思います。二十五人でも、少なすぎるぐらいですが、私の力でできるのはこれまでです。この十年、その者たちを鍛えあげてきております」

「なにが望みだ、石岐」

「望みは、大きゅうございますぞ。殿が天下を平定なされたのちに、各郡にひとつずつ建物が欲しいのです」

「なんのために？」

「浮屠《ふと》（仏教）の信者の拠《よ》りどころにするためです」

曹操は、宗教が好きではなかった。太平道《たいへいどう》にも五斗米道《ごとべいどう》にも、それほど意味があるとは思っていなかった。病が治せるのなら、医師になればよいのだ。人を集め、その輪を拡《ひろ》げていくのは、軍人が領土を拡げていくことに似ている、と思っていた。事実、黄巾《こうきん》の乱を起こした太平道《たいへいどう》は、全土を三十六の『方《ほう》』（教区）に分轄《ぶんかつ》し、それぞれに指揮者を置いた。それで、一斉蜂起《いっせいほうき》が可能になったのだ。五斗米道《ごとべいどう》など、病を診《み》て貰《もら》うのにさえ五斗（約十リットル）の米の礼が必要なので、そう呼ばれているという話だった。

「私が、宗教というものを嫌っていることは、よく知っているであろう」

「だからこそです。宗教を認めるお方は、ひとつの宗教にはまりこんでいくかもしれない。それは、われわれの考えに反します。宗教を認めないのは、殿の勝手です。心の中のことでございますから。しかし民が、宗教を持つのはどうしようもないことです」

それは、曹操《そうそう》にもわかっていた。自分の任地でも、眼に余る淫祠邪教《いんしじゃきょう》は厳しく取締ってきたが、その過程で民の心を完全に支配はできないこともわかった。

「いま、ひとつの宗教にはまりこむと困る、と申したな」

「浮屠《ふと》の教えでは、ほかの宗教も認めます。そして、殿の宗教嫌いの部分にあまり触れない自信もあります。太平道も五斗米道も認めはしますが、どう扱うかは殿の勝手。浮屠は、ただ静かに心の平安を得るためにあるのです。それを、おわかりいただければ」

浮屠が、有力な宗教になる。それに対して、いくらかの力を支配者が持っている。宗教の扱いはそれが一番賢明なのかもしれない。ただ押さえつけようとしても、心の中まで押さえつけることはできないのだ。

「しばらく、考えさせてくれ」

「それはもう、いつまででも。浮屠がどういうものかも、もう私は語りますまい」

「二十五人は？」

「すぐにでも、動かせます」

「浮屠の建物を各郡に建てるとして、それはいつまでに約束すればよい？」

「これから、何度も殿と話し合いながら、約束の時を決めたく思います」

「この国に、もう浮屠は拡がっているのか？」

「まだです。月氏《げっし》の人々の間では、信仰が続いています」

遥《はる》か西方の異民族だが、この国にも月氏の人間はいる。匈奴《きょうど》などに追われて逃げこんできた者を、祖先に持つのだ。この国に浮屠が拡がっていないといっても、それは漢《かん》族に限ればということだろう。

洛陽《らくよう》には、白馬寺《はくばじ》という建物がある。それは浮屠の寺院だが、月氏族の人間が集まる場所程度のものだと、曹操は思っていた。

「二十五人には、殿は会われる必要はございません。いままで通り、五錮《ごこ》の者に仕事をお命じいただければよいのです」

「わかった」

「二組は、謀略と暗殺ができます」

あとは情報の収集などの仕事がうまいということだろう、と曹操《そうそう》は思った。謀略と暗殺とはっきりと口に出されると、かすかな不快感が曹操を包みこむ。

太平道《たいへいどう》と五斗米道《ごとべいどう》は、このまま放置はできない。潰《つぶ》さないまでも、一度打撃は与えておく。曹操が朝廷の頂点にいるなら、そうするだろう。ともに信者を『方《ほう》』に分轄し、いつでも軍事組織にできる構えをとっているのだ。

いまの朝廷に、そこまで読んでいる者などいないだろう。黄巾《こうきん》の乱も、規模の大きな叛乱としか考えていない。いま、この国の軍の頂点に立つのは、何進《かしん》である。その大将軍は、帝《みかど》の外戚でそうなっているにすぎない、と曹操には見えた。

「私は、太平道とも五斗米道とも、闘うかもしれず、手を結ぶかもしれぬ。浮屠《ふと》にとっては、それでよいのか？」

「だからこそ、よいのでございます。浮屠については、建物をいただくだけで結構です。曹操様の政治の邪魔になるようなら、その時に潰そうと考えられればよいのです」

「もうよい、わかった」

いまは、浪人の身だった。自分の政治などと語ってみたところで、むなしいだけだ。

「ひとりが戻っているという話だったが？」

「はい。私はこれで消えます」

石岐《せきき》は腰をあげ、亭《ちん》を出ていった。

どこにいたのか、すぐにひとり入ってきた。五錮の者の、五人の顔の区別はつく。この男は、頭髪がなく、眉《まゆ》もなかった。といって宦官のようではなく、眼には精悍《せいかん》な光がある。無駄な肉もまったくついていなかった。

しばらく話しこんだ。

黄巾の乱は平定され、帝は洛陽《らくよう》でまた勝手な真似《まね》をはじめた。もともと、帝が売官をはじめたのが、政治の乱れの大きな原因のひとつだった。補佐する者の責任だ、と曹操は思っていた。朝廷では、曹操はまだ人よりもいくらか出世が早い青年将校だった。

二人で、黄巾《こうきん》の乱の平定で手柄を立て、頭を出してきた人間を数えあげた。古くからの将軍が多い。将校では、名門の子弟《してい》より、無名だったものの中に手柄を立てた者が多かった。

その中で、曹操《そうそう》の眼を惹《ひ》いたのは、呉《ご》郡から義勇兵を率いてきた、孫堅《そんけん》という男だった。朱儁《しゅしゅん》のもとに加わり、わずか数度の戦で別部司馬《べつぼうしば》（遊軍隊長）に任じられている。すぐにも将軍を狙《ねら》える地位というところだ。

うまく立ち回り、金も使ったのだろう。

もうひとりは、劉備《りゅうび》。こちらは、一年も転戦を繰り返している。手柄も、孫堅の比ではない。それが小さな県の県尉《けんい》に任じられているだけである。金がないのか、賂《まいない》に使うことが嫌いなのか。しばらく県尉をつとめたあと、郡から視察に来た督《とく》郵《ゆう》を縛りあげて滅多打ちにし、官位を叩《たた》き返している。

痛快事として、人々の口の端《は》にのぼっていた。県尉としての仕事の評判がよかったことが、その喝采《かっさい》をさらに大きなものにしたようだ。

どちらが得をしたのか。ひとりになってから、曹操はしばらく考えていた。誰もが、孫堅と思う。劉備は北方に去ったまま、いまは消息も定かではないというのだ。

それでも、曹操は劉備が気になった。人の口の端にその名がのぼり、喝采《かっさい》を浴び、多分同情も受けた。

せっかく手にした官位を、平然と叩き返す心情とはどういうものなのか。郡の太《たい》守《しゅ》への任官を断って浪人をしている曹操には、いくらかわかるような気もした。いま大事なのは、官位ではない。帝や宦官の売官がひどく、官位の官印《かんいん》を犬の首にかけて遊んでいた者がいる、という世の中なのだ。

なにか、官位とは別のものを、劉備ははっきりと見ているという気がする。

二人とも、曹操に較《くら》べれば、取るに足りない軍人に過ぎなかった。浪人とはいえ、冀《き》州の刺史《しし》（長官）の王芬《おうふん》ほかの実力者たちが、帝の廃位を画策して、曹操に持ちかけてくるほどなのだ。譙《しょう》にあっても、一廉《ひとかど》の将軍とは見られている。

帝の廃位には、勿論《もちろん》曹操は加担せず、逆にその不忠《ふちゅう》を指弾する手紙を送って、反対した証拠を残した。

朝廷は、乱れるだけ乱れるしかない、と曹操は思っていた。腐り果てれば、あとは滅びしかない。黄巾の乱の功労者である皇甫嵩《こうほすう》も朱儁も、宦官に金を出すことを拒絶したために、辞任に追いこまれている。

いましばらく、曹操は譙を動く気はなかった。

天子崩御

1

名も知れぬ山であった。

白狼山《はくろうさん》から、さらに北へ五十里余（約二十キロ）、平原の拡《ひろ》がる山裾《すそ》に出た。それまでに二つ、山なみを越えた。

雪は少ないが、寒さは骨にまで沁《し》みた。人馬の息は白い。

劉備《りゅうび》は、上体をけものの皮で覆《おお》っていた。ほかの者たちも、思い思いにけものの皮を着ている。成玄固《せいげんこ》がふりむいた。烏丸《うがん》の若者が三十名ほど。あとの三十名は劉備の部下である。代《だい》郡から白狼山までは、洪紀《こうき》が道案内してきていた。

洪紀は、馬を自分で育てるが、ほかからも買う。売っているのが、成玄固だった。白狼山の麓《ふもと》の広大な草原で、馬を飼って生業《なりわい》を立てている、小さな村の長《おさ》だった。

このところ、烏丸の丘力居の徴発が厳しくなったのだという。まるで税のように取り立てる。

成玄固は、それを断った。断るだけでなく、力で丘力居の村への侵入を阻《はば》んでいた。

五百という数を動員してきた時、さすがに抗《こう》し得なかった。そして、二千頭の馬を、丘力居に奪われたのである。その中に、洪紀が預けていた馬が、四百頭入っていた。

劉備は、中山《ちゅうざん》の安喜《あんき》県から出奔《しゅっぽん》したあと、代郡の劉恢《りゅうかい》という豪族のもとに身を寄せていた。劉恢は私兵を貸そうとはしなかったが、劉備一行を親切にもてなしてくれた。安喜県で郡の督郵《とくゆう》（監察官）を打ち据えたことが、どこでも意外な好意で迎えられたのだ。

涿《たく》県とも連絡がとれて、一度は郷里へ帰った者たちも、ぽつぽつと戻ってきて、三十名になったのだ。

成玄固が馬を奪われたのは、そういう時だった。洪紀は、持っていた財産のすべてを失ったことになる。

劉備は、見かねたのだった。三十名の部下を率い、洪紀に道案内させて白狼山まで来て、成玄固《せいげんこ》と会った。馬を取り返そうという劉備《りゅうび》に、成玄固は最初力なく首を振った。たった三十名であり、烏丸《うがん》の村の若者もみんな尻込《しりご》みしたのだ。

一日かけて、成玄固を説得した。奪われたのは馬だけではない。男の誇りも奪われたのだ、という劉備の言葉で、成玄固の眼《め》の色が変った。三十人ほどの若者も、立ちあがってきたのだ。

洪紀《こうき》が成玄固に馬を預けていたのは、白狼山《はくろうさん》の麓に、冬でも草が絶えない場所があったからだった。飼葉《かいば》は、緑の草でなければならないとはかぎらない。それでも、洪紀は緑の草を馬に与えたかったようだ。

「ここからが、丘力居《きゅうりききょ》が自分の領土だと主張しているところです」

「山なみをいくつか越えるだけで、これほど寒いものか」

「平原の方へ行くと、もっと寒いという話です。私は、そちらへは行ったことがありませんが」

「とにかく、斥候《せっこう》を出そう。二人ひと組だ。烏丸の者と私の部下と。それを、五方向に行かせる。馬がどこにいるのか。まずそれを知らなければ、戦《いくさ》にもならん」

烏丸の者は、馬の操り方が巧みである。劉備の部下も、それは負けていない。

丘力居が、それほど多くの手兵《しゅへい》を抱えているとは、劉備は思っていなかった。五百というのは、総動員に近いはずだ。館《やかた》にいるのは、せいぜい二百から三百。このあたりは、土地は広く、人は少ない。

馬も、一カ所にまとめられているだろう、と劉備は思っていた。自分たちが乗る馬ではない。売るための馬なのだ。

半日ほどして、斥候に出した者たちが戻ってきた。

成玄固と洪紀のほかに、関羽《かんう》と張飛《ちょうひ》も加えて、作戦を練った。成玄固が、地面にこの一帯の地形を描く。

「全員で馬を襲い、こちらへ導く。三里の間に、ひとつの馬群にまとめられるか、洪紀？」

「できます」

「よし、三里先からは、洪紀と、烏丸の者十名だけで、馬群を白狼山に導け。関羽と張飛は十五名ずつ率いる。私は残った烏丸の者たちを率いる」

丘力居の館の兵は、二百四、五十と見当をつけた。それに馬を守っている者が、数十人。

「明日の夜明けだ。今夜は、みんなよく眠っておけ」

途中で射殺した鹿《しか》を、一頭焼いた。酒はなかった。肉を食らえば、あとは眠るだけである。四人を、見張りに立てた。劉備《りゆうび》はあまり眠らず、時々見張りの者たちの様子を見に行った。

関羽《かんう》が、眠っている者たちを起こしはじめた時は、まだ暗かった。凍った土の上を迂回《うかい》して五里（約二キロ）ほど進んだ時、ようやく夜が明けてきた。

「いくぞ」

劉備は低く言った。張飛《ちようひ》が、蛇矛《じやぼう》を振り回した。空気が異様な唸《うな》り声をあげる。張飛の蛇矛は、刃の部分も入れると一丈八尺（約四メートル）に達する。それを、片手で軽々と振り回すのだ。

「躰《からだ》が温まったかな」

息も乱さず、張飛が言った。

劉備が、あげた右手を振り降ろすと、六十騎が一斉に駈《か》けはじめた。柵《さく》を突き破る。馬を追い出し、六十騎が横一線になって馬群を包みこむようにして駈けた。丘力居《きゆうりききよ》の館から、兵がぱらぱらと出てきた。

駈けた。追ってくるものは、気にしなかった。とにかく三里。その間に馬群は小さくまとまり、洪紀《こうき》が先頭になっていた。烏丸《うがん》の若者十名が、馬群を追うような恰《かつ》好《こう》で後ろに付いた。

劉備は片手をあげ、馬首をめぐらせた。総勢で、百騎ほど。あとは馬に乗る余裕もなかったのか、自分の脚《あし》で駈けてくる。やはり三百人ほどか。

劉備の背後に、成玄固《せいげんこ》を中心にした二十人の烏丸の若者がついた。関羽と張飛は、それぞれ十五騎を率いて、両翼にいる。

「馬盗《ぬす》っ人《と》が」

先頭で駈けてきた男が、大声で言った。丘力居です、と背後で成玄固が言う。

「八ツ裂きにしてくれるぞ」

ずんぐりした躰つきで、一丈ほどの戟《げき》を振りあげている。顔も、はっきり見える近さになってきた。細い眼が、どこか卑《いや》しい感じがする。

「盗っ人は、おまえであろう」

劉備も、大声を出した。

「盗っ人には、盗っ人らしく死んでもらうぞ。覚悟はいいな」

丘力居はなにか感じたらしく、馬をとめ、後続の兵を待った。

「ここだぞ、成玄固。ここで、まことの男かどうか決まる。最後まで怯《ひる》まずに、私とともに駈けることができるか」

「はい」

「敵を倒そうとは思うな。槍《やり》を突き出して、ただ駈ければよい」

三百人が、ひとかたまりになった。丘力居《きゅうりききょ》は、劉備《りゅうび》の顔だけを睨《にら》みつけていた。

「馬盗っ人、名を訊《き》いておこう」

「劉備、字《あざな》は玄徳《げんとく》。流浪の身だが、義によって盗賊に苦しめられている者たちを助ける。ここで詫《わ》びるならばよし。闘って、首を取られるのもよし。どちらかを選べ」

「うぬは、言わせておけば」

丘力居は顔面を紅潮《こうちょう》させ、戟《げき》を振りあげた。

一斉に突っこんでくる。関羽《かんう》と張飛《ちょうひ》が、両翼から同時に出た。ぶつかったと思った時、関羽の青竜偃月刀《せいりゅうえんげつとう》が首を三つ飛ばし、張飛の蛇矛《じゃぼう》が四人を馬から叩《たた》き落としていた。さらに首が飛び続ける。頭から返り血を浴びた張飛が、なにか嬉《うれ》しいことが起きたように、大声で笑いはじめる。たった三十人が、すでに敵を押していた。

まだ敵がかたまっているところに、劉備は声をあげて突っこんでいった。成玄固《せいげんこ》以下の二十人が、槍を突き出して付いてくる。

最初にぶつかった敵を、劉備は剣で馬から斬《き》り落とした。槍に突き立てられそうになった者が、背をむけて逃げる。駈け続けた。敵の中を突き抜けると、反転してまた突っこんだ。成玄固は、果敢《かかん》に付いてきている。

「槍の穂先をあげろ。ためらわずに突き殺せ」

劉備は叫んだ。三人四人と、敵が槍に突き倒されていく。劉備も、二人を剣で払い落とした。

関羽と張飛が二カ所で暴れ回り、その間の兵が集まったところを、劉備が突き崩していく。見る間に、敵は崩れ、逃げはじめた。すでに、二百人に減っている。

「待たんか、こら。まだ汗もかいておらん。戦は久しぶりなのだ。もっと愉《たの》しませろ」

喚《わめ》きながら、張飛が駈ける。張飛だけでなく、関羽も愉しんでいるように見えた。まるで竹でも振り回すように、八十二斤《きん》（約二十キログラム）の青竜偃月刀を自在に扱っている。刃が通ったところで必ず血が噴き、首が飛んだ。凍った原野が、血で濡《ぬ》れていく。

丘力居は、ふり返りふり返り、逃げていった。顔は恐怖で歪《ゆが》んでいる。それを、さらに張飛が追い立てる。張飛の笑い声が、かなり後方の劉備にも聞えた。

十里（約四キロ）ほど追いまくり、劉備は兵をまとめた。手負った者が数人いるが、死んだ者はいない。それで敵の半数は討ち取ったようだ。

丘力居《きゆうりききよ》の姿は、地平に消えた。

白狼山《はくろうさん》に、馬は戻っていた。

たったこれだけのことだった。劉恢《りゆうかい》の屋敷に戻ると、劉備《りゆうび》はそう思った。烏丸《うがん》の盗賊をこらしめたというだけで、天下とはなんの関《かか》わりもなかった。

こういう日々を、もうどれほど過してきたのか。志《こころざし》すら忘れた、無意味な日々ではないのか。

劉備は、しばしば山をひとりで駈けた。鬱々《うつうつ》とした顔を、関羽《かんう》や張飛《ちようひ》に見せたくなかった。二人ほどの豪勇《ごうゆう》があれば、一軍を任せてもいいという郡の太守《たいしゆ》ぐらい、いくらでもいるだろう。

再び兵を挙げることができる日が来る、とは信じていた。いまの情勢は、いつ叛《はん》乱《らん》が起きても不思議ではないのだ。それでも、手兵はわずか三十。その三十を養う財さえなく、食客《しよつかく》の身に甘んじている。

時として叫び声をあげたくなったが、耐えていた。心に大望《たいもう》を抱いたまま、黙々と筵《むしろ》を織っていたころより、いまは恵まれている。関羽と張飛がいる。三十名の兵もいる。

代郡《だい》も、春になった。

関羽と張飛は、よく馬を並べて遠出するようになった。なぜか、劉備を誘おうとはしない。

それはそれで、淋《さび》しかった。二人とは、いつのころからか、兄弟以上の感情を持つようになっていたのだ。卓を囲んで食事をしないということさえ、信じられないことになっている。それが、二人だけで出かけてしまうのだ。

そういう日がひと月も続くと、さすがに劉備は苛立《いらだ》った。苛立ちを、そのまま行為に表せない自分の性格を、ほとんど呪《のろ》うような気分になった。

ある日の夕刻、二人が帰ってきた。

ほかにも気配がするので外に出てみると、三十騎ほどが家の外に並んでいた。中央にいるのは成玄固《せいげんこ》で、全員が烏丸族だった。

「大兄貴、そろそろ出かけようではないか」

張飛が言った。

「どういうことだ？」

「俺《おれ》たちは、このひと月、成玄固に頼まれて、兵の調練をしていた。ここにいる三十二人は、どうしても大兄貴に付いていきたいのだそうだ。小兄貴と相談して、調練だけはした。大抵の兵には劣らぬほどになっている」

「出過ぎたことでしたか、兄者？」

関羽《かんう》は、一頭の馬を曳《ひ》いていた。

「自分のところから、一番いい馬を洪紀《こうき》が運んでくれました。各地の叛乱の規模が次第に大きくなっています。精兵さえあれば、いまはどこでも働けるのではないでしょうか」

「六十の、精兵ということか？」

「いかにも少ないのは、わかっております。しかし涿《たく》県を出た時は、五十に満たなかった。あの時より、十人以上も増えているではありませんか」

「そうだな、確かにそうだ」

「劉備玄徳《りゆうびげんとく》という名前も、なかった。いまは、知る人ぞ知る名前にはなっている、と私は思います」

また、秋《とき》が来ている。

不意に、劉備はそういう気分に包まれた。叛乱は、もはや手がつけられないような状態になっている。しかも、太平道《たいへいどう》が起こした黄巾《こうきん》の乱のようなものではなく、地方で力を持った豪族が起こしたりしているのだ。

つまり、漢《かん》王朝に対して叛乱が起きているのではない。漢王朝の中で、叛乱が起きはじめていると言ってもいい。

「張飛《ちょうひ》、誰《だれ》かを伴って、羊を二頭購《あがな》ってこい。それから、酒も忘れずにな」

「宴会を？」

「出陣の前だ。大いに飲もうではないか」

声があがった。二つになり、三つになり、やがて全員の声になった。

「いいのですか、兄者」

「出陣をすれば、なんとかなる。誰もが、一兵でも多く欲しがっている。そうではないのか、関羽？」

「まさしく」

「ならば、今夜ぐらいは、つまらぬことは忘れよう。われら、六十名の精鋭が出陣するのだからな。祝わなくてなんとする」

屈託が、消えたわけではなかった。五万、十万という数の叛乱の中に、たった六十で出ていくのだ。しかし、考えても仕方がないことでもあった。

もともとは、ひとりだった。そこに関羽と張飛が加わり、いまは六十人になっている。そう考えればいいことだ。

2

曹操《そうそう》は、無聊《ぶりょう》を愉《たの》しんでいた。

二十歳《はたち》のころから、忙しく働き続けてきた。峻厳《しゅんげん》な軍人という仮面も、無理をして被《かぶ》り続けていた。それが、身の丈を遥《はる》かに越える書物を読む時があった。詩も作った。なによりも、『孫子《そんし》』の兵法書を精読し、それに自分の考えを加えて、一巻の書物になるほどのものまで書きあげることができたのだ。

朝廷の腐敗は、もうどうにもならないほど進んでいた。帝《みかど》の外戚《がいせき》である大将軍の何進《かしん》は、一度たりとも大将軍にふさわしい能力は見せていない。宦官《かんがん》は、力を持つばかりだ。

そして叛乱《はんらん》は、そういう朝廷の腐敗を見越しているからこそ、続発するのだ。

そろそろ、泥水の中に戻ってみるか。

曹操は、そう考えていた。

地方を見渡せば、郡の太守《たいしゅ》にある者などが、ほとんどそこを私領としているという傾向さえ見えはじめていた。いつまでも譙県《しょう》にいれば、やがて取り戻せないほどの差をつけられる。

妾《めかけ》のひとりが、子を孕《はら》んでいた。丁《てい》夫人という正妻もいるが、うまくいってはいない。頑《かたく》なな女だった。乱世で、女に気を遣うことなどできるものか、と曹操は思っていた。だから、小さな諍《いさか》いを機に、里に帰している。

孕んだ妾は、賢い女だった。曹操の心をわずらわせることは、なにもしない。

軍の再編をする、と朝廷が考えはじめたようだった。中央軍をいくつかに分け、それぞれに司令官を置く。そういう情報も、石岐《せきき》がもたらしてきた。五錮《ごこ》の者は、それぞれひと組が五人になっている。

病を理由に譙に戻ってきたので、まず快癒《かいゆ》の届けを出した。宦官にも、多少の金を撒《ま》いた。それで曹操は、洛陽《らくよう》に行っても動きを制限されることなどなかった。

叛乱は、討伐の官軍を打ち破ることがしばしばだった。一度鎮圧《ちんあつ》された者が、再び兵を起こすこともあった。北では鮮卑《せんぴ》の侵入があり、西の隴西《ろうせい》で起きた叛乱は、涼《りょう》州の豪族なども加え、十数万に達していた。北ではさらに異民族の侵略だけでなく、それと組んだ豪族も、兵を起こしはじめた。

そして、南でも叛乱が起きた。

帝はなにも知らされていない。宴の毎日だった。そばにいるのは、宦官と、何皇《かこう》后《ごう》の兄の大将軍何進《かしん》だけという状態なのだ。宦官に推挙《すいきょ》された皇后《こうごう》であったから、何進もはじめは宦官と組んでいた。ある程度の力を持つと、宦官が邪魔になる。これだけ叛乱が続発し、大将軍への非難の声が聞えるようになると、さすがに居心地は悪いようだ。叛乱軍の討伐を命じようにも、骨のある人物は宦官に嫌われ、金でその位を買った将軍ばかりが並んでいるのだ。

帝に諫言《かんげん》する者がいないわけではなかった。文官の中にも、いまの朝廷の腐敗を嘆く者が多いのだ。しかし、ことごとく宦官に潰《つぶ》される。ある者は職を解かれ、ある者は獄に落とされる。謀殺《ぼうさつ》された者も多い。

宦官とは、そういう権謀《けんぼう》の動物だった。欲望の対象が、権力と金にしかむかわないのだ。権力への欲望も、戦《いくさ》で果そうというのではない。権謀がすべてだった。もとより、金には貪欲《どんよく》すぎるほどである。

譙県《しょう》にある曹《そう》家の財を、曹操《そうそう》はしばしば思い起こした。宦官であった曹操の祖父が蓄えたものが、いまの財にまで増えているのだ。穢《けが》らわしいという思いがあるが、それは抑《おさ》えこんでいた。天下の平定のために、使い果せばいい財なのだ。

南の叛乱の知らせが届いた時も、宦官は帝にまで奏上《そうじょう》しなかった。それを理不尽として直訴《じきそ》しようとした者は、投獄され、謀殺された。

宦官とて、叛乱が気にならないわけではあるまい。ただ、鎮定《ちんてい》できる人物が、宦官のまわりにいないのである。

別部司馬《べつぼうしば》（遊軍隊長）の職にあった孫堅《そんけん》が、いきなり長沙太守《ちょうさたいしゅ》に任じられ、南の叛乱の鎮定に当たることになった。この人事の詔書《しょうしょ》は、宦官の捏造《ねつぞう》という噂《うわさ》がひそかに流れたが、誰《だれ》も正面切って言う者はなかった。

「孫堅はもともと呉《ご》郡の出身。南に野心を抱いています。おまけに蓄財は相当なもので、宦官に配る金も不足していません」

「なるほどな」

五錮《ごこ》の者からの報告だった。南の叛乱の規模も調べてきている。叛徒《はんと》は三万から四万で、頭目《とうもく》は区星《おうせい》という男だった。必ずしも人望があるわけでなく、暴れていた賊に叛徒がついたという恰好《かっこう》らしい。

孫堅は、別部司馬で西の叛乱鎮定に参謀として従った。西の辺境では董卓《とうたく》将軍が力を持っているが、なぜか鎮定に出なかったのである。そして官軍が近づくと、叛徒は闘うことなく逃げ、官軍はむなしく洛陽《らくよう》に戻った。孫堅と董卓の間では、かなり激しいやり取りがあったらしいが、大将の張温《ちょうおん》がなだめている。

孫堅は、どこかで飛躍したがっているようだ。それが西の叛乱でもいいと思ったったのだろうが、ついに軍はぶつかることがなかった。

洛陽《らくよう》に戻ると、南の叛乱の知らせである。孫堅《そんけん》にとっては、これ以上ない地域で叛乱が起き、叛乱が起きたことになるのだろう。宦官の方も、西の叛乱で孫堅が示した気骨《きこつ》は知っている。おまけに、金は使ってくる。

両方とも、お誂《あつら》えむきだったのだ。

「商人か賊か正体もわからぬ男が、長沙《ちょうさ》郡の太守《たいしゅ》か。おまけに弁《べん》が立つ。人を乗せるのがうまく、時には正論を吐くことを武器にもする」

「揚《よう》州北部一帯に、孫堅が官軍の将軍として戻ってくる、という噂が流れております。孫堅の従兄《いとこ》で孫賁《そんほん》という者がいて、宦官と交渉したり、噂を撒いたりする仕事をしているようです。勇猛の士ではありませんが」

「そうか。おまえたちのような者を、孫賁も抱えているのだな」

孫堅は、それほど苦戦することなく、南の叛乱を鎮定するだろう。そして、揚州、荊《けい》州の数郡をその影響下に置くに違いない。

南は孫堅か、と曹操《そうそう》は思った。群雄が入り乱れるというほどには到っていないが、実力のある者が頭を出すという情況はできている。孫堅は、南にむかう時に北叟笑《ほくそえ》んでいただろう。

曹操が予想した通り、南の叛乱はひと月もかからずに平定された。孫堅は、長沙郡の境界を越え、周囲三郡にわたって掃討を続けているという。

男子出生の知らせが、譙《しょう》県から届いた。

丕《ひ》と名付けるように、曹操は手紙を送った。曹操三十三歳である。孫堅と同じ年齢だが、いまだ身分は浪人だった。

年が明けると、また叛乱が起きた。北と西の叛乱は鎮定されず、幷《へい》州でまた争乱を抱えたのだ。幷州刺史《しし》（長官）が殺されるという騒ぎにまでなった。黄巾《こうきん》の残党というが、どういう名乗りもあげることはできるのだ。

さすがに、王族に連《つ》らなる者から、さまざまな献策《けんさく》がなされるようになった。

この国は、州があり、その下に郡があり、さらにその下に県がある。州には刺史がいるが、それがうまく機能していない。実質的な権限は郡の太守が持ち、州の刺史は太守を監視する程度で、危急《ききゅう》の場合の指揮権はほとんど持ち得なかった。となると、郡同士がうまくいかなくなる。州兵を組織しようとしても、速やかにできはしないのだ。

郡の境界を越えて暴れる者も出てきた。長沙の太守孫堅がそうである。そしてそれは叛乱の鎮定には効果的であった。

この際、州の刺史《しし》の権限を大幅に強化して、牧《ぼく》という名に変えようという献策がなされた。幽《ゆう》州などの刺史をつとめた、劉焉《りゅうえん》である。州の刺史をなんとかしようという動きが出ることを曹操《そうそう》は予想していた。叛乱の鎮定に郡境が妨げになっていたことは、孫堅《そんけん》の越境掃討で証明された。孫堅は、郡境を侵すのも国家のためで、それで罰せられるなら甘んじて受けると言い放ったという。その言辞《げんじ》がまた噂になり、孫堅の名はあがっていた。

曹操が首をひねったのは、牧の設置を言い出した劉焉自身が、益《えき》州牧を志願したと聞いたからである。

益州は洛陽《らくよう》から遠く、嶮岨《けんそ》な山に隔てられた地域である。乱れてもいるし、西は羌《きょう》族という精強な異民族の土地と接している。劉焉がいくつかははっきり知らなかったが、曹操の眼《め》には老人に近く見えていた。いまさらそんな土地を、というのが誰もが考えることだった。

なにか目論見《もくろみ》がある。曹操は、直観的にそう感じた。それも、叛乱などではない。誰も思いつかなかったことを、劉焉はしようとしているのかもしれない。

五錮《ごこ》の者のひとりを呼んだ。

「益州でございますか」

「すぐには、わからぬかもしれん。しばらく益州にいてもらうことになる。誰かが叛乱を起こした、というような知らせはよい。全体の動きをよく見るのだ」

「わかりました」

「石岐《せきき》とも相談していけ。厳しいかもしれぬぞ」

益州には、漢中《かんちゅう》を通って入る。漢中は、太平道《たいへいどう》と同じ道教の一派で、五斗米道《ごとべいどう》の本拠であった。益州にも、五斗米道は拡《ひろ》がっているという。浮屠《ふと》（仏教）と密接な五錮にとっては、難しいことになるかもしれなかった。

やがて、中央軍が八つに編制された。隊長を、西園《せいえん》八校尉《こうい》という。曹操はそのひとりに入り、幼馴染《おさななじみ》の袁紹《えんしょう》も入っていた。総指揮をとるのは宦官の蹇碩《けんせき》だが、あとは新進の若い将軍が任じられた。

辺境での叛乱は、まだ鎮まっていない。西の叛乱には、黄巾《こうきん》討伐で功のあった皇《こう》甫嵩《ほすう》が当てられたが、それでも鎮定の見通しは立たなかった。皇甫嵩と涼州《りょう》の董卓《とうたく》が反目しているからだ、という噂も洛陽にまで流れてきた。

曹操は、洛陽にいる将軍のひとりとなったが、特に働きどころがあるとは思っていなかった。漢《かん》王室の最後のあがきの渦の中に、とうとう足を踏み入れたという気分だった。いずれは、そうしなければならない。実力のある者、野心を持った者の姿は、もう見えはじめている。

時機を誤った、とは思っていなかった。あとは、運をどうやって摑《つか》むかである。これまで動き過ぎた者たちの運は、もう尽きかけているだろう。自分の上にいる将軍たちも、めっきり歳《とし》をとった。

西の叛乱がようやく鎮定されたのは、中平六年《ちゅうへい》（一八九年）の二月だった。皇甫嵩《こうほすう》が、老いの力をふりしぼったという感じだった。

ともに鎮定に当たった董卓《とうたく》にも帰洛《きらく》命令が出たが、董卓は兵を抱えたままそれを無視していた。西方の賊が、まだ根絶やしになってはいないというのである。

辺境の鎮定で、董卓はまず名をあげたが、黄巾《こうきん》の乱以来、ほとんど軍功らしい軍功はあげていない。本来なら将軍を解任されるところだが、身の処《しょ》し方がうまく、宦官に取り入って保身をはかってきた。

辺境では、力任せの残虐な戦をやった、と言われていた。その董卓も、洛陽《らくよう》の情勢を見守る態勢に入ったようだ。

もうひとつ気になるのは、益州《えきしゅう》の劉焉《りゅうえん》だった。五斗米道《ごとべいどう》の張魯《ちょうろ》に洛陽への道を塞《ふさ》がれた、という連絡を最後に、消息を絶っている。

3

同じ中平《ちゆうへい》六年の四月、ついに帝《みかど》が崩御《ほうぎよ》した。

立太子《りつたいし》のないままの、崩御であった。

皇位継承者は二名いる。何皇后《かこうごう》の生んだ皇子弁《べん》と、側室が生み、帝の母董太后《とうたいこう》が育てた協《きよう》である。弁は暗愚《あんぐ》で、協は利発だという話を聞いたことがあるが、曹操《そうそう》は言葉を交わしたことがなかった。

新帝には弁皇子というのが、衆目《しゆうもく》の一致するところだった。協には、背景となる勢力がなく、弁は大将軍何《か》進《しん》の甥《おい》になるのだ。

ところが、宦官《かんがん》で西園《せいえん》八校尉《こうい》の筆頭である蹇碩《けんせき》が、何進の排除に動いたのである。幼稚な謀略戦がはじまった。蹇碩も何進もその権勢に胡座《あぐら》をかき、ほんとうの駆《か》け引きの厳しさを知らない。

何進の暗殺計画がひそかに進められたが、それを密告する者もいた。それだけ、宦官が嫌われていたのかもしれない。何進に軍事力が集中するのを防ぐためとはいえ、西園八校尉の筆頭に宦官の蹇碩がいるのも反撥《はんぱつ》されたはずだ。

何進《かしん》は、麾下《きか》の兵で素速く宮中を固め、弁《べん》皇子を擁立《ようりつ》した。

蹇碩《けんせき》はそれでも諦《あきら》めず、何進の暗殺計画を進めて、捕えられ、処刑された。

はじめから、波乱含みの即位であった。

何進はさらに、宦官の誅殺《ちゅうさつ》を行おうとしたが、いまは皇母となった妹に止められた。宦官が、皇母に泣きついたのである。もともと皇后になれたのは、宦官が押しあげたからだったので、皇母は何進をきつく止めたという。

「大将軍が、いまひとつ踏み切ってくれぬ」

曹操《そうそう》に愚痴をこぼしたのは、袁紹《えんしょう》だった。袁紹は、多分何進を操ろうとしている。しかし、所詮《しょせん》は肉屋だった。歴戦の強者《つわもの》ではなく、学問があるわけでもない。肉屋の妹が宮中にあがり、弁皇子を生み、やがて宦官たちに担がれて皇后になった。皇后の兄として、肉屋が大将軍にまで昇ったのだ。そしていまは、新帝の伯父である。

袁紹は、宦官嫌いであった。袁家は、四代続けて三公（最高位、三名の大臣）を出した、名門中の名門である。宦官が支配する宮中を、不快に思っていたことは確かだ。そして肉屋の何進に、いろいろと宦官の害を吹きこんだ。何進はもともと宦官に担がれたようなものだが、権勢がきわまると、やはり宦官と衝突することが多くなった。袁紹は、そこをうまく衝《つ》いたのである。

曹操の家は、宦官の家系である。養子は認められているので、宦官でも家系は残る。その家系が、曹操の心に影を落としていた。袁紹とは幼馴染《おさななじみ》であるが、相手は名門中の名門という意識を、いつも拭《ぬぐ》いきれないでいた。

いま、孫堅《そんけん》や董卓《とうたく》が地方でかなりの力を持っているが、袁家が代々培《つちか》った力と較《くら》べれば、まだ豆粒のようなものだろう。そういうどうしようもない力があることを知っているので、乱世だと感じても曹操は焦らなかった。

「こともあろうに、涼州《りょう》から董卓を召し出すとはな」

袁紹の愚痴は、まだ続いた。

帰洛《きらく》命令は無視した董卓が、何進の召し出しには応じたという。洛陽《らくよう》に、なにか匂《にお》いを嗅《か》いだのは確かだった。

その間にも、何進は蹇碩について自分を排除しようとした重臣を殺し、協皇子《きょう》を帝位に即《つ》けようとした董太后《とうたいこう》を自殺に追いこんだ。袁紹が吹きこんだことが、少しは効果を現わしたことになる。

馬鹿なことをしている、と曹操は思っていた。何進は大将軍である。なにも地方から董卓をはじめとする軍勢を呼び集めなくても、中央軍で宦官を誅滅《ちゅうめつ》してしまえばいいのだ。そうできないのは、西園《せいえん》八校尉《こうい》がもともと蹇碩を筆頭に仰いでいた事実が大きいのだろう。何進《かしん》が信用しているのは、袁紹《えんしょう》と袁術《えんじゅつ》ぐらいのもので、曹操《そうそう》も二心があると疑われているのかもしれなかった。

つまりは、ひどく気の小さい男なのだ。

「俺《おれ》に手を貸さないか、曹操？」

何進が宦官誅滅《ちゅうめつ》に踏み切らないのなら、自分の手でやってしまおうとも、袁紹は考えているようだった。

漢《かん》王室の臣には、清流派と濁流派と呼ばれるものがある。宦官は、濁流派である。袁紹には、われこそが清流派の代表だ、という思いがあるはずだ。そして曹操は、あえて言えば宦官の家系の清流派なのである。

地方から兵を集めることに、古い将軍たちはみんな反対した。いくら何進を説得しても聞き入れないので、ほとんどの者が宮中を去った。

大将軍の何進と、西園《せいえん》八校尉《こうい》の若い将軍たちがいる洛陽《らくよう》に、地方の軍が近づいてくるという状態がしばらく続いた。

一番先に洛陽の近くまで来て駐屯したのは、最も遠いところから来た董卓《とうたく》の軍だった。ただ、なにを考えているのか、董卓は洛陽に入ってこようとはしない。何進が迎えを出しても、動かないのだ。

宮中の宦官たちはまた、危機感を募らせているようだった。何進に、何太后《かたいこう》から召し出しがあったのは、そういう時だった。実の妹が呼んでいるのである。何進は、大して疑いもせずに出かけていった。

ただ、西園八校尉には、待機を命じた。にやりと笑ったのは、袁紹だった。いろいろと理由をつけ、異母弟の袁術に一千の兵をつけて何進を護《まも》らせたのだ。自分もまた、一千の兵を率いて、袁術のあとに続いた。

曹操も、ひそかに麾下《きか》を待機させた。なにかが起きる。それはもう、予感ではなかった。曹操は、じっと待っていた。

大将軍何進の首が、塀の上から投げ出されてきた、という知らせが入った。反逆により罪に服した、と宮中から声があがったらしい。宦官は、袁紹を甘く見ていた。帝さえ擁《よう》していれば、まさか攻めこんでくることはない、と思っていたようだ。

しかし、袁術がまず斬りこみ、袁紹の軍もすぐにそれに続いたようだ。五錮《ごこ》のうち、洛陽にいた者たちを曹操はすぐに宮中に行かせた。

報告は、凄惨《せいさん》なものだった。袁紹、袁術の兵は、宦官と見ると問答無用で斬り殺し、宮中は血の海になっているという。

「帝だ。帝の御在所を捜せ」

なにが大事なのか、曹操《そうそう》は即座に悟った。宦官など、どうでもよかった。誰《だれ》が帝を擁するか。それで、今後のすべてが決まる。

まさしく、いまが秋《とき》なのだ。

三千の麾下《きか》に、曹操は臨戦態勢をとらせた。こちらが帝の身柄を確保したと知れば、袁紹《えんしょう》はためらうことなく奪いにかかるだろう。

洛陽《らくよう》の近衛《このえ》軍は約三万。その中の二万は袁紹につく。曹操が掌握《しょうあく》できるのは、麾下の三千だけである。

五錮《ごこ》の者たちは、懸命に帝の行方を追っている。袁紹が、血に飢えたように宦官を誅殺している間が、曹操の勝負だった。

宮中からは、火が出ていた。髭《ひげ》のない者は、ことごとく斬り殺されている、という噂《うわさ》が流れてきた。幼いころに去勢《きよせい》された宦官は、髭が生えないのである。

曹操は必死だった。

ここで帝の身柄を確保すれば、大将軍何進《かしん》なきあとの、宮中の実権は握れる。

危険だが、麾下の軍を二つに分けた。千五百は宮中に入れ、火を消し、混乱が広まらないようにした。残りの千五百は、帝の御在所の探索である。二千人余の宦官を殺してしまうと、袁紹も血眼《ちまなこ》になって帝を捜しはじめた。宦官の誰かが、宮中から連れ出したに違いない、とみんな考えていた。何太后《かたいこう》は宮中にいる。帝と、陳留《ちんりゅう》王《おう》となった協《きょう》がいないだけである。

袁紹は、生き残った宦官を見つけ出しては、拷問《ごうもん》を加え、誰が帝を連れ出したか訊《き》き出そうとしていた。

「張讓《ちょうじょう》と段珪《だんけい》です」

兵士の身なりをした五錮の者のひとりが、曹操の耳もとで報告した。

「剣を突きつけて、連れ出したようです。すでに、かなり遠いのではないでしょうか」

「わかった」

曹操は、宮中にいた麾下の兵を速やかにまとめた。城外の探索である。袁紹もなにか情報を得たのか、城外にむかって駈けはじめた。袁術《えんじゅつ》の麾下も合わせると、六千になる。

「袁紹軍が、逃亡中の宦官の一行を見つけて攻めました。宦官のほとんどは、河水《かすい》(黄河《こうが》)に身を投げました。帝の姿はありません」

あれだけの混乱でも、百人以上の宦官が城外に逃げていた。ほかにも、逃亡者がいるかもしれない。

陽《ひ》が暮れ、闇《やみ》の中の探索になった。しばしば、袁紹《えんしょう》軍の兵と出会《でくわ》した。

曹操《そうそう》は、諦めなかった。帝の身柄を確保したら、すぐに詔書《しょうしょ》を出させる。まだ待機している近衛《このえ》軍の一部は、詔書に従うしかないだろう。袁紹も、いやな顔をしながら従ってくる。そうさせるためには、帝の身柄はなんとしても自分が確保しなければならないのだ。この国の頂点に躍り出るための、千載一遇《せんざいいちぐう》の好機だった。なにより、戦《いくさ》をすることもなくそれができるのだ。

側近の五十だけを率いて、曹操は間道《かんどう》のひとつを移動していた。張譲《ちょうじょう》と段珪《だんけい》は、逃げるのに間道を選ぶはずだ。しかし、闇の中だった。ゆっくりと移動した。急いで、見落とすものがあってはならない。

曹操の全身は、汗で濡《ぬ》れていた。蒸暑かったが、それだけではない。いまは、誰もが運に手をのばそうとしている。摑《つか》めるか摑めないか、その瀬戸際なのだ。袁紹も、汗に濡れているだろう。

五錮《ごこ》の者の報告は次々に入ったが、袁紹や袁術《えんじゅつ》の動きがほとんどだった。逃げ出した宦官を二人三人と捕えているが、帝の行方を知っている者はやはり見つからない。

夜が明けてきた。

どこかで鉦《かね》が聞える。緊急を知らせるものではない。期せずして、曹操も袁紹も北へむかっていた。北への方が、逃げやすい。間道も多い。しかし、河水《かすい》もある。河は、道でもあった。小舟さえあれば、陸の道を行くより速く移動できる。曹操は五錮の者五人と、麾下の一隊二百を、下流域の方へやっていた。

洛陽《らくよう》の北西に駐屯していた董卓《とうたく》の軍が、街道を動きはじめた、という報告が入った。

いやな予感に、曹操は襲われた。急ぎ、馬首を街道にむけた。董卓もまた、帝を捜していたのかもしれない。洛陽に人を潜りこませていれば、何進《かしん》が殺されてからのことはすぐに知ったはずだ。

晴れた日だった。陽の光が、風景をうつろに見せるほどだ。土煙《つちけむり》が見えた。街道の西側の原野を、二千ほどの騎馬隊が駈《か》けてきている。街道には、旗を掲げた一隊がいた。

袁紹の一隊が、曹操に追いついてきた。袁紹は、唇を嚙《か》みしめている。もし、董卓の手に帝の身柄が落ちていたら、ということを考えているのだろう。そうなれば、董卓を叩《たた》き潰《つぶ》すしかないが、それだけの軍が洛陽にはいなかった。西園《せいえん》八校尉《こうい》が連合して、ようやく董卓《とうたく》にたちむかえる。しかし西園《せいえん》八校尉《こうい》は、もともと近衛《このえ》軍なのだ。帝がいる方につくのが、使命だった。

「やられたのかな、曹操《そうそう》、涼州《りょう》の山犬に」

吐き出すように、袁紹《えんしょう》が言った。

董卓軍は、堂々と進んでくるようだった。董卓の率いてきた涼州軍、三万という。洛陽《らくよう》を攻めるという感じはまったくなく、むしろ凱旋《がいせん》してくる軍に似ていた。戦の態勢をとっているのは、両側の原野を進んでくる騎馬隊だけで、それも本隊の護衛と見ることができた。陽の光が、やはり曹操にはうつろなものに感じられた。

董卓の軍が近づいてくる。

先駈けの二十騎ほどが、曹操と袁紹の前に来た。

「何者だ？」

「そちらこそ、先に名乗れ。ここは洛陽城外ぞ。それを、大軍をもって進むとは」

吐き捨てるように、袁紹が言った。

「われらは、董卓将軍の兵である。帝を戴《いただ》いて、洛陽に戻るところだ」

「帝とは、どういうことだ？」

袁紹は、諦めきれないのだろう、と曹操は思った。二千余の宦官を殺したことが、ただ董卓を利してしまったことになる。

「われらは、西園八校尉の袁紹本初《ほんしょ》と、曹操孟徳《もうとく》である。帝の護衛なら、われら近衛軍の職分。董卓殿は、駐屯地に戻られるがよかろう。帝の警護は、われらでいたす」

西園八校尉と聞いて、先駆けの兵は怯《ひる》んだようだった。

馬を回して、本隊の方へ駈け戻っていく。董卓の本隊の動きは、変ることがなかった。やがて董卓の顔がはっきり見えてきた。帝も、陳留王《ちんりゅうおう》となった協《きょう》皇子の姿もある。

曹操も袁紹も、馬を降りた。

「董卓将軍、われらは西園八校尉、帝の近衛軍を率いる者だ」

袁紹は、馬こそ降りたが、街道の真中に立ったままだった。

「帝の警護もわれらの職分にて」

「黙られい」

董卓の濁声《だみごえ》が、周囲を圧した。

「なにが西園八校尉だ。帝をこのような目にお遭わせして、なにが近衛軍だ」

「何進《かしん》大将軍が、宮中で討たれた。われらはその逆賊を討っていた。混乱の中の出来事なのだ。必死に、帝を捜していた。董卓《とうたく》将軍に見つけられたのは、幸いであった」

「どんな混乱の中でも、帝を守護するのが近衛《このえ》軍であろう。たかが宦官相手で混乱を起こす近衛軍に、帝を預けられるものか。帝は、わが軍十万が、守護して洛陽《らくよう》にむかう。道をあけられよ」

董卓は、馬上から傲然《ごうぜん》と袁紹《えんしょう》を見降ろしている。肥満した巨漢である。一日に羊一頭を平らげた、という噂もある。

「私は、互いの職分を言っているだけだ。西園《せいえん》八校尉《こうい》は、常に帝に近侍《きんじ》しなければならない」

「帝に近侍していて、宦官に帝を奪われたと申されるか、宦官に。腐れ者にやられる将軍が、これからどうやって帝を守護していく。職分を全うできなかったから、帝をこの董卓が守護しているのではないか」

宦官に負けた。腐れ者に負けた。その言葉のひとつひとつが、曹操《そうそう》の心に刺さった。腐れ者。それが宦官に対する蔑称《べっしょう》であった。あの孔子《こうし》でさえ、穢《けが》らわしいと言って、宦官と同じ車に乗らなかったと伝えられている。去勢《きょせい》の刑を、腐刑《ふけい》とも言った。その言葉を聞くたびに、曹操の心は針のようなもので刺される。

「進め」

董卓が、問答無用とばかりに濁声《だみごえ》で言った。帝は、馬上でふるえているようだった。陳留王協《ちんりゅうおうきょう》皇子の方が、幼いが落ち着いている。

袁紹は、全身をふるわせながら、道をあけた。

董卓の方に運が転がった。そう思った。しかし、それだけのことなのか。何進《かしん》を殺すところから、宮中の宦官と董卓は示し合わせていなかったのか。大部分の宦官は殺されるが、張譲《ちょうじょう》と段珪《だんけい》の二人は、帝の身柄さえ董卓に届ければ、大出世ができたはずだ。

宦官なら、それぐらいねじ曲がったことを考える。性欲を奪われ、謀略の中で権勢を争う一生なのだ。それに、董卓が乗ったとしたら、わざわざ何進の召しに遠い涼《りょう》州から応じた理由も納得できる。

しかし、それほどの謀略をめぐらす時が、果してあったのか。

宦官が絡《から》むと、自分は余計なことまで考えてしまう、と曹操は思った。ここは、一時的に運が董卓の方へ転がった、と思った方がいい。

「山犬の風下に立つのか、われらは。それが耐えられるか、曹操？」

「肉屋の何進の下でも、耐えた」

董卓《とうたく》の軍は、すでに通り過ぎていた。十万と号し、三万と噂されていたが、通りすぎた軍は一万に満たなかったような気もする。

「西園《せいえん》八校尉《こうい》の筆頭は、戦もなにもわからぬ蹇碩《けんせき》だった。その下でも、耐えた」

袁紹《えんしょう》が、軽い舌打ちをした。曹操《そうそう》を見る眼《め》に、かすかに侮蔑《ぶべつ》の色がある。

宦官の家の子が。袁紹は、そう思っているのかもしれない。考えすぎだとわかっていても、どこかにその思いが覗《のぞ》く。曹操は、眼を閉じた。運を呼び寄せるほど、自分はまだ輝いてはいないのだ、と言い聞かせた。

「兵をまとめろ。われらも、城内に戻る」

眼を開いた時、冷静な声で曹操は側近に言っていた。

4

兵は、二百を超えた。

それでも、二百である。中心には、涿《たく》県以来の兵と、成玄固《せいげんこ》をはじめとした烏丸《うがん》の騎馬隊がいる。叛乱《はんらん》軍討伐の兵の募集に応じるしかなく、はじめは六十で応じた。ただの雑兵《ぞうひょう》扱いをされるのに、劉備《りゅうび》は耐えた。劉備が耐えているので、関羽《かんう》も張《ちょう》飛も耐えた。はじめ丹陽あたりで叛乱の兵と闘い、次に下邳で闘った。叛乱軍討伐の指揮者であった都尉《とい》の毌丘毅《かんきゆうき》は、劉備の兵の闘い方を見て、ただ驚嘆《きようたん》するだけだった。毌は、軍功を上表し、劉備は下密《かみつ》県の丞《じよう》に任じられたが、辞して受けなかった。時はさらに大きく動いている。いま、ひとつところに留《とど》まるべきだとは思わなかった。

義勇兵の募集がない時は、山の方へ行き、小屋を建てて暮した。百と百に分かれて、戦《いくさ》の調練をよくやった。あとは狩りである。そういう日々は愉《たの》しく、ひと月も暮していると、その小屋から離れ難いような気持になった。

義勇兵の募集は、よくあった。二百人の軍装は、一応整っている。武器を買う金を出そうという商人が、張世平《ちようせいへい》や蘇双《そそう》のほかにも数人現われたのだ。私兵として雇う気はなく、ただ軍資金を出す。そういう商人からだけ、金はありがたく貰《もら》った。それで義勇兵として応募していく時、兵たちに惨《みじ》めな思いをさせなくても済むのだ。

いつものように、百対百の戦の調練ではなく、馬上での槍《やり》の遣い方を関羽が教えている時だった。二千ほどの軍が、北にむかって駈《か》けていくのが見えた。十里（約四キロ）は離れている。

「見て参れ、関羽」

劉備《りゅうび》は、馬に乗っている関羽《かんう》に言った。

一騎だけで駈けていった関羽は、しばらくして土煙《つちけむり》をあげながら戻ってきた。

「戦です」

「なるほど」

「どうも、張純《ちょうじゅん》の仲間のようです」

このところ、再び動きが活発になっている賊だった。特に幽《ゆう》州での略奪が眼《め》に余る。

「こんなところまで来ても、略奪するものなどなにもあるまい」

「ですから、討伐軍との戦のようです」

「ほう」

張純といえば北の叛乱の頭目《とうもく》のひとりで、ここ数年、官兵とやり合っているはずだった。ただ、張純討伐の義勇兵の募集はされていない。

「大兄貴、槍の稽古《けいこ》にでも行ってみますか」

「待て待て、二千はいたぞ」

「どうも、待伏せのようですな。官兵でも通るのではありませんか」

関羽は、馬から降りようとしなかった。槍の稽古も、筒袖鎧《とうしゅうがい》をつけてやらなければ、すぐにも戦に出られるという恰好《かっこう》だった。木の棒だけの槍を青竜偃月刀《せいりゅうえんげつとう》に持ち替えれば、すぐにも戦に出られるという恰好だった。

乞《こ》われないかぎり、官兵を助けるのはやめていた。賊を追い払ったあと、隊長にいくら欲しいのだと言われたことがあったからだ。劉備は、その隊長を斬《き》ろうとして、剣の柄《つか》に手をのばしかけた。その時、張飛《ちょうひ》がその隊長を殴り倒していた。

なにかで、かっとするところが劉備にはある。それがなにか、劉備にもわからない。中山《ちゅうざん》の安喜《あんき》県で郡の督郵《とくゆう》（監察官）を打ち据《す》えたのも、それだったという気がする。溢《あふ》れそうになっているものが、なにかのきっかけで噴き出す。そうなると、残忍なことも平気でしてしまうという自覚があった。

世に入れられない。そんなことには、馴《な》れていた。雄飛《ゆうひ》する場所を得ないのは、秋《とき》がまだ来ていないからだ、と自分に言い聞かせることはできた。それまでは、ただ耐えるのである。人に顔むけができないようなことは、まず第一に自分に禁じた。あれが劉備玄徳《げんとく》だと、人に称賛《しょうさん》されることをやろうとも思っていた。

それでも、時々かっとする。

気づくと、関羽が劉備の背後に回って押さえ、代りに張飛が乱暴を働くということが多かった。劉備玄徳は徳の人でなければならない。関羽はそう言い、張飛はその通りに思いこんでいた。ある時、劉備《りゅうび》は張飛《ちょうひ》に謝ったが、大兄貴に欠点のひとつぐらいなければ、俺《おれ》たちはどうしようもない、と笑っただけだった。

劉備は、自分のかっとして見境がなくなる性格が嫌いだった。できるだけ少なくしようと努力はしたが、ふた月に一度ぐらいはそれが出てしまう。

「兄者、張純《ちょうじゅん》はいませんが、討っておくべき敵ではありませんか」

「しかし、こんな山中で戦とはな」

義勇兵の募集に応じ、解散になって戻ってくるのは、幽《ゆう》州の山中だった。兵二百がともに暮してもあまり目立たないところで、青《せい》州、冀《き》州あたりに出ていくのは、それほど遠くない。

小屋を建てる場所は、しばしば変えた。軍営を作る訓練になる、と関羽《かんう》が言ったからだ。時々やってくる洪紀《こうき》や張世平《ちょうせいへい》は、小屋を捜すのにひどく苦労することがあるらしい。

乞われないまま、官兵に手助けするのは気が進まなかった。このところ、賊なのか官兵なのかわからない輩《やから》が多すぎるのだ。

「大兄貴、いくら戦の調練をしたところで、実戦をやらないことにゃ、こいつら強くなりませんぜ」

それはそうだった。もうふた月、実戦から遠ざかっている。

張飛も、いいことを言うようになった。はじめてあった十七歳のころより、躰《からだ》も大きくなった。なにより、大人になった。自分だけが大人になりきれない、と劉備は時々思うことがある。

「そうだな。躰より、気持の方がなまってしまうかもしれんな」

「そうこなくちゃな」

張飛が、全員を急《せ》き立てた。

馬が百、徒《かち》も百。割合いから見れば、劉備の軍は完全な騎馬隊だった。斥候《せっこう》を出してから、進軍した。張飛が張り切っている。兵を鍛える時、技を教えるのは関羽で、苦しい思いをさせるのは張飛だった。兵は苦しい思いをして自らを鍛えあげなければ、戦場で生き延びることができない、というのは劉備の考えだった。関羽と張飛は、劉備に兵の鍛練をやらせなかった。きつく当たらなければならないことが、多いからである。二人は兵に恐れられているが、劉備は慕われていると言ってもいい。

関羽が見てきた通り、二千が岩のかげで待伏せの構えをとっていた。狭い場所である。西側が岩で、前後を挟まれると、逃げる場所はない。

誰《だれ》が襲われるのか、劉備《りゆうび》は遠くから眺めることにした。

それほど、待ちはしなかった。

白い騎馬隊を先頭にした、五百ほどの軍だった。

「やあ、あれは」

「知っているのですか、兄者？」

「公孫瓚《こうそんさん》だ。同じ盧植門下《ろしよくもんか》で、もう将軍になっている。幽《ゆう》州にいるとは聞いていたが」

「あれが、白馬将軍ですか」

白馬を揃《そろ》えた騎馬隊で、黄巾《こうきん》の乱のころは暴れ回っているという噂《うわさ》を聞いた。

「このままでは、挟撃《きようげき》を受けます」

「公孫瓚ならば、二千の賊ぐらいという気はするが」

「まともにぶつかればでしょう。あの隘路《あいろ》で不意の挟撃を受ければ」

「見捨てるわけにはいくまい。しかし、斥候ぐらいは出せばよいものを」

昔から、不用意なところはあった。大雑把《おおざつぱ》でもある。しかし、ここと決めた時の決断力も並みではなかった。

「襲われます」

「よし、騎馬隊だけで突っこむ。徒《かち》はこのあたりに身を潜めておくのだ。賊の半数は、こちらへ逃げてくる」

劉備は片手をあげ、騎馬隊だけを動かした。

喚声《かんせい》が聞えてきた。公孫瓚の馬が、棹立《さおだ》ちになっているのが見える。

「よし、突っこめ」

隘路では、上から攻撃しないかぎり、それほど攻め手はない。ただ突っこんだ。張飛《ちょうひ》が先頭で、蛇矛《じゃぼう》を振り回している。千あまりの賊の中を、一気に駈け抜けた。それで賊は浮足立った。公孫瓚のところまで駈けると、馬を回した。すぐにまた突っこむ。蛇矛を振り回す張飛ひとりにも、賊は怯《ひる》んでいた。関羽《かんう》の青竜偃月刀《せいりゅうえんげつとう》が、三つ四つ首を飛ばした。

賊が逃げはじめる。すぐに、百の徒が待ち受けているところにさしかかった。矢を射かけられて、賊の先頭の馬が倒れた。躓《つまず》いて重なるように、次々に倒れていく。三百余を討った。挟撃のもう一方の一千は、すでに姿もなかった。

「劉備だったのか」

「そうですよ」

馬を寄せ、劉備は笑った。盧植門下では、公孫瓚は先輩になる。

「隘路（あいろ）を通る時は、斥候ぐらい出すものですよ、公孫瓚殿（こうそんさん）」

「まったくだ。つい面倒になってしまった。賊が出たというので駈けつけてきたのだが、虚報《きよほう》だった。気が抜けたのだな」

「その虚報も、賊の手だったのかもしれませんよ」

「俺もいま、それを考えているところだ。襲われたあとからじゃ、いかにも遅いが」

公孫瓚が笑った。昔から、明るい男だった。失敗も笑い飛ばすようなところがあり、それで失敗と見られなかったりするのだ。

「それにしても、久しいな、劉備《りゅうび》。こんなところで俺を助けてくれたのは、どういうわけなのだ」

「この先の、山中に住んでいましてね」

「住んでいる？」

「兵二百とともに、小屋に。義勇兵の募集があると、出かけていきます」

「いまの兵の動きは、とても義勇兵とは思えんがな。どこの精鋭《せいえい》かと、眼をこらしてしまった。それぐらいの動きは、していた」

「戦のたびに、そういう働きはしているのですがね。なかなか認めてもらえません」

「見る眼がないやつらばかりだな。それとも妬《ねた》んでいるのかな」

関羽《かんう》と張飛《ちょうひ》が、兵をまとめて戻ってきた。公孫瓚の兵は、即座に賊を追うほどの機敏な動きはできなかった。

「俺のところへ来ないか、劉備。張純《ちょうじゅん》が烏丸《うがん》のやつらと組んで暴れている。なかなか叩《たた》けなくてな。おまえが手を貸してくれたら、俺は助かる」

自信家で、人に助けを求めたりするような男ではなかった。昔と較《くら》べると、いくらか正直になったのか。

「義勇兵の募集を、されてはいませんね」

「一度した。ひどい目に遭った。義勇兵の中に、賊が紛れこんでいたのだ」

「いろいろと考えるのですね、賊も」

劉備が笑った。

「ここで募集されたら、応じますよ」

「義勇兵などと。客将《きやくしよう》として来てもらいたい。四千の手勢《てぜい》がいるが、千五百は預けてもいい。とにかく、張純を叩き潰《つぶ》したい」

千五百の兵を扱えるというのは、魅力だった。客将ならば、兵たちにあまり惨めな思いをさせなくても済む。

「明日、行きますよ」

「ほんとうに来てくれるかどうか、心配だ。二人残していく。その者たちに城まで案内させればよかろう」

「それは構いませんが」

「とにかく、来てくれ。張純《ちょうじゅん》を幽《ゆう》州から追っ払えたら、悪いようにはしない。それまでは、戦に加わってもらわねばならんが」

「もとより、戦のために私は行くつもりです」

その日は、それで別れた。

翌日、二人に案内されて、劉備《りゅうび》は兵たちと一緒に城内に移った。与えられた宿舎は、悪いものではなかった。

公孫瓚《こうそんさん》は歓迎の酒宴を開き、劉備は関羽《かんう》、張飛《ちょうひ》、成玄固《せいげんこ》を伴って行った。

昔話を、公孫瓚はしたがった。劉備と同じように、学問はあまり好んでいなかった。やさ男で、女にもてて、そちらの話の方はよく噂で聞いた。商家の妻と密通《みっつう》しているという噂まであったが、ほんとうのことを劉備は知らなかった。一緒に、何度か宴会をやった。それぐらいの仲でしかない。

それほど遅くならないうちに、劉備は腰をあげた。張飛だけが、飲み足りなさそうな顔をしている。それを眼で叱《しか》った。兵たちには、酒はないのだ。

五千ほどの賊が、遼西《りようせい》郡に現われたのは、三日後だった。明らかに、公孫瓚は挑発されているようだ。

すぐ出陣となった。

劉備は一千を預かり、第二軍として進んだ。

張純は、原野に堂々たる陣を敷いていた。正面からぶつかって来い、とでも言っているようだった。公孫瓚は、顔を真赤にして、兵に下知《げち》を出していた。

「あの陣は、無視しませんか？」

「なにを言う。あれが張純だぞ。力押しに押して、揉《も》み潰してくれる」

止められそうもなかった。

劉備は、二百の手兵《しゆへい》を関羽と張飛に任せ、一千を率いて第二陣で構えた。

正面から、公孫瓚はいきなり攻めかけた。敵の陣の動きを見て、やはり誘いなのだと劉備は思った。

しばらく、兵を動かさなかった。突っこんだ公孫瓚の三千には、後詰《ごづ》めがないという恰好《かつこう》だった。奮戦《ふんせん》はしている。敵も、多少は退《さ》がっているから、実際以上の奮戦だ、と公孫瓚《こうそんさん》は感じているだろう。

一千が、苛立《いらだ》ちはじめた。公孫瓚の兵なのだ。駈け出そうとする騎馬隊を、劉備《りゅうび》はきつい口調で止めた。

待った。背後に、二千ほどの軍が現われた。思った通り、挟撃《きょうげき》の罠《わな》はあったのだ。

「こちらが動かないので、焦《じ》れて姿を現わした。みんないいか、あれが敵だ」

数を恃《たの》んでいるのか、敵はまともに突っこんでくる。烏丸《うがん》族の騎馬隊だった。迎え撃った。それだけでいい。

やがて、劉備の兵が横から崩すはずだ。

指揮者らしい、ずんぐりした躰《からだ》つきの、眼の細い男を、劉備は見ていた。横から、関羽《かんう》と張飛《ちょうひ》が先頭になって駈け出してきた。

「おおい、久しぶりではないか。どうしても、その首を俺にくれたいらしいな」

張飛が大声で言っている。

指揮者は、丘力居《きゅうりききょ》だった。洪紀《こうき》と成玄固《せいげんこ》の馬を盗んだ男だ。

関羽と張飛を見た丘力居が、腰を抜かしたようになったのがわかった。それから、馬の首にしがみつくようにして逃げはじめた。指揮者が逃げたので、二千ほどの兵も浮足立ち、逃げはじめた。

追撃は関羽と張飛に任せ、劉備は一千を敵陣の横に回した。突っこんだのは、一度だけだった。それで、敵は崩れていった。

狂喜《きょうき》して、公孫瓚が追撃をはじめる。

五百ほどの敵を討った。兵をまとめても、公孫瓚はまだ興奮していた。

「勝ったぞ、見事に勝った」

「これで、しばらくは張純《ちょうじゅん》は暴れられますまい」

公孫瓚は、追撃に夢中になりすぎた。ほんとうは、一隊を別方向に回して、張純を討ち取ることを考えるべきだった。

客将の役目は果したので、劉備は辞去《じきょ》しようとしたが、公孫瓚は強引に止めた。しばらく、公孫瓚のもとに滞留《たいりゅう》することになった。

「帝《みかど》が、崩御《ほうぎょ》された」

公孫瓚が泣き喚《わめ》いた。

洛陽《らくよう》からの使者で、劉備も呼ばれていた。

いつかは来る。劉備はそう思っていた。予感のようなものだった、と言っていい。

新帝が弁《べん》皇子と決まり、董太后《とうたいこう》が自殺し、何進《かしん》が宮中で殺され、宦官《かんがん》の大虐殺があった。

その知らせは、まさしく矢継ぎ早と表現するのがぴったりだった。
そして、涼州《りょう》から出てきていた董卓《とうたく》将軍が、洛陽《らくよう》を制圧したという知らせが届いた。

洛陽内外

1

　最初に、耐えきれなくなったのは、やはり袁紹《えんしょう》だった。

　何進《かしん》は肉屋だったが、名門の袁紹に一目置いていた。袁紹の真似《まね》をしたがっていた、とさえ言っていい。董卓《とうたく》には、それがなかった。名門であろうがなんであろうが、自分が絶対という態度である。

　まず、帝《みかど》を擁《よう》したからだ。帝を擁しているがゆえに、洛陽にいた兵のかなりの部分はそれに従った。殺された何進の軍など、すぐに私兵の中に組み入れた。それで最大の兵力を持つようになった。

　袁紹が歯嚙《はが》みをしたのは、董卓が涼州から率いてきた軍の規模が、言われているほど大きくはなかった、ということに気づいた時だった。一万に満たない兵だったたのだ。気づいた時、董卓《とうたく》は洛陽《らくよう》周辺の兵の多くを傘下《さんか》に入れ、四万に達していた。

一万程度なら、自分には無理でも、袁紹《えんしょう》には充分に対抗できたはずだ、と曹操《そうそう》は思った。袁紹は、機を逸《いっ》したのである。

はじめから、董卓という男には遠慮などというものはなかった。西園《せいえん》八校尉《こうい》の袁紹や曹操も、配下扱いである。新帝さえも、自分の思う通りになる、と考えているようだった。

新帝の弁《べん》は、董卓に露骨に侮《あなど》られるほど、暗愚《あんぐ》で気骨《きこつ》のかけらさえなかった。なにかあるたびに、ふるえて言葉も発することができないという醜態《しゅうたい》を、臣下《しんか》の前で晒《さら》した。それが、どうしても董卓の癇《かん》に触るようだった。癇に触れば帝の廃立《はいりつ》さえ考えてしまう。董卓がそこまでの人格だとは、曹操は予想していなかった。思った以上に、強烈なものを持っている男だ。狡猾《こうかつ》でもあった。それは、どういう人物をそばへ引き寄せるかを、見ているだけでもわかった。宮中は、そういう人の動きをうまく操れるかどうかだった。

宴席で、董卓が帝の廃立の話をはじめた時、正論をもって反対したのは、盧植《ろしょく》だった。尚書《しょうしょ》（秘書官）の職にあった。かつて勇名《ゆうめい》を馳《は》せた将軍も、世渡りはうまくなく、出世はしていなかったが、気骨は失っていなかった。

董卓は、その場で盧植を殺す素振りを見せ、さすがに周囲の者がなんとか押し止《とど》めた。盧植は、職を解かれた。

かつて功名《こうみょう》のあった者でも、自分に逆らえば殺す、という態度をわざわざ示したように曹操には見えた。自分の力を、測っている。こうやって力を測り続け、自分が最強だと確信できた時に、董卓は自分の欲望をすべて解き放つだろう。

いまは、打てる手をすべて打っているという感じがある。涼州《りょう》にいる軍も、少しずつ洛陽に呼んでいるようだ。涼州兵は規律が緩《ゆる》く乱暴だが、戦《いくさ》ではいかにも力を発揮しそうだった。

董卓はまた、力があると思った人間を、抱きこみにかかってきた。董卓の眼《め》にも、袁紹の力ははっきり見えたのだろう。何代にもわたる、名門中の名門で、近衛《このえ》軍の一部隊は依然として掌握《しょうあく》している。

袁紹が洛陽から逃亡したのは、董卓と会談したすぐ後だった。麾下《きか》の百騎足らずを連れての出奔《しゅっぽん》だったが、冀《き》州に入るとただちに兵を集め、三万の軍を作りあげていた。

董卓は追撃も難しくなった。さすがに名門の名声だと思ったのだろう。渤海太守《ぼっかいたいしゅ》に任じ、完全に敵に回すのは避けようとした。袁紹の方は、反董卓の姿勢を崩していない。

董卓《とうたく》に抱きこまれる者は、抱きこまれていった。洛陽《らくよう》を出奔する者も少なくなかった。

袁紹《えんしょう》の異母弟袁術《えんじゅつ》も、南にむけて出奔した。

自分のところにも、そろそろ抱きこみがくるだろう、と曹操《そうそう》は思っていた。曹操もまた、近衛《このえ》軍の一部隊を、しっかりと掌握しているのだ。曹操はまた、峻厳《しゅんげん》な軍人の仮面を被《かぶ》っていた。自分が掌握している部隊の軍規は、実戦中と同じように厳しくし、たえず訓練もした。

曹操は、袁紹のように、耐え難いとは感じなかった。誰《だれ》かが董卓を殺すかもしれない。それを待っていたのだ。袁紹や袁術がいなければ、混乱が起きた時は、近衛軍は自分につくだろう。それで洛陽を押さえることはできる。

事実、何人かが董卓に斬《き》りかかり、殺そうとした。そのすべては失敗で、いまは董卓に警戒を強めさせるということになった。それでも、どこに暗殺者がいるかわからないのである。

ある日、董卓から呼び出しが来た。

「近衛軍を、任せようと思うが、どうだ？」

「それはまた」

曹操は、いくつか探りを入れた。洛陽で近衛軍を掌握できれば、自分から動くことも不可能ではなくなる。兵力が八倍になるということなのだ。

董卓は、北にいる袁紹と、南の袁術を気にしているのだった。兵の集まり方を見て、名門の力というものを思い知ったのだろう。しかし、自分の軍を討伐《とうばつ》に出せば、洛陽が手薄になる。そこで近衛軍を討伐に回すことを思いつき、指揮官に曹操を選んだのだった。

抜け目がないといえば、まったく抜け目がない。暴虐《ぼうぎゃく》の振舞いとは結びつかない、おかしな周到《しゅうとう》さだった。

董卓は、尊大不遜《そんだいふそん》に構えながら、どこかにまだ怯《おび》えを残しているのだろう、と曹操は思った。

「西園《せいえん》八校尉《こうい》の頂点とは、ちょっと荷が重すぎますな」

「そんなことはない。おまえの指揮する軍は、精強この上ないというではないか。ほかの近衛軍をまとめる力も、充分にあると見た」

「考える時間は、いただけますか？」

「あまり、時間はやれん」

「二日で結構です。ほかの近衛軍の内情を把握しておりませんのに、軽々しくお引き受けもできません」

「わかった。できぬとあらば、八校尉《こうい》の任も辞してもらう。若く、将軍の任たる者が、ほかにいないわけでもないしな」

これで董卓《とうたく》は、曹操《そうそう》という人間を測ろうとしているのだろう。

家族は、譙《しょう》にいる。洛陽《らくよう》に、身を縛るものはなにもない。

曹操が迷ったのは、単独で洛陽を出奔するか、近衛《このえ》全軍を率い、兵力を擁したというかたちで出るかだった。すぐに、決断はついた。近衛全軍を率いるのは、危険である。袁紹《えんしょう》の討伐軍という恰好《かっこう》になるだろうが、監視の人間は必ずつく。ほかの近衛軍は、もともと袁紹や袁術《えんじゅつ》の部下であり、洛陽を出たらすぐに叛乱《はんらん》が起きる可能性すらある。

石岐《せきき》を呼んだ。

「潮時《しおどき》でございますかな、そろそろ」

「出られるか、洛陽を？」

「難しいところですが、なんとかなると私は読んでおります。しかし、殿も洛陽で粘られたものでございますな」

「俺《おれ》には、袁紹ほどの門閥《もんばつ》がない。譙に戻って兵を挙げても、せいぜい数千というところであろうしな」

「洛陽での数万を当てにして、尻《しり》に火がつくという恰好《かっこう》になってしまいましたな」

「口が悪くなった、石岐も」

「それだけ、私の中で殿は近くおなりなのです。とにかく、すでに殿には監視がついております。たやすく譙まで行けるとは思われますな」

「わかっている」

言ったが、自分に監視がついているというのが、曹操には衝撃だった。董卓を、どこかで甘く見ていたのかもしれない。

石岐が勧めたのは、その夜の出奔だった。

まず、城門を抜けなければならない。石岐は、夜中にそれをやると決めたようだ。城門がどれぐらい堅く守られているか、曹操はよく知っていた。

単騎であった。

五錮《ごこ》の者がどこかにいるはずだが、姿は見えない。城門には篝《かがり》が燃やされ、守備兵が三重四重に立っている。

肚《はら》は決めていた。こういう方法でなくても、城外へ出ることはできそうな気がするが、馬に乗った時から、悪くないという気もしてきた。

不意に、地鳴りのような音が響いてきた。牛の群れだった。およそ六、七百頭はいるだろうか。それが、城門にむかって走っているのだ。守備兵が慌《あわ》てはじめた。半数以上が、牛を追い返そうと城門を離れてきた。別の方角で、火が出た。油でも置いてあったのか、炎はすさまじく、見あげるほどの火柱になった。それから火は、まるで生きているもののように、地を這《は》い、城門にむかってきた。牛と兵が入り混じり、収拾《しゅうしゅう》がつかなくなってきている。

曹操《そうそう》は、馬上から城門を見つめていた。

火に追われた牛が、城門にぶつかりはじめる。それぐらいでは破れはしない、と曹操は思った。二千三千の牛の群れがぶつかっても、無理だろう。

しかし城門は破れず、なぜか開いた。

開いたところから、牛が駈《か》け出していく。曹操も、馬腹を蹴《け》った。牛の群れの中に、馬を乗り入れる。駈けた。曹操の姿を認めた守備兵が、声をあげている。

「西園《せいえん》八校尉《こうい》、曹操孟徳《もうとく》、わけあって洛陽《らくよう》を出る。追う者は斬《き》るぞ、心せよ」

駈け抜けた。すぐに五錮《ごこ》の者の馬が二頭寄ってきて、牛の群れの中から曹操の馬を出した。あとは、東にむかって駈けるだけである。

石岐《せきき》め、派手な出奔をさせたものだ。愉快だった。洛陽にいて、董卓《とうたく》の隙《すき》を衝《つ》こうと思っていた自分が、小さいものにしか見えなくなっていた。

天下に覇《は》を唱《とな》えるなら、どんな強敵であろうと、堂々と闘うべきだ。負けても、また立ちあがればいい。最後に立っていたら勝者であり、それは万民が認める勝者でもあるのだ。姑息《こそく》な勝ちを得るより、堂々と負けた方がいい。

駈けた。どれほど馬が速く駈けようと、自分が出奔したという知らせは、頭上を越えて行先に届くだろう。狼煙《のろし》の合図がある。しかし、関所で自分を遮《さえぎ》ることができる者が、ひとりでもいるのか。遮れるわけがない。遮らせもしない。

夜明け。原野。馬の汗が飛び散りはじめている。身を切るような寒さだが、曹操の全身は燃えていた。

百里（約四十キロ）ほど駈けたところで、馬が潰《つぶ》れた。替馬《かえうま》を捜している余裕はなかった。街道を、徒歩で急いだ。すでに陽《ひ》は中天にかかっている。夕刻、先行していた五錮の者二人が、替馬を用意してきた。

「すでに、逃亡人曹操という触れが、関所や砦《とりで》には届いています。莫大《ばくだい》な賞金もかけられています」

「面白い。この曹操を手捕りにしようという者がいたら、配下に加えてやってもよい」

夜更けまで街道を駈け、間道《かんどう》に入って仮眠をとった。五錮《ごこ》の者二人を、先行させる。ほかの者は、追撃をくらませるために、考えうるかぎりのことをやっているはずだ。

夜明けまで、曹操《そうそう》は深く眠り、眼醒《めざ》めるとすぐに馬に乗った。間道を駈けていく。明るければ、間道でも踏み迷うことはない。

五錮の者が、新しい馬を曳《ひ》いてきた。潰れかかった馬を替え、さらに走った。すでに洛陽《らくよう》から二百里（約八十キロ）。しかし、目指す譙《しょう》までは、洛陽から八百里（約三百二十キロ）である。まだ半分も進んでいなかった。

虎牢関《ころうかん》、中牟《ちゅうぼう》と、関所はかわした。

間道に、二十名ほどの兵がいた。見張りに出ているようだ。こちらは、五錮の者が二人いるだけだ。

先に出ようとした五錮の者を押し止《とど》め、曹操は前に進んだ。兵が、戟《げき》を突き出し、道を塞《ふさ》ぐような態勢をとった。

「西園《せいえん》八校尉《こうい》、曹操孟徳《もうとく》である。道をあけよ。洛陽にいる逆賊董卓《とうたく》を討つために、譙へ戻るところだ」

曹操と名乗られて、兵たちは動揺したようだった。

「わしが哭けるか、その戟で。武器は逆賊にむけるものぞ」

進んでいくと、兵たちは二つに割れた。曹操は、堂々とそこを通った。ひとりだけ、叫び声をあげて戟を出そうとした者がいたが、睨《にら》みつけると、弾《はじ》かれたように下をむいた。

夜更けまで、駈け続けた。行手を遮るものは、ただ踏み越える。逃げも隠れもしない。天命があるなら、譙へ帰り、兵を挙げることが必ずできる。

「鬼神のごとき、お顔でございますな」

声をかけられた。林の中から出てきたのは、石岐《せきき》だった。

「ここはもう、安全でございますぞ。殿のもとへ駈けつけようという若者が、百ほども集まっております。殿の出奔が知らされたら、そうなったのです」

石岐は、旅の商人のような身なりをしていた。なにも言わず、石岐に眼をくれて頷《うなず》いただけで、曹操は馬を進めていった。

2

百騎ほどを率い、呂布《りよふ》は洛陽を巡回していた。

主人の丁原《ていげん》は、幷州《へいしゅう》の刺史《しし》（長官）だったが、大将軍何進《かしん》の召し出しに応じて、五千の兵で洛陽《らくよう》に出てきたのである。霊帝崩御《れいていほうぎょ》の時だった。執金吾《しつきんご》（警視総監）となったので、呂布《りょふ》の仕事は洛陽の巡回という退屈なものだった。大将軍何進が殺され、次に宦官《かんがん》が誅殺《ちゆうさつ》され、董卓《とうたく》が洛陽に入ってきても、丁原は動こうとしなかった。洛陽が乱れなければいい。それだけを、丁原は考えているようだった。

たとえ董卓の兵でも、暴れれば取締る。難しいことは、なにもなかった。二、三度、まともにぶつかったりしたが、その場で十人ほどの首を斬《き》り飛ばすと、もう呂布の巡回を遮る者はいなくなった。

それでも、董卓の兵の乱暴がなくなったわけではない。呂布がいないところでは、日増しに暴虐《ぼうぎやく》の度はひどくなっているようだ。

大人《おとな》しくさせるためには、董卓をぶった斬ればいい、と呂布は思っていた。もっとも、兵が暴れるのは、嫌いではない。丁原に命じられた仕事だからやっているが、呂布も暴れたい方だった。

呂布は、丁原の下で都尉《とい》（隊長）のひとりをしていた。丁原にはかわいがられ、父子の契りを結んでいる。丁原がそうしようと言ったから、従ったまでだった。

誰《だれ》か斬りたい。馬上で、呂布はそういうことを考えていた。幷州にいる妻子を呼ぶことを、丁原に禁じられているのが、面白くなくなってきたのだ。

いつも、任地へ妻子を呼んでいたわけではなかった。死ぬまでに一度洛陽を見てみたい、と妻の瑶《よう》が言ったことがあった。それを、呂布は夜毎《よごと》思い出した。いまならば、見せてやれるではないか。そういう思いが募《つの》って、丁原に許可を求めた。嗤《わら》われた。次に、怒鳴られ、そしてさとすように叱《しか》られた。どれも理屈にはなっていない、と呂布は思った。

洛陽には、大臣たちがいる。貴族と呼ばれる人間も、多分いるのだろう。そのほかに、将軍たちがいる。自分には、あまり関係のない人間たちだ、と呂布は思っている。もともと、五原《ごげん》郡の匈奴《きょうど》との国境で生まれ育った。馬が、友だった。匈奴とともに草原を駈けたこともあれば、闘いの相手になったこともある。呂布が育ったところは、匈奴の土地になったり、漢《かん》の土地になったりしたのだ。

十二歳の時に、戦《いくさ》に出て人を殺した。殺さなければ、生きて帰れなかった。必ず生きて帰れ、と母に言われたのだ。戦で、死んではならぬ、とも母に言われた。母は、匈奴の人である。父は知らない。

十歳の時、母から一振りの剣を与えられた。父のものだろうと思ったが、それを佩《は》く喜びより、母からひとりの男だと認められたことの方が嬉《うれ》しかった。剣を与えてからは、母は呂布《りよふ》を奉先《ほうせん》殿と、字《あざな》に殿をつけて呼んだ。

戦に出て手柄を立てれば、大将からなにか貰《もら》えた。貰うもので、母がいくらか楽になるだろうと考えて、戦に出たのだ。それを母は喜ばず、むしろ学問をさせたがった。学問で、暮しは楽になりそうもなかったが、母が喜ぶ顔を見たくて、文字を学び、何冊かの書物も読んだ。

母が死んだのは、十四歳になろうとしていたころだ。呂布を見つめながら母は死んで行き、呂布は丸二日遺骸《いがい》のそばにいた。泣きはしなかった。泣くのは男ではない、というのも母の教えだったのだ。それから、布で包んだ母の遺骸を抱いて、匈《きよう》奴《ど》の土地へ行った。母の生まれた山。何度も聞いて、心の中で想像し、馴染《なじ》んだ場所のような気がしたが、そこへ行くのははじめてだった。五日間歩き続けて、呂布はそこへ着いた。布は、戦の手柄で与えられたものだった。

殺し合った匈奴の者たちもいたが、誰も呂布に手を出そうとはしなかった。山の麓《ふもと》に母を葬る時は、二百ほどの騎馬の軍が、遠くから見守っていた。それが、母が出た一族の総勢のようだった。

歩いて五原《ごげん》郡へ帰ろうとしていた呂布に、その一族のひとりが馬をくれた。白い髭《ひげ》を蓄えた老人で、おまえの母にやる馬だ、とだけ言った。

その馬は、八年後に戦の時に死んだ。

いくら学問をしても喜ぶ母はいないので、呂布はそれからは戦の中で暮してきたようなものだった。並はずれて躰《からだ》が大きく、膂力《りょりょく》も強かった。それ以上に、飛んでくる矢がはっきりと見えて、寸前でかわすことはおろか、かわしながら手で摑《つか》みとることまでできるようになった。

呂布が遣《つか》う戟《げき》は、力自慢の兵でも振り回せない。剣は、母から与えられたものは飾りとし、戦場では四本の剣を打ち合わせて作ったものを遣った。

戦場での働きを并《へい》州の刺史《しし》丁原《ていげん》に認められ、都尉《とい》に任じられて、常にそばに置かれるようになった。

丁原は、口うるさい男だった。酒の飲み方から衣服の乱れまで、いつも呂布に眼を配っていて叱りつけるのだ。自分しか見ていないのではないか、と思ったほどだ。

そういうころ、瑶《よう》に会った。九原《きゅうげん》のある村に駐屯《ちゅうとん》した時、見かけたのだ。母が生きている、と思ったほどだった。顔が似ているというのではない。そのくせ、すれ違っただけでも、懐かしさのようなものでどうしようもなくなった。

呂布は、思い悩んだ末に、決心して瑶を攫《さら》った。そうする以外、女をどう扱えばいいかわからなかったのだ。

気を失っていた瑶《よう》が、気づくと呂布《りよふ》を叱りつけた。どうしていいかわからず、呂布はじっと座ってうつむいていた。

「妻に、したかった」

理由を何度も訊《き》かれ、呂布はようやくそれだけ言った。

瑶は、それから三日間、ひと言も喋《しやべ》ろうとしなかった。どうしていいかわからず、呂布はただ、食べものと水を運んだ。躰《からだ》を洗うための水さえ、毎日攫ってきた小屋まで運んだ。瑶は、すべてに手をつけなかった。

四日目に、呂布《りよふ》は瑶《よう》の前に座り、水を飲んでくれるように頼んだ。このままでは、死んでしまうかもしれないと思うと、自然に涙がこぼれ落ちてきた。母が死んだ時でさえ、流さなかった涙だった。

五日目になって、瑶は水を飲み、躰を洗ったようだった。それから、呂布を呼んだ。

はじめて知る、女の躰だった。あれほど目くるめくような思いは、生まれてはじめてのことだった。

一度きりだと瑶は言ったが、呂布はそれを肯《がえ》んじなかった。ほかのどんなことにも耐えるが、それだけは耐えられないと思った。

瑶は、呂布より十一歳年長だった。それを瑶は何度も言ったが、呂布には妻にしてならない理由になるとは思えなかった。

瑶が折れた。

呂布は、ようやく義理の父子となっていた丁原《ていげん》に報告に行く気になった。許しを得るなどという気はなかった。丁原が許さないと言えば、斬り捨てるだけだと思っていた。

丁原は、はじめ呂布を叱りつけたが、すぐに頷《うなず》いた。頷かれたあとに、自分が刀の柄《つか》に手をかけていたことに、呂布は気づいた。

九原《きゆうげん》の城内に、家が与えられた。瑶は、すぐに娘を生んだ。

瑶が言うことは、母が言うこととは違っていた。たとえば戦に出たら、必ず功名《こうみよう》を立てろと言った。それで暮しは豊かになり、娘も立派な家の子になる、というのだ。男のつとめとはそういうものだ、というのが瑶の考えだった。

呂布は、丁原に願い出て、三百の騎馬隊を編成した。それには、匈奴《きようど》の者も多く入っていた。いままで、その騎馬隊で断ち割れなかった陣はない。

丁原の麾下《きか》で随一の隊長に、呂布はなった。并州《へい》で、その名を知らぬ者はいないほどだった。それを、瑶は誇りにしているようで、娘にもいつも言って聞かせていた。

以前より大きな家に住み、使用人も五人いた。これでいいのだ、と呂布《りよふ》は思っていた。九原《きゆうげん》では、金持ちの商人か丁原《ていげん》しか、呂布以上の生活をしている者はいなかったのだ。

洛陽《らくよう》で功名を立ててこい、と出発する時に瑶《よう》は言った。

そのつもりで呂布は三百騎のすべてを率いてきたが、大きな戦はなかった。洛陽の巡回だけが仕事なのである。戦が起きそうな気配はあるのだが、誰も起こさず、将軍として近衛《このえ》軍を指揮していた者も、ひとりふたりと洛陽を出ていった。

こんな状態ならば、瑶を洛陽に呼んでも、なんの不都合もないと思った。

それが、許されないのだ。丁原は、昔から自分には必要以上に厳しかった。

そんなことを考えながら、呂布は巡回をしていた。

人が逃げ惑っているのに出会った。

三百ほどの涼《りよう》州兵が、また暴れているようだった。

三百もいると、百騎ほどしか率いていない呂布を、それほど恐れている素ぶりも見せなかった。むしろ、日頃《ひごろ》の恨みを晴らそうとでもいうような顔つきをしている者が多い。

呂布は、まず執金吾《しつきんご》の隊であることを、そばの者に名乗らせた。そうするように、丁原に命じられていたからだ。

「なにが執金吾だ。洛陽は董卓《とうたく》軍のものだということを知らんのか」

そういう声が返ってきた。戟《げき》を執《と》り、呂布は前に進み出た。

「散るか、それともここで死ぬか」

そう言った時、矢が唸《うな》りとともに飛んできた。馬上で身をかわし、呂布はその矢を片手で摑みとった。

「これが、おまえらの返事だな」

掌《て》の中で二つに折った矢を、呂布は投げ捨てた。

先頭にいた数十人が、剣を抜いて呂布に突きつけてくる。呂布は、ずいと前へ馬を進め、戟を頭上にあげた。馬腹を蹴《け》る。戟を振り回しながら、三百人の中を駈け抜けた。十四、五人が倒れていた。誰もが立ち竦《すく》んでいて、動く者はいない。

「ふん、この呂布奉先《ほうせん》の戟を受けられる者が、涼州の腰抜けの中にはひとりもおらんのか」

言い放った呂布が、再び馬を戻した。五、六人が倒れただけだった。身をかわすというより、みんな逃げたのである。

不意に、呂布《りよふ》はかっとした。こんな腰抜けどものために、毎日洛陽《らくよう》の中で退屈な巡回をしていなければならないのだ。

「捕えろ。逃げる者、刃向う者は斬れ」

部下に、そう命じ、戟《げき》を突き出して駈けた。呂布ひとりに気を吞《の》まれていた涼州《りよう》兵である。百騎ほどで襲いかかっても、すぐに算を乱した。戟に触れてくる者を、二人、三人と斬り倒し突き倒ししながら、呂布はまったく別のことを考えていた。妻子を呼ぶことを、丁原《ていげん》はなぜ許そうとしないのか。腹が立った。腹立ち紛れに振り回した戟で、涼州兵ひとりの躰《からだ》が完全に二つになった。それで、涼州兵は抵抗の気力さえ失ったようだ。みんな、剣を捨てた。すでに、百人近くが倒れている。

「その二十人を前に出せ」

呂布は、低い声で言った。前に押し出された兵が、呂布の顔を見て怯《おび》えの表情を見せた。馬腹を蹴った。駈けながら、呂布は二十人の首を飛ばしていった。

しんとしていた。血の匂《にお》いだけが強かった。

「縄を打って、引き立てろ」

残った涼州兵に、縄が打たれている。呂布の気持は、もう鎮まっていた。血の匂いが、そうさせたのかもしれない。

丁原にどう言い訳をすればいいか、呂布は考えはじめた。どうせ、やり方が荒っぽすぎると言って、叱りつけるに決まっている。

見せしめのために必要だった。そう言おう、と呂布は決めた。涼州兵も、今後はいくらか大人しくなるだろう。それは、丁原も認めるはずだ。

営舎に戻ると、すぐに丁原に呼ばれた。

呂布は、決めていた通りのことを言った。丁原はそれほど叱らず、上に立つ者がむやみに人を殺してはならぬのだ、ということをくり返し言い聞かせてきた。

「では、父上はどうやって涼州兵が暴れるのを防ぐと言われるのですか？」

父上とは、そう呼ぶように言われているから、呼んでいるだけのことだった。父という言葉に、心に響くものはなにもない。だから命じられると、なにも考えずにそう呼べた。

「それはいま、董卓《とうたく》殿に何度も申しあげているところだ。董卓殿も、なかなかそこまでは手が回らぬらしい。巡回の人数を、数倍にしようか考えていた時だった」

そうしたところで、涼州兵は押さえられるはずはない。力。それこそがすべてなのだ。強い者に、弱い者は従う。いまの董卓が、まさにそうではないか。

呂布は、丁原が董卓を苦々しく思っていることを知っていた。それでも、まともに戦を挑むことはできずにいる。勝てはしないからだ。ならば執金吾《しつきんご》の職も放《ほう》り出し、ほかの将軍たちのように、洛陽《らくよう》を出ればいいではないか。幷州《へい》へ戻ることになる。それについて、呂布《りよふ》には文句はない。瑶《よう》がいる。娘もいる。洛陽を見せてやる機会は、いつかまたあるだろう。

丁原《ていげん》が、なぜ執金吾の職にしがみついているのか、呂布にはわからなかった。董《とう》卓《たく》と闘うのなら、まだわかる。執金吾をいくら熱心にやったところで、やがて董卓は丁原を辞めさせるだろう。それから、幷州へ帰ることができるのか。すべての職を、取りあげられてしまうのではないのか。

すると、幷州へは自分ひとりで帰ることになるのか、と呂布は思った。帰ることはできても、瑶に愉《たの》しい思いをさせてやることなどもうできなくなる。

「いいか、息子。おまえは、耐えることを覚えなくてはいかん。いま、洛陽がおまえを耐えさせているのだ。家族のことは、しばらく忘れろ。洛陽を鎮めることだけを考えろ」

執金吾の麾下《きか》は二万を超える。それは、董卓に次ぐ勢力だった。戦となれば、董卓に不満を持っている者は、こぞって丁原につくだろう。互角の戦ができるかもしれないのだ。その口惜《くや》しさも、呂布にはあった。

「董卓を、斬らせてください」

「それもならん。なんということを、おまえは言うのだ。洛陽には、帝《みかど》がおられる。その下で、平穏な洛陽を作ることこそが、臣下《しんか》たる者のつとめだ」

「董卓を斬れば、そうなるのではありませんか」

帝といったところで、ついこの間までの帝は廃されたばかりだ。胆《きも》が小さいので、董卓が気に入らなかったのだという噂《うわさ》だった。そして、その弟でまだ子供の協《きょう》を、勝手に帝にしたのである。

董卓が勝手にすげ替えるような帝がなぜ大切なのかも、呂布にはわからなかった。徳ということを、丁原は言いはじめた。徳でどうやって相手を倒すのか、と呂布は思った。相手を倒すのも、自分を守るのも、力だけではないか。少なくとも、直属の三百騎には、いつもそう教えている。いまは三百騎を五百騎に増やそうと新兵の訓練をしているが、力のない者はそこで死んでいく。当たり前のことなのだ。

それ以上、呂布は丁原に言い返さなかった。

十八歳で丁原の下につき、十年である。なにを言っても、丁原が相手にしないことはわかっていた。

董卓から呼び出されたのは、翌日だった。宮中とは別に、執務のための館《やかた》がある。

洛陽《らくよう》の政事《まつりごと》は、そこで行われていると言ってもよかった。人の出入りも多く、警備は厳重である。

行きたくない、と言った呂布《りよふ》に、行ってこいと命じたのは丁原《ていげん》だった。俺を殺す気か。そう思ったが、言わなかった。どれほど厳重な警備であろうと、身ひとつで破って出てくる自信がないわけではない。

館の守備兵は、呂布を見て息を呑んだ。剣を預けろと言う者がいたが、ここは宮中ではない、と呂布は断った。

館の中にも、守備の兵はいくらかいた。思ったほどの数ではない。

董卓《とうたく》のいる部屋に通された。二十人ほどが、董卓の両側を固めているだけだった。殺すには、造作もないではないか、と呂布は思った。董卓は、残忍な顔をした、肥《ふと》った男だった。こういう顔は、嫌いではない。こういう顔をした大将は、胸のすくような戦をする。殺して、殺し尽す戦だ。丁原では、相手にもならないだろうと思った。

「わしが涼州《りよう》から連れてきた兵は、やっていいことと悪いことがわからん。それを、百二、三十も斬り殺したそうだな」

呂布は、黙って董卓を見つめていた。

「おまえのような男が、執金吾《しつきんご》の下でただの都尉《とい》をしているというのは、まったく惜しい。わしの下にいれば、すぐに将軍にしてやるところだ」

想像したような風向きではなかった。董卓の残忍な顔が、にやりと笑った。

「望みは？」

「幷州《へい》へ帰ることです」

「なぜだ？」

「幷州には、家族がいます」

不意に、董卓がはじけるような笑い声を出した。

「幷州か。家族か。それはいい。しかし将軍、なぜ家族を洛陽に呼ぼうとは考えぬ」

「執金吾の許しがいただけません」

「なぜ？」

「わかりません」

「そうか。丁原には丁原の考えがあるのだろう。ところで将軍、わしが与えるものを受け取らぬか？」

「死、以外ならば」

「死だと。これはまた、無双《むそう》の将軍が面白いことを言う。わしがおまえにやろうというのは、馬だ。ただの馬ではないぞ。赤兎《せきと》という。この世に、二頭とはおるまい。ただし、乗りこなせればだが」

「乗りこなせなかった馬は、いません」

「大言《たいげん》を吐くのう。将軍なら、それぐらいがよいぞ。この世には、二通りの人間しかおらぬ。勝つ者と負ける者。将軍は、つねに勝たねばならん。まあよい。庭に馬が曳《ひ》かれてきているはずだ」

庭に、案内された。董卓《とうたく》も、二十人に守られてやってくる。

幼いころから、馬とともに育ったようなものだった。いま眼《め》の前にいる馬がどれほどのものか、見ただけで呂布《りよふ》にはわかった。はじめに考えたのは、これに跨《また》がっている姿を、瑶《よう》に見せたいということだった。それほどの馬だ。

掌《てのひら》に、じわりと汗が滲《にじ》み出してくるのを、呂布は感じた。

「乗ってみろ、将軍。乗りこなせたら、おまえにやろう。きのうの働きの褒美《ほうび》だ」

呂布は、赤兎に一歩近づいた。赤兎が、呂布を見ている。俺を測っていやがる。

呂布はそう思った。自分を測ろうとする馬に出会ったのも、はじめてだった。

俺に乗られるために、おまえはここにいる。二人で、暴れ回ろうではないか。

心の中で、呂布は赤兎に呼びかけた。

俺ならば、誰よりも見事におまえを走らせてみせるぞ。俺が乗ることで、おまえは馬の中の馬になるのだ。

手綱《たづな》をとった。かすかに、赤兎は耳を動かした。首筋を一度撫《な》で、呂布は無造作に赤兎に乗った。大人しくしていた。

庭の端から端まで、走らせてみる。心が躍《おど》った。そういう馬だった。

董卓が手を叩《たた》いている。

「これを、私に？」

赤兎を降り、片膝《かたひざ》をついて呂布は言った。

「立派なものだ。人中《じんちゆう》の呂布、馬中《ばちゆう》の赤兎。将軍、実に見事なものだぞ」

董卓は、肥った腹をふるわせていた。

3

兵は集まってきた。

孫堅《そんけん》は、赤い幘《さく》（頭巾《ずきん》）を被《かぶ》り、毎日兵を見て回った。長沙《ちようさ》の鎮定《ちんてい》を命じられた時、周囲三郡も合わせて掃討《そうとう》した。その時、できるかぎり民政に気を使い、不正のあった役人はすべて処断《しょだん》してきた。いまそれが、人望となって孫堅《そんけん》のもとへ人を集めている。

孫堅の麾下《きか》一万、義勇兵一万となった時、北へむかって進発《しんぱつ》した。

前に北にむかった時と較《くら》べて、自分は変ったと孫堅は思っていた。はじめから、二万の軍勢を率いている、というだけではない。前は、なにがなんでもという気分だったが、いまは自分こそがと思っている。董卓《とうたく》を叩《たた》き潰《つぶ》せる将軍は、自分だけではないのか。つまり、自信だった。前は覇気《はき》に満ちていたが、自分がいなければという思いはなかった。ほかの者に遅れられない、と急《せ》いていたのだ。

俺《おれ》は、二万の軍を率いる将軍になった。それだけで、終ろうとも思っていない。五万、十万の大軍を率いる将軍になるのも、夢ではなくなっているのだ。

飢えた狼《おおかみ》ではない。獅子《しし》としての誇りを持つべきだった。一万の麾下は別として、新しく加えた一万には、まず軍規を徹底させなければならなかった。進みながら、それをやった。兵の質は、動かしている時が最もよくわかる。百人近くを軍規に反したと処断すると、見違えるような軍勢になってきた。

まずぶつからなければならないのが、荊州刺史《けいしゅうしし》の王叡《おうえい》だった。王叡は、なにも動こうとしなかった。それは文官だから仕方がないとも言えるが、荊州内での義勇兵の応募を、あからさまに止めるようなことまでしたのだ。それは、見過せない罪だ。

もっとも、そのために義勇兵が孫堅のもとに集まってきたというのはある。文官の時代ではない、とも孫堅は思っていた。文官が州の刺史や郡の太守《たいしゅ》など、やれるわけはないのだ。下級の役人をやっていればいい。でなければ、宦官《かんがん》が横行《おうこう》した、宮中のようになってしまう。

江陵《こうりょう》に近づいた時、王叡から挨拶《あいさつ》に来るように、という使者が来た。

「来いというなら、行ってやろう」

以前の孫堅なら、辞を低くして、多少の金などの献上品も用意しただろう。時の流れが見えていない男は、どうしようもなかった。それで礼を失すれば、洛陽《らくよう》にあれやこれやと告げ口をする。

江陵に入り、一隊を派遣して王叡を引き出してくると、なにも言わずに斬《き》った。最後まで、王叡は悪い夢でも見ているのではないか、という表情をしていた。

孫堅の側近には、四人の武将がいた。程普《ていふ》、黄蓋《こうがい》、韓当《かんとう》、祖茂《そも》である。義勇兵として呉《ご》郡を出、各地を転戦する間に、主従の契りを結ぶことになった者たちである。

その四人は、新しく集まった一万の兵につけた。これから実戦である。孫堅がなにを考えているか、最もよくわかっているのが、その四人だった。

孫賁《そんほん》は、長沙《ちょうさ》に残していた。子供たちはまだ幼い。長沙を守る要はいるのである。それに、孫賁が得意とする謀略《ぼうりゃく》は、今度の戦《いくさ》ではそれほど必要とされない。後方支援の態勢も整っているはずだ。

南陽《なんよう》郡に入った。

孫堅《そんけん》が王叡《おうえい》を斬ったという知らせは入っているはずだが、南陽太守は特に軍糧《ぐんりょう》を用意するわけでもなく、ただ酒宴の仕度をして待っていただけだった。

これも、無能な男である。孫堅は、ためらわずに斬らせた。

「これで、道中のすべては、殿の意を先へ先へと汲《く》もうとすると思います。残った役人たちも、自分たちの仕事を懸命にやろうとするでしょう」

程普《ていふ》が言った。洛陽《らくよう》が乱れれば、地方はもっと乱れる。黄巾《こうきん》の乱の時には、ただふるえていた役人ばかりだ。乱が鎮《しず》まると、特権をふりかざして私腹を肥やす。

そういう愚劣《ぐれつ》さは許さない、と態度で示すべきだった。

「魯陽《ろよう》に、袁術《えんじゅつ》がいるのだな。およそ、五万。さすがに名門と言うべきよ。洛陽を出奔してひと声あげれば、五万か」

なりあがりの孫堅には、対抗心と負い目が同時にあった。近衛《このえ》軍の隊長のひとりである西園八校尉《せいえんはちこうい》で異母兄《いぼけい》の袁紹《えんしょう》は、もっと兵を集められるだろう。まだ、名門の力はある。しかし、いずれそれもなくしてやる。孫堅は、ひそかにそう思っていた。今度の戦が、その契機《けいき》になるかもしれないのだ。

二万の軍のうち、一万は精鋭である。よくここまでなれたものだ、と思う。荊州《けい》、揚州《よう》の豪族で、孫堅の旗のもとに集まってきた者も少なくないのだ。豪族の誇りをも捨てさせるほどに、自分は強くなった。

これからは、地方の豪族と競《きそ》うのではない。中央で名を馳《は》せていた名門の男たちと、功名を競うことになる。

「程普、袁術に甘く見られるな。たとえ二万でも、十万に値する精鋭だということを、身をもって示さねばならんぞ」

袁術の軍に対し、董卓《とうたく》も洛陽から軍を出そうとしている、という噂《うわさ》があった。当然出してくるだろう、と孫堅は思っていた。

まず父に会い、次に商人たちに会った。

義軍を募るにしても、財力が必要である。曹《そう》家の財力に、さらに加えるものとして、商人の財力を当てにするしかなかった。

集まった財は、少なくなかった。

冬。『忠義』という旗を、曹操《そうそう》は掲げた。

すでに、洛陽《らくよう》で麾下《きか》にあった者たちのうち、二百ほどは駈《か》けつけている。

曹操は、集まってくる人を見ていた。いまは、人数ではない。人数ならば、名門の袁紹《えんしょう》、袁術《えんじゅつ》のもとに集まるだろう。地方の郡の太守《たいしゅ》をしていた者たちも、もともとの軍兵を抱えている。

いまは、人材を見きわめることだった。

少しずつ、人は集まりはじめた。従兄弟《いとこ》の夏侯惇《かこうとん》、夏侯淵《かこうえん》がそれぞれ手勢を率いてきたし、曹一族の仁《じん》と洪《こう》もやってきた。若くして西園《せいえん》八校尉《こうい》となった曹操は、一族の誇りでもあったようだ。

曹操は、全国に董卓《とうたく》討伐の挙兵《きょへい》を呼びかけた。曹操のもとに集まった兵は、五千である。単独では、董卓に抗《こう》しようもない。それは、袁紹も袁術も同じはずだ。

誰《だれ》がどう動くかは、曹操にはほとんど読めた。挙兵した全軍が集結すれば、洛陽の董卓軍よりずっと多くなる。しかし、まとまりはなかった。董卓は、強引ともいえるやり方で、洛陽の兵をまとめているようだ。それに、涼州《りょうしゅう》からもかなりの兵を呼んでいるだろう。

大物の中で、曹操が読めないのは、益州《えき》の牧《ぼく》（長官）として赴任した、劉焉《りゅうえん》の動きだった。

牧は、軍事に関する権限も持っていて、これまでの刺史とはまるで力が違う。劉焉の提案で設けられ、自ら益州の牧を劉焉は望んだのだった。その気になれば、益州全体の大軍を動かせる。

五斗米道《ごとべいどう》に連絡路を遮断されているらしいという話があって以来、消息は不明である。

益州にやっていた五錮《ごこ》の者が、戻ってきた。曹操は、くわしく劉焉の動向を聞いた。

五斗米道は張魯《ちょうろ》という者が頭目《とうもく》で、漢中《かんちゅう》を押さえていた。そこが押さえられれば、益州は孤絶《こぜつ》する。しかし、張魯と劉焉は、手を組んでいる気配が濃厚だった。つまり漢中の張魯を間に置いて、漢《かん》王室の勢力下から離れてしまおうとしている。

「益州を、別の国とするつもりか」

「そのようにしか、思えません。軍の配備も、洛陽を攻めるものではなく、益州を守るためと申した方がよろしいでしょう。益州の、劉焉に従わない豪族などは、すべて討滅《とうめつ》されてしまいましたし」

益州《えき》を別の国にし、戦とも離れる。そうなれば、肥沃《ひよく》な益州は富んだ国になる。それから先のことを、劉焉《りゆうえん》が考えているのかどうか。漢《かん》王室に連《つ》らなる者として、いずれ軍を洛陽《らくよう》にむけようという意志があるのか。曹操《そうそう》の知っている劉焉は、すでに老人だった。自らの一族のためだけに、益州に国を造ろうとしているのか。それとも、漢王室全体のことを考えているのか。

いずれにしても、老獪《ろうかい》に立ち回っている。

「五斗米道《ごとべいどう》との関《かかわ》りを、もっと探れ」

五錮《ごこ》の者のひと組は、益州にはりつけておくしかなさそうだった。太平道《たいへいどう》が三十六方《ぼう》（方は教区）で一斉に叛乱《はんらん》を起こしたのと、五斗米道のやり方は明らかに違うようだ。漢中から益州までを五斗米道が押さえるとなると、太平道の起こした黄巾《こうきん》の乱どころでは済まなくなる。

「劉焉が、五斗米道の信者であるということは？」

「それはない、と思います。ただ、張魯《ちようろ》の母親は、親しく劉焉と交わっております」

「その母親も、調べよ」

「いまのところ、巫術《ふじゆつ》をなすこと、張魯の母親とは思えぬほど若々しく見えること、それぐらいしかわかっておりません」

「ほう、若々しくだと」

「われらが見ても、娘のようにしか思えません。石岐《せきき》によると、十年前も、二十年前もそうだったようです」

「会ってみたいものだな、一度」

五錮の者は、浮屠《ふと》（仏教）と強い関りを持っている。しかし浮屠の建物など、洛陽に白馬寺《はくばじ》というものがあるだけである。信者も、ほとんどが西方の月氏《げっし》の人間だという。

「張魯の動きも、見落とすな。五斗米道がどういう拡《ひろ》がり方をするか、知っておかねばならん」

曹操は、自分が天下に覇を唱えた時のことも考えていた。そのためになにをなすかは、まだ見えてくるものが少ない。見えたものは、調べておくべきだった。いまは、劉焉の動きと五斗米道である。

曹洪《そうこう》を呼び、五千の軍の訓練をはじめるように命じた。たとえ五千でも、自分の軍は、精強で勇敢でなければならない。

公孫瓚《こうそんさん》は、毎日人数を数えていた。

董卓《とうたく》討伐の義兵を募ると、幽《ゆう》州の人間が次々に集まってきたのである。このところ、幽州の叛乱はすべて押さえこんでいる。烏丸《うがん》からの侵攻も、撃ち払っている。それで、評判はあがっているのだ。

兵が一万を超えると、もう勝ったような気分になった。董卓《とうたく》に勝ったし、董卓討伐のために集まった、ほかの将軍たちにも勝った。にやりと笑ってみることもある。しかし、実際は誰にも勝っていないことも知っていた。袁紹《えんしょう》や袁術《えんじゅつ》という名門の将軍たちは、数万という軍を組織するだろう。南には、孫堅《そんけん》という勇将もいる。一万以上の兵を擁していれば、そんな連中にも馬鹿にされなくて済む、というだけのことだ。

叛乱の鎮定も、劉備《りゅうび》を客将に迎えてから、急速に進んだのだ。自分ひとりだと、まだ北平《ほくへい》郡ひとつでてこずっていただろう。

まったく、劉備というのはこれほどの武将だったのかと、いまにして思う。昔、ともに盧植《ろしょく》門下であったころは、それほど目立たず、温厚で戦など無縁という感じがあった。それが、二百の手勢で、一千の敵を何度も蹴《け》散《ち》らしてみせたのだ。

関羽《かんう》と張飛《ちょうひ》という、二人の側近が、普通の男ではなかった。天下に豪傑《ごうけつ》は多く、公孫瓚は何人もの男を見てきたが、この二人に勝る者は知らなかった。劉備が羨《うらやま》しいと思うことが、しばしばあった。劉備を自分の家臣にしてしまえば、関羽も張飛も手に入る、と思ったこともある。しかしそれは、言い出すことさえできない雰囲気だった。二百の劉備の兵はいつも固まっていて、公孫瓚の兵と一緒になろうとはしない。それを、毎日張飛がこわい顔で鍛えあげている。

関羽や張飛から見れば、自分と劉備は対等なのだ。家臣になどと言い出すと、侮《ぶ》辱《じょく》したとして、その場で張飛に斬られかねなかった。ただ、劉備は世渡りがうまくない。公孫瓚には、そう見えた。もうしばらくは、客将としてうまく使っていられる。

そして劉備が客将である以上、今度の出兵でほかの将軍たちと伍《ご》していけるだけの成算《せいさん》が、公孫瓚にはあるのだった。

地方の将軍で終るのだろうと思っていたが、この国の大勢力になる機が、いま訪れてきているのかもしれない。

「いつ、南にむけて進発できるだろうか？」

ある日、公孫瓚は劉備に訊《き》いた。

「兵の訓練が終ってからでしょう。誰か、適当な武将を選ばなければなりません」

関羽《かんう》と張飛《ちょうひ》では駄目だろうか、ということを公孫瓚《こうそんさん》は言い出せずにいた。どう見ても、自分の麾下《きか》にあれほどの武将はいない。

自分でやるか、という気にも公孫瓚はなっていた。白馬将軍と呼ばれてきた。烏《う》丸《がん》との闘いで、白馬で揃《そろ》えた騎馬隊を動かしたからだ。その兵の訓練は自分でやり、白馬隊を見ると烏丸が逃げ出すと言われるほどの、精鋭を育てあげもしたのだ。

「劉備《りゅうび》は、客将としてともに来てくれるであろうな」

「天下の義兵が集まっています。もとより、そのつもりです」

「いま、一万二千ほどになっている」

「進発までには、一万五千は超えます」

「兵糧なども、一万五千として用意している」

「それも知っております。私は、公孫瓚殿の旗本《はたもと》をつとめましょう」

「それは、心強い。とにかく、関羽と張飛がいるのだからな」

なぜ、劉備は関羽と張飛という二人の豪傑を、臣下にしておけるのか。義兄弟だというが、どう見ても臣下だった。聞けば、流浪の旅の連続である。大きな出世も望めそうにない。それでも、関羽と張飛の劉備に対する態度は、見ていて羨しくなるほどだった。二百の手勢も、一途《いちず》に劉備を慕っているように思える。

いずれ、将軍として名を馳《は》せるかもしれない。盧植《ろしょく》門下のころは、ちょっと鈍重《どんじゅう》な男に見えたが、人を魅《ひ》きつけるものは持っていたのだ。劉備が将軍として名を馳せるなら、それはそれでよかった。公孫瓚は、劉備が嫌いではないのである。

冬の風が吹いていた。北平《ほくへい》郡の原野は、山から吹き降ろしてくる風が、ことのほか冷たいのだった。

ここの冬も、これきりだと、風の中に立って公孫瓚は思った。

4

洛陽《らくよう》の臨戦態勢は整いつつあった。

二十万の兵はいる。率いる将軍たちも、董卓《とうたく》の息のかかった者に次々に替えられた。

呂布《りょふ》は、相変らずの巡回だった。董卓が軍を再編しようと、反董卓の軍が各地で組織されていると噂《うわさ》が流れようと、丁原《ていげん》が考えているのは洛陽の中の治安のことだけだと思えた。呂布も、巡回するしか、仕事はないのだ。暴れ回っていた涼州《りょう》兵も、戦《いくさ》を前にしてあまり街に出てこようとしなくなったし、たまに破目《はめ》をはずしている者も、呂布《りよふ》の姿を見るとこそこそと姿を消すのだった。

呂布は、麾下《きか》の騎馬隊を五百に増やしていた。執金吾《しつきんご》の手兵にそれほど騎馬隊が必要だとは思えなかったが、呂布は自分で馬を二十頭、三十頭と手に入れた。

馬を買うための金は、いくらでもあった。騎馬隊を強化するようにと、董卓《とうたく》から金が届けられるのである。それは董卓の下に入るのではなく、執金吾の手兵のままでいいのだという。

丁原《ていげん》は、騎馬が増えていくことについては、しつこく呂布を問い糺《ただ》したが、呂布は董卓の名は口にしなかった。商人などから馬の供出《きようしゆつ》があった、ということで押し通した。

「よいか、息子。執金吾の使命は、洛陽《らくよう》の治安を守ることにある。洛陽には帝《みかど》がおられるので、執金吾の職もまた設けられているのだ。私は、この職を誇りとしている。息子であるおまえも、誇りを持ってくれればいい、といつも思っている」

「戦が近いのです、父上」

「誰《だれ》と誰が戦をしようと、執金吾は洛陽を守っていればいい。余計なことは考えず、帝のお心を騒がせないようにつとめればいいのだ」

「董卓を殺そうという軍が、洛陽に突っこんでくるかもしれません。それも、執金

「帝の許しがなく、軍が洛陽に入ってくるのなら、執金吾なる私がそれを止める」

吾の兵が防ぐのですか？」

いくら言ったところで、無駄なのだ。帝という、董卓の人形をいくら大事にしたところで、なにを与えられるというのだ。

ある時から、呂布は丁原になにも言わなくなった。しばしば城外へ出て、五百騎の麾下を走り回らせる。前に出る。退《ひ》く。横に動く。騎馬隊で、それができなければならない、というのが呂布の考えだった。匈奴《きようど》の騎馬隊は、そうやって動く。だから、人数が少なくても、官兵に押し潰《つぶ》されることはない。

目的があって、そんな訓練をしているわけではなかった。麾下に五百いれば、それは最も精強な騎馬隊でなければならない、と単純に考えているだけだ。それに、兵を鍛練していると気が紛れた。

夜、営舎の厩《うまや》で、赤兎《せきと》と二人でいることがよくあった。呂布にとっては、ひとりと一頭ではなく、二人なのだ。

赤兎には、九原《きゆうげん》にいる瑶《よう》の話をよくしてやった。娘の話も、たまにした。母を匈奴の土地へ埋葬に行った、という話もした。

赤兎は、呂布の話をじっと聞いている。言葉がわかっている、と呂布は信じていた。

それにしても、これほどの馬は見たことがなかった。いつかはこんな馬が欲しいものだ、と思い描いていた馬より、すべての点で優れた馬だった。なにより、勇気があった。怯《ひる》むということを知らない。乗っていて、行くぞと語りかけると、手綱に必ず返事が返ってくる。

「友や兄弟以上だ、おまえは。早く、俺《おれ》の瑶《よう》にも会わせてやりたい」

そう言っても、赤兎《せきと》はわかる。かすかに、たてがみをふるえさせるのだ。

営舎には、よく董卓《とうたく》からの使いが来た。使いは必ず李粛《りしゆく》という男で、来るたびに高価な土産《みやげ》を持ってきた。

「そんなものを、ためこんでいてどうされるのです、将軍？」

土産を貰《もら》っても、嬉《うれ》しいわけではなく、部屋の隅に積みあげていただけだった。

それを見た李粛が、ある時、呆《あき》れたような声で言った。

「五原《ごげん》の女は、このひとつでも貰ったら、躍りあがって喜びますよ」

李粛は五原の出身で、郷里の話ができるので、呂布《りよふ》も嫌っていなかった。

「女というのは、こういうものは喜ぶのです。将軍の奥方が喜ばれるであろうと考えて、董卓様は贈られましたのに、こんなところに積みあげておくなどとは」

瑶が喜ぶ。呂布にとっては心が躍ることだったが、にわかに信じる気にはなれなかった。それでも李粛が勧めるので、試しに真珠を十粒、早馬でひそかに届けさせてみた。その早馬が、瑶の返事を持って戻ってきた。

信じられない、というような喜びようだった。あなたの妻になってよかった、と竹簡《ちくかん》（竹に書かれた書簡）には二度も書いてあった。

呂布は、董卓からの土産を、全部瑶に送り届けた。

「あまり、奥方を喜ばせてはおられなかったのですな、将軍は」

李粛にそう言われたことが、ひどく気になった。どうすれば喜ばせることができるか訊《き》くと、洛陽《らくよう》に館《やかた》を構え、いい暮しをさせてやることだろう、と李粛は答えた。

丁原《ていげん》が、瑶を呼ぶことを許すはずはなかった。呂布はただ、夜毎赤兎にいろいろ語ってみるだけである。

「丁原様にも、困ったものです。宮中に、董卓様の兵を入れてはならぬと、強硬《きょうこう》に言ってこられました。これでは、董卓様と丁原様の戦になりかねませんな。無論、丁原様は押し潰《つぶ》されてしまうでありましょうが、外の敵を前にしての内輪の争いで、董卓様は心を痛めておいでです」

「戦とは、にわかには信じ難い」

「避けられるものなら避けよう、と董卓《とうたく》様は考えておられます。首ひとつ。丁原《ていげん》様の首ひとつで、内輪揉《うちわも》めは避けられます」

呂布《りよふ》が睨《にら》みつけると、李粛《りしゆく》の顔色が変った。呂布は、にやりと笑った。

「俺は、人の首をひとつ飛ばすことぐらい、なんとも思わん」

李粛の躰《からだ》が、小刻みにふるえはじめた。呂布は、じっと李粛を見つめたままだった。

「剣など遣《つか》わず、手で捩《ね》じ切ることもできる」

「呂布殿、軽々しいことはなさいますな。私は、剣を遣ったこともない人間ですぞ」

呂布は、李粛を見つめ続けていた。

「董卓殿に伝えてくれ。この呂布は、持って回った言い方は嫌いだと。いま、執金吾《しつきんご》が董卓殿の軍にいろいろと言っていることは、知っている。それによって戦になることなど、まずあるまいが、董卓殿もいろいろ苛立《いらだ》っておられるのだろう」

丁原が、宮中の警備も執金吾の仕事だ、と言いはじめたことは確かだった。それについて話し合いをしたいと、董卓側に申し入れているという。

また仕事が増えるのか、と呂布は思っただけだった。この二日ばかり、丁原とは会わないようにしてきたのだ。洛陽《らくよう》で、赤兎《せきと》などは乗り回すな、と言われた。洛陽の巡回は、小さな馬でいい。赤兎などは、いたずらに住民をこわがらせるだけだ。その言い方が、呂布には納得できなかった。誰も、赤兎から自分を降ろすことなどできないのだ。

「李粛殿、首ひとつと言ったな」

「呂布殿、言葉の綾《あや》です。私は、そういう言い方ばかりしてしまうので、誤解されてしまう」

呂布が腰をあげると、李粛は全身をふるわせた。呂布は、部屋の隅の壺《つぼ》から、水を汲《く》んだだけだった。

「五原《ごげん》の話でもしないか、李粛殿。このところ、つまらん話が多い」

「そうですか」

李粛は、額に大粒の汗を浮かべていた。

その夜、呂布は赤兎としばらく話をし、そばで眠った。

翌日は、朝から巡回だった。赤兎に乗ることは、やめはしなかった。巡回で率いていく百騎は、自分の麾下《きか》でない場合が多い。そういう巡回をする隊が、十あまりある。あとは、交替で辻々《つじつじ》を見張っている。城門の固めは、董卓の軍である。

午後からは、自分の麾下《きか》を、城外の鍛練に出した。兵だけではなく、馬も鍛えておかなければならないのだ。

思う通りに騎馬隊が動くので、呂布《りよふ》は上機嫌で営舎に戻ってきた。

夜間の外出は禁止されているが、執金吾《しつきんご》の手兵は別だった。外出している者を捕えるのも、執金吾の仕事である。

呂布は、麾下の五百に、待機を命じた。軍装のまま、眠らずに待つ。よくやることだった。

ひとりで赤兎《せきと》に跨《またが》り、執金吾の営舎まで行った。闇《やみ》の中でも、赤兎の大きさはよくわかる。咎《とが》めだてする者はいなかった。執金吾の営舎の衛兵などは、居住いを正している。黙って、呂布は営舎に入っていった。

執金吾の部屋には、まだ明りがあった。

「奉先《ほうせん》です」

字《あざな》だけを言い、呂布は部屋に入った。

「おう、何事だ、こんな夜更けに」

「父上の首を、戴《いただ》こうと思いましてね」

丁原《ていげん》が顔をあげた。

「なぜだ？」

「董卓《とうたく》が、欲しがっているからですよ」

「董卓の犬になったのか、奉先。このところいい馬に乗り、部下の馬も揃《そろ》えている。もしかすると、それも董卓に贈られたものか」

「あまり気にされますな。父上には金がなく、董卓には金がある。それだけのことです」

「おまえは、本気なのだな、奉先」

丁原は、椅子《いす》から動かなかった。じっと呂布を見つめているだけだ。

「人の上に立つ者として、私はおまえにいろいろと教えてきたつもりだ。なにをなせばよいか、なにをなしてはならぬか。おまえは荒くれだったが、どこかに優しさも持っていた。だから、私が愛情をもってやっていることは、必ずわかるとも思っていた」

「禁じられることの方が、多かった。俺のような男は、禁じれば禁じるほど、それを破ろうとするものですよ」

「人には、禁じられるものがなければならぬのだ、奉先。でなければ、虎《とら》や熊《くま》のようなけものにすぎなくなる。おまえは人なのだぞ、奉先。立派な軍人でもある」

「父上の生き方は、父上だけのものにしておかれればよかった。俺にまで押しつけることはなかった、と思います」

「そうか。おまえが、私を斬《き》るか」

「見事に、斬ってみせます」

「父である私を、斬れるのか、奉先《ほうせん》？」

「俺にとって、父という言葉は、なんの意味も持ちません。それすら、あなたはわかろうとしなかった」

丁原《ていげん》は、呂布《りよふ》に眼《め》を据えたまま動かなかった。呂布は、静かに剣を抜き、横に払った。丁原の首が、呂布の左手に飛んできた。それを摑《つか》み、呂布は持ってきた布に包みこんだ。首のない丁原は、まだ椅子に座ったままだ。

早朝、呂布は麾下《きか》の騎馬隊に出動を命じた。

三百は執金吾《しつきんご》の営舎の前に散開させ、二百を率いて、董卓《とうたく》の館《やかた》にむかった。人が出はじめている。呂布の隊だと知ると、慌《あわ》てて道端に避《よ》ける。ほかの隊より、ずっと動きが速いのだ。

董卓の館では、衛兵が槍《やり》を構えて遮《さえぎ》ろうとした。さすがに、呂布にむかって突きかかろうという、無謀な者はいなかった。

李粛《りしゆく》が顔を見せた。

「董卓殿に取りつげ。かねてより御所望《ごしよもう》の土産を、呂布が持参いたしたとな」

李粛が慌ててひっこみ、しばらくすると出てきて、衛兵を退《さ》がらせた。

首の包みをぶらさげ、呂布は赤兎《せきと》を降りた。

赤ら顔をした董卓は、早朝だというのに脂ぎった表情をしていた。左右には、二十人ほどの兵を立たせている。

「董卓様への土産を手に入れるために、私は主君を失いました」

包みを、董卓の前に置き、解《ほど》いた。

「そこまでして、土産を手に入れてくれたか、将軍」

「私は、浪人です」

「そうだ、浪人だ。その浪人を、私が将軍として迎えることに、なんの問題もあるまいな」

「執金吾の手勢は、まとめて董卓様の軍に加えますが、わが麾下の五百だけは、そのまま留《とど》めたいのです」

「それはよい。ぜひ、そうしてもらいたい。さぞかし、精強な軍団になるであろう。営舎も、将軍の望むままにしてよいぞ」

「ありがとうございます」

「それから、将軍の館だ。呂布《りよふ》将軍の館として恥《はずか》しくないものを、李粛《りしゆく》に捜させよう。五原《ごげん》の奥方には迎えを出す。呼び寄せるのではないぞ。こちらから、迎えの者たちを出すのだ」

やっと瑶《よう》に会える。呂布はそう思った。迎えの者たちを見て、瑶はどういう表情をするだろうか。

「将軍、いや呂布奉先《ほうせん》。これからは、わしとおまえは、父と子だ。勇猛《ゆうもう》な倅《せがれ》を持って、わしは誇らしい」

父という言葉に、やはり心は動かなかった。それでも、董卓《とうたく》が最高の扱いをしていることはわかった。それに対して、呂布は頭を下げた。

諸侯参集

1

三十万を超える軍になった。

曹操《そうそう》の五千など、米粒のようなものだが、檄文《げきぶん》で全国に呼びかけたのは、曹操だった。西園《せいえん》八校尉《こうい》のひとりとしての、前歴もある。自然に、曹操が各軍の調停役のようになった。

十七人の刺史《しし》（長官）、太守《たいしゅ》が、それぞれに万を超える兵を率いて集まっている。陣営だけでも、三百里（約百二十キロ）に及んだ。

まず、諸侯《しょこう》が参会《さんかい》して、盟主を決めなければならない。それから、作戦の分担になる。そこまでいけば、戦闘の用意だけは整ったということだ。

どれほどの軍なのか、と曹操は陣屋の中で考えていた。

すべての軍を、曹操《そうそう》は出迎えていた。数が多いのは、袁紹《えんしょう》、袁術《えんじゅつ》である。どれほど闘う気があるのかは、よくわからない。血気に逸《はや》っているのは、孫堅《そんけん》と公孫瓚《こうそんさん》の軍ぐらいのものだった。

とにかく、洛陽《らくよう》の董卓《とうたく》軍を圧するぐらいの兵は集まった。董卓も、いまごろ頭を抱えこんでいるだろう。董卓のこれまでの戦《いくさ》ぶりを細かく検分《けんぶん》してみたが、それほど戦がうまいとは言えない。勝つと残虐《ざんぎゃく》だが、負けると逃げ回り、果敢《かかん》な戦はしようとしない。臆病《おくびょう》なのだ。しかし、驚くほど狡猾《こうかつ》でもあった。

この一戦で董卓を討ち果たせるとは、曹操は考えていなかった。終ってしまうと、困るのである。本気で勝とうと考えなければならないのは、袁紹ひとりだ。多分、盟主に仰《あお》がれる。そこで勝てば、董卓と代ることができるのだ。袁紹は、董卓のような暴政《ぼうせい》はやるまい。すると、乱世が終ってしまう可能性すらあるのだ。

ただ、袁紹には、その気迫が欠けていた。いまが秋《とき》とは、考えていない気配だった。

すると、最初は董卓打倒で集まった十七人の諸侯が、次には領地の奪い合いをはじめる。刺史《しし》であろうが太守《たいしゅ》であろうが、それほどの意味はなく、力で領地を押さえた者が強くなっていくはずだ。まさに、乱世だった。

十七人のうち、誰《だれ》が生き残るのか。それは、この戦で曹操が見きわめなければならないことだった。

董卓は、ここで負けないにしたところで、洛陽を中心とする地域の、一領主ということに過ぎなくなる。天子《てんし》を擁立《ようりつ》しているのが面倒だが、いまそれを考えても仕方がなかった。方法は、いずれ見つかるだろう。

それにしても、三十万という大軍は壮観《そうかん》だった。いずれ、こういう軍をひとりで動かしてみせる、と曹操は思った。まだ、はじまったばかりなのだ。

各陣営に、酒を届けていた夏侯惇《かこうとん》が戻ってきた。この結集の呼びかけ人としての、曹操からの挨拶《あいさつ》である。

その名目で、各陣営の偵察も命じてあった。

「勢いがいいのは、やはり孫堅です。軍律は行き届き、武具も充実しています。孫堅を先頭にして、いつでも出撃できるという感じでした。陣形を組んで、駐屯《ちゆうとん》もしています」

「孫堅は、ここへ来る前に、董卓の軍と一度ぶつかっているからな」

董卓は、二万ほどを洛陽から出していた。牽制《けんせい》であるが、それとぶつかってしまったのである。つまり、孫堅の軍は戦づいている。こういう軍から、なにかが起きることが多いのだ。

「袁紹《えんしょう》は、のんびりと構えています。諸侯の筆頭にいる、という自負《じふ》があるのでしょう。袁術《えんじゅつ》もまた、ここへ来る前に、魯陽《ろよう》で孫堅《そんけん》の挨拶を受けていて、まるで孫堅を配下扱いにしておりますな」

「ほかに、気づいたことは？」

「鮑信《ほうしん》の軍が、勇み立っています。先鋒《せんぽう》の志願をしてくるでしょうが」

八千の軍で、気負いがあるのだろう。ふだんでも、鮑信は抜け駈《が》けが好きな男だった。

「公孫瓚《こうそんさん》のところに、気になる者たちがいましたが、少数です。あまり問題にはなりますまい」

「気になるとは？」

「二百ほどですが、しっかりと陣形を組んでいて、しかもそれが並みの者の指揮とは思えませんでした。劉備《りゅうび》という客将《きゃくしょう》が率いているようです」

「おう、あの劉備か」

「殿には、御存知《ぞんじ》でしたか」

「黄巾《こうきん》の乱の折りに、一度手並みを見た。関羽《かんう》と張飛《ちょうひ》という二名が、実に兵をうまく操る。さらにその後ろに、劉備がいた」

「あの二人がそうですな。兵に混じっていましたが、いるだけでこちらを圧倒してきました。野《や》にああいう豪傑《ごうけつ》がいるのだと、ひそかに感心しておりました」

やはり、出てきた。冀州安喜《きしゅうあんき》県で、郡の督郵《とくゆう》（監察官）を打ち据え、官職を叩《たた》き返したという噂《うわさ》があった。なかなか骨のある話だと、一時は話題になったのだ。それ以来、消息は耳にしていない。

「公孫瓚の客将か」

「ともに盧植門下《ろしょくもんか》らしく、二百の手勢でも、将軍の扱いは受けておりますな」

公孫瓚は、このところ賊の平定でめざましい成果をあげていた。それまでもたついていたのが、嘘《うそ》のような手並みだった。

「劉備について、もう少し調べてくれ」

「わかりました」

夏侯惇《かこうとん》は、なぜということをあまり訊《き》かない。命じれば、黙ってそれをやる。そのあたりが、曹操《そうそう》は気に入っていた。使い方によっては、二倍三倍の力を出す男だろう。

「公孫瓚の軍全体は？」

「なかなか覇気《はき》はありますが、訓練が行き届いているとは見えませんでした。本営を守る白馬軍は、颯爽《さっそう》としておりましたが」

公孫瓚《こうそんさん》は、身なりに気を使う男だった。洛陽《らくよう》では、女たちに人気があったともいう。実際美男で、自分でもそれを意識している、というところがある。

軍にも、そういう大将の性格が出ていると言うべきか。

ほかに、夏侯惇《かこうとん》が見て特に気になる軍はいなかったようだ。

諸侯の参会は二日後とし、それを各陣営に知らせた。盟主が決まるまでは、曹操《そうそう》がそれをやるしかなかった。それまでは曹操がやることを、諸侯も認めている。

五錮《ごこ》の者が、深夜、曹操の陣屋へやってきた。

「ほう、董卓《とうたく》はそこまで開き直ったか」

洛陽に潜入させていたが、ひとりだけ報告に戻ってきたのである。先帝弁《べん》が、毒殺されたのだという。万一にも、弁の身柄を反董卓軍が確保したら、廃位《はいい》は無効だと言って、弁を再び帝《みかど》と仰ぐかもしれない。そういう面倒を、董卓は断ち切ったのだろう。

「洛陽は、どうなのだ」

「門の通行が、はなはだしく厳重になっております。入る者より、出る者に対しての方が厳しいのです」

洛陽には、十二の門があった。曹操が出奔《しゅっぽん》する時に突破したのは、西の広陽門《こうようもん》だった。

「商人が、蓄財《ちくざい》を取り立てられております。したがって、財を持って逃げようとする者が続出し、そのため出る方を厳重にしているものと思われます」

「蓄財まで、取り立てているか」

そうなると、商品の動きが悪くなる。そして、物の値があがる。董卓は、そんなことまで考えてはいないだろう。金を持たせていると、なにをするかわからぬ、と考えているのかもしれない。

「いまのところ、大商人だけなので、民衆の中には手を叩いて喜んでいる者もいないわけではありませんが、それでも董卓に拍手しているわけではなく、大商人がひどい目に遭っているのを、喜んでいるのでしょう」

「やはり、よく人を殺すのか？」

「はい。遊びのごとく、人の首を並べたりしております。たまたまその場に居合わせた人間が不運ということで、董卓の外出の時など、ほとんど人の姿がなくなります」

「軍は？」

「まとまっております。かなり強力であろうと思われます。特に、執金吾《しつきんご》を殺した呂布《りよふ》が、二万ほどの精鋭を鍛えあげているという話です」

執金吾丁原《ていげん》の下に、呂布という荒っぽい男がいることは、曹操《そうそう》も知っていた。荒っぽいと評判の涼州《りよう》兵が、姿を見たら逃げるというのだ。まだ洛陽《らくよう》にいた時、巡回している呂布を曹操は見たことがあった。堂々たる偉丈夫《いじようふ》で、精悍《せいかん》な面構《つらがま》えだった。董卓《とうたく》の兵をも恐れている気配はなく、呂布がいるから執金吾も働けるのだと言われていた。

その呂布を、董卓は抱きこんだことになる。どういう方法を使ったかはわからないが、丁原の首は呂布が刎《は》ねたのだという。

執金吾の働きがなくなってから、董卓の暴虐《ぼうぎやく》は度を過しはじめたようだ。

「呂布のもともとの麾下《きか》は五百。すべて騎兵《きへい》でございます。匈奴《きようど》の兵も多く、それだけでも恐るべき騎馬軍団と申せましょう」

「人望は？」

「ありません」

人は、人望にばかりつくわけではない。時には、恐怖の方が人を動かす大きな要因になることもある。

「董卓の側近は、呂布か」

「呂布自身には、董卓の旗本《はたもと》という意識があるようです。それに異論を挟める者は、董卓の麾下にもおりますまい」

丁原は、執金吾として、ぎりぎりまで洛陽の治安を守ろうとしたのだろうか。力のある者が次々に出奔《しゆつぽん》する中でも、丁原は動く素ぶりさえ見せなかった。勿論《もちろん》、曹操がいたころも董卓につくという態度を見せたことはなく、それは呂布に殺されるまで多分変らなかったのだろう。

ああいう男も、いたのだ。そして、早く死んでいく。

曹操は、丁原を融通《ゆうずう》のきかない男だと思っていた。だからこそ、執金吾としては適当な人材だった。丁原を執金吾として使いこなしていれば、董卓はもっと手強《てごわ》い男になっただろう。反董卓軍を、こうやって集結させるようなこともさせなかったはずだ。なにしろ、帝を擁している。その気になれば、諸侯にどういう手も打てた。

「遊びのごとく、首を並べているか」

帝も、いつ殺されるかわからない。それは、そうなった時のことだ、と曹操は思っていた。真に強い者が、この国の帝になるべきなのだ。帝に力がないから、権力の争いも起きる。

漢《かん》王室は、もう限界だった。別の者が王室を作り、前に替ることで、この国は新しくなることをくり返してきた。いまは、もうその時が来ている。

「戦場に呂布《りよふ》が出てきました時は、殿はくれぐれも心されるようにと、石岐《せきき》からの伝言でございます」

「石岐も、城内か?」

「いえ、白馬寺《はくばじ》におります。戦があっても、白馬寺は守る方策《ほうさく》を立てなければなりませんので」

建物など、どうにでもなる、と曹操《そうそう》は言いかけてやめた。信仰をする者の心は、どこかわからないところがある。

「よし、洛陽《らくよう》へ戻れ。呂布が出てきた時は、わしも気をつけるようにする」

五錮《ごこ》の者のうち、ひと組は益州《えき》だった。董卓《とうたく》討伐の軍が集まっても、益州の動きはなかった。劉焉《りゆうえん》は、益州に別の国を作ろうとしているとしか思えない。

ふた組は、洛陽の中で、もうふた組はこちらの陣営の中に散らしてあった。

呂布と、まともにぶつかるのは避けよう、と思った。ただ、俺《おれ》はここで手は抜けん、という思いが曹操にはあった。大軍を率いてきているわけではない。十八番目の、小さな軍だ。反董卓に曹操あり、と人に知らしめるためには、やはり必死の闘いをしなければならないだろう。

これからは、運も左右してくる。自分の運を信じることだ、と曹操は思った。

2

袁紹《えんしょう》は、盟主《めいしゅ》たることを一応は辞退《じたい》してみせたが、諸侯《しょこう》がこぞって推《お》すということで、最後は当然のような顔で受けた。

誰《だれ》が盟主になろうと、孫堅《そんけん》は構わなかった。ここへ来るまでに、袁術《えんじゅつ》には挨拶《あいさつ》をしておいたが、それは一応の儀礼である。いつまでも、暴れ者の孫堅でいるわけにはいかないのだ。名門の子には、それなりの挨拶をしておいた方が得だ、と考えることもできるようになっていた。

それにしても、参会《さんかい》のやり方は水際立《みずぎわだ》っていた。陣屋《じんや》に入るまで、それぞれの諸侯が顔を合わせることがなく、一斉に陣屋に入るという恰好《かっこう》で、丸い卓についた。上も下もなかった。

途中まで曹操が仕切り、盟主が選ばれると、曹操は十八人のひとりという顔をして、言葉も発しなくなった。そのくせ、袁紹《えんしょう》が盟主としてやるべき儀式のすべては、曹操《そうそう》が準備をしていたようだ。

「各軍の軍糧《ぐんりょう》は、弟の袁術《えんじゅつ》に任せたい」

最初の指示を、袁紹が出した。戦では、最も肝要《かんよう》なところである。身内に任せたいという大将の気持は、孫堅《そんけん》にもよくわかった。

「参謀《さんぼう》として、私に誰か付いていただきたい。そういう役目の者が、どうしても必要だ。私としては、西園《せいえん》八校尉《こうい》のころより気心の知れている、曹操殿に頼みたいが、いかがであろうか」

先鋒《せんぽう》ではない。それに、そんなことをすれば自分の軍がおろそかになりかねない。曹操は五千の軍というから、適当だろうと孫堅は思った。ほかの者も、異議はないようだった。曹操が、軽く頭を下げる。

この小男を、どう評価していいのか、孫堅はまだわからずにいた。参会の取り仕切り方を見ていても、能力はある。西園八校尉であるからには、軍の動かし方も巧《たく》みなはずだ。単身で、牛群に紛れながら洛陽《らくよう》を出奔《しゅっぽん》した話も、聞いている。

しかし、わからなかった。戦《いくさ》ぶりを見てみるまで、その男はわからぬ、と孫堅は思い直した。いずれ、いやでもわかる。

「さてと、洛陽ということを考えれば、まず汜水関《しすいかん》を扼《やく》さなければならん。われこそは先鋒を、という御仁《ごじん》はおられぬか」

孫堅が、立ちあがった。鮑信《ほうしん》も手をあげようとしたが、孫堅が睨《にら》みつけると、うつむいた。

「それがしの軍勢二万、先鋒となりたく思います」

「おう、孫堅殿ならば」

ほかの者たちも、頷《うなず》いている。みんな、先鋒に出て損をしたくない、と思っているに違いない。こういう時に、自分は出るしかないのだ。それで、名門の子とも並ぶ。あるいは、もっと大きな名声を得るかもしれない。ぬくぬくと育ったやつらが、のんびりしている間に。孫堅は、それだけを考えた。いままで、そうやってきたのだ。人より、一歩か二歩前へ出ることで、南方に勢威《せいい》を張ることができたのだ。

「よし、汜水関は、孫堅殿に任せよう。ほかの方々は、それぞれに要害《ようがい》を占拠《せんきょ》すること。じわりと、洛陽をしめあげてやろう」

手ぬるいと思ったが、孫堅は黙っていた。とにかく、自分には汜水関という目標が与えられたのだ。

「程普《ていふ》、黄蓋《こうがい》、全軍をまとめろ」

陣営へ駈《か》け戻り、孫堅《そんけん》は大声を出した。攻撃は明日だが、二万を一度に動かすのは難しい。あらかじめ、進軍のかたちに配置を変えておいた方がいいのだ。

「先鋒だ。諸侯にさきがけて、われらが駈ける。汜水関《しすいかん》さえ扼《やく》せば、あとは時の問題になる。軍功第一はわが手のうちだぞ」

それぞれの隊長たちが、大声をあげた。闘いながら進む。これが孫堅のやり方で、それは麾下《きか》の隊長たちはよく知っている。

宵《よい》の口には、進軍のかたちはできあがっていた。

陽《ひ》の出とともに、孫堅が右手を振り降ろせばいい。

「汜水関は、名にし負う関。力まかせに攻めてはなりませんぞ」

祖茂《そも》がそばへ来て言った。四人の隊長のうちでは、一番冷静な男である。

「心配するな。昔の猪武者《いのししむしゃ》ではない。関を攻めるのが、たやすいとも思っておらぬ」

孫堅は、落ち着いていた。天下の覇を競《きそ》う戦に加わっている、という感慨《かんがい》のようなものがあるだけである。数年前までは、呉《ご》郡の片隅で、ここが世界のすべてだというように、肩で風を切って歩いていた。

眼醒《めざ》めたのが、なぜなのか理由は自分ではわからなかった。黄巾《こうきん》の乱の平定《へいてい》に義勇軍として参加しようと思ったのは、眼醒めたからだということだけは、はっきりわかっていた。前にむかって、進むことに眼醒めたのか。自分を、もっとすごい存在にまで押しあげることができる、と思ったのか。

「韓当《かんとう》です」

声がかけられ、孫堅は短く返事をした。

「どうも、動いている軍がいるような気がするのですが」

「戦闘に出ようとしているのか？」

「騎馬隊だけ、三千ほど動いています。鮑信《ほうしん》殿の陣営です」

「諸侯は、それぞれ要害《ようがい》の地を占め、洛陽《らくよう》を締めつけていくということに決まった。鮑信殿は小勢《こぜい》ゆえ、早くいい場所を取ろうとしているのかもしれん」

「そうですな。私の思い過しかもしれません。せっかくの先鋒をふいにされては、とどうしても考えてしまうのです」

「数年前のわしなら、そう考えたかもしれん。いまは、先鋒の横盗《ど》りなら、それなりにあとで話をつけられると考える」

「私も、汜水関を落とすことだけを考えることにします」

「おかしなものだな、韓当」

「なにがです？」

「いまは、気持が落ち着いている。数年前、呉郡《ご》を出た時の方が、ずっと気持はたかぶっていた。戦の質を考えれば、いまの方がたかぶって当然なのだが」

「殿も、もう三十五になられています」

孫堅《そんけん》は、言われてはじめて、自分の年齢のことを考えた。まだ若い将軍である。曹操《そうそう》と同じというところだ。

よく、ここまで来た、という気がする。曹操のように、中央にいて、西園《せいえん》八校尉《こうい》まで出世したわけではない。袁紹《えんしょう》や袁術《えんじゅつ》のような名門の出から見れば、どこの馬の骨とも知れないだろう。それでも、天下を二分する戦の、片方の先鋒なのである。

「もうよい。今夜は休め。汜水関《しすいかん》を落とすには、十日は不眠不休で攻める覚悟がいる」

「はい」

韓当《かんとう》が、白い歯を見せて笑った。

ひとりになっても、孫堅はやはり眠れなかった。

払暁《ふつぎょう》。馬が嘶《いなな》いている。側近の兵たちは、陣屋の外で待っていた。みんな、いい顔をしている。笑みを浮かべ、孫堅は馬に跨《また》がった。祖茂《そも》と韓当が近づいてきて、脇《わき》に控えた。程普《ていふ》と黄蓋《こうがい》は先頭である。

「よし、行け」

低く、孫堅は言った。

汜水関は遠くない。二十里（約八キロ）ほど進んだところで、動きながら孫堅は兵に陣形を組ませた。訓練している兵でなければ、これはできない。汜水関が、見えてきた。一万ほどが、外に陣を組んで待ち構えていた。

「外に、陣を組むとはな」

孫堅は首を傾《かし》げた。黄蓋が、土煙《つちけむり》をあげながら馬を戻してきた。

「いま入った知らせです。夜明け前、鮑信《ほうしん》が抜け駈けで夜討ちをかけたそうです」

「それで？」

腹が立ったが、孫堅はそれを抑えた。次の軍議で、糾弾《きゅうだん》してやればいい。それより、鮑信が手柄を立てたかどうかだ。

「敵には、夜襲《やしゅう》に対する備えがあったようです。散々に打ち破られ、鮑信の弟の鮑《ほう》忠《ちゅう》という者は、首を取られています。鮑信の軍は、すぐには立ち直れないでしょう」

「わかった。酸棗《さんそう》に伝令を出して、いまのことを伝えろ」

けでいい。

袁紹《えんしょう》の本陣が、酸棗《さんそう》にあった。いまは、非のあった者のことは、報告しておくだ

「あの外の陣形は、夜襲に対する備えか」

「だろうと思います」

好機だった。外の一万を追い散らせば、緒戦《しょせん》の勝利は報告できる。

「伏兵《ふくへい》の有無を探らせろ、黄蓋《こうがい》」

「一度探らせましたが、三里四方に伏兵はありません。五里四方を探った者が、もうすぐ戻ってくるはずです」

「よし」

鮑信《ほうしん》のことは、忘れた。眼《め》の前の敵を、汜水関《しすいかん》の中に追いこむことが先だ。

伏兵はない、という報告が入った。

「よし、まず弓で陣形を動かせ。機を見て、騎馬隊から突っこむ。揉《も》みに揉むぞ」

弓隊が駈け出した。騎馬隊は手綱を引きしめている。矢が飛び交《か》った。敵の中央が、いくらか後退した。

「行け」

孫堅《そんけん》は剣を抜き放ち、突っこんだ。ぶつかり合う。二人を馬から斬《き》り落とした。

程普《ていふ》が、孫堅の前を駈け、中央にむかって一直線に突っこんでいく。束の間《つかま》、乱戦になった。再び程普の姿が見えた時、首をひとつ高く差しあげていた。大将の首を取っている。敵の陣形は大きく崩れ、潰走《かいそう》をはじめていた。

全軍が、関の下まで攻め寄せた。関の上から、矢だけでなく、石なども無数に飛んできた。

退《ひ》かせる。三里（約一・二キロ）ほど退いた時、すでに孫堅が指示した陣形はできつつあった。とにかく、外に陣を張っていた一万は、蹴散《けち》らした。

「酸棗に伝令。緒戦は勝った。これからは時を要する。そう伝えろ」

しっかりと陣形は組んである。やがて、関の中では音《ね》をあげはじめるはずだ。それまで、待つのが上策だった。

小さな陣屋を作った。

夜は夜襲の声をあげさせながら、じっくりと待った。声だけの夜襲でも、関の中で敵が慌《あわ》てるのがわかった。

二日過ぎ、三日目になった。

兵糧が、届かなかった。後方の袁術《えんじゅつ》から、兵糧が届くはずだ。それが、届かない。

「酸棗にも、伝令をやれ。兵糧が届かん。このままでは、撤退《てったい》しかないとな。袁術の方には、荒っぽいのをやって、ぶった斬《ぎ》ってやれ」

腹が立った。兵糧は、余るほどあるはずなのだ。袁術《えんじゅつ》が、わざと届けないとしか思えなかった。手持ちの糧食《りょうしょく》を、兵たちはとっくに食い尽している。

五日目になった。

兵糧が届かないはずはない、と酸棗《さんそう》から言ってきた。来ないものは、来ないのだ。孫堅《そんけん》は、剣を抜いて酸棗からの伝令を斬ろうとした。韓当《かんとう》が止めた。どうしても、孫堅の肚《はら》はおさまらない。

七日目の深夜、逆に夜襲を受けた。

「見切りをつけてください。殿。ここで踏ん張ってはなりません。兵糧は当てにできませんぞ」

程普《ていふ》。唇を噛《か》みしめ、孫堅は退却の合図を出した。夜襲を受けて浮足立った軍が、退却するのである。追撃は厳しいものになる。どこで、敵の勢いを止められるか。

「殿は、先へ。踏み留《とど》まるのは、われらの仕事です」

祖茂《そも》だった。孫堅は、兵たちを先に駈けさせた。時に歩兵は、騎馬に踏み倒される。孫堅は踏み留まった。取り囲んでくる敵を、右に左に斬り払う。祖茂がいた。程普も、黄蓋《こうがい》も、韓当も、最後尾で踏み留まっている。しかし、まとまることはできない。それぞれに、側近の兵たちと奮戦《ふんせん》している。

騎馬が突っこんできた。孫堅、と叫んでいる。かっとし、振りあげた剣の下に、孫堅は馬を乗り入れた。すれ違う。剣。腕と首を、同時に斬り飛ばしていた。血が、赤く舞う。月が明るいのだ。ふと思った。敵。歩兵をかき分けるようにして、四騎突っこんでくる。祖茂が出た。孫堅も出た。ようやく打ち倒した時、新手《あらて》が七、八騎突っこんでくるのが見えた。

「殿、御免。幘《さく》（頭巾《ずきん》）をお借りします」

祖茂の手がのびてきて、孫堅の幘をとった。赤い幘を、祖茂が被《かぶ》っている。次の瞬間、駈け出していた。月光が、赤い幘を鮮やかに照らし出す。祖茂がなにをしたのか、ようやく孫堅にもわかった。自分の代りになって、敵を引きつけている。叫び声を、孫堅はあげた。群らがってきた歩兵を、六、七人蹴散らした。馬が、思わぬ方向へ駈けている。韓当が轡《くつわ》を握っていた。

「なにをしている。祖茂を追え、韓当」

「なりません。祖茂殿が、なんのために駈けていかれたと思います」

駈けた。前方に、歩兵が並んでいた。その後ろに、騎馬もいる。味方だった。程普、黄蓋もいる。陣形を組んで、駈けてくる味方を後ろに回していた。孫堅も、騎馬の後方に回った。そこで、韓当《かんとう》はようやく轡《くつわ》を放した。

「行くぞ」

祖茂《そも》を助けなければ、ということだけを、孫堅《そんけん》は考えていた。韓当が、横にきて孫堅を押さえていた。

最前列の兵に、黄蓋《こうがい》がうまく弓を使わせていた。敵が立往生している。その間に、逃げ遅れた味方の兵も、後ろへ駈けこんでくる。

やがて、夜が明けた。

敵が、関に引きあげていく。

「それほどの犠牲は、出しておりません。いま、祖茂を捜させています。ほかの者とは、違う方向へ駈けましたので。殿は、しばらくお休みください」

孫堅は、馬を降りなかった。手負った兵も、運ばれはじめていた。陣形は、汜水《しすい》関《かん》にむかうかたちで、しっかり組まれている。およそ五里（約二キロ）ほど、後退しただけだった。ただ、汜水関と隔《へだ》たったその五里は、大きかった。なにをやるにも五里駈けてからで、それは汜水関の敵には手にとるように見える。

「韓当、酸棗《さんそう》の袁紹《えんしょう》の本陣へ行け。力ずくでいい。そこにある兵糧を運んでこい」

袁術《えんじゅつ》は、もっと後方だった。ほかの諸侯も、それぞれに動いている。袁術だけは、許さん。全軍の前で、打ち殺してやる。煮える腹を、孫堅は抑え続けていた。韓当が、百人ほどを従えて駈けていった。

陣は堅めたのだ。あとは、兵に兵糧を与えることだ。この七日、ほとんどなにも口にしてはいない。

「祖茂が」

黄蓋が報告に来た。首のない祖茂の屍体《したい》が、運ばれてきた。

簡単な陣屋を作らせ、祖茂はその中に運びこんだ。孫堅も、祖茂の脇に腰を降ろした。腕を組み、眼を閉じた。再び眼を開いた時、孫堅は程普と黄蓋を呼び、陣形を変えるように指図した。ずっと小さくまとめる。歩兵と騎兵を、二つに分けておく。攻めではなく、守りの陣形だった。これ以上、自分の軍から犠牲は出したくなかった。

それが終ったころ、韓当が兵糧を運んできた。馬の背に載せて駈けてきたもので、大した量はないが、兵に一回は行きわたる。

三人に守りを任せ、孫堅は十騎ほどの供回りで、袁紹の本陣へ行った。

諸侯は、すでに集まっていた。鮑信《ほうしん》が、うつむいている。

「弟が、勝手に兵を出し、汜水関にむかってしまったようです」

孫堅《そんけん》は、鮑信《ほうしん》を見たが、なにも言わなかった。弟を死なせ、大きな犠牲も出した。孫堅がなにも言わなくても、諸侯はみんな知っているのだ。

「鮑信殿が弟を亡くされ、孫堅殿も後退された。さて、どうしたものかな」

「後退したくて、したわけではありません」

静かに、孫堅は言った。返り血も拭《ぬぐ》っていない。

「孫堅殿、済まぬ」

袁術《えんじゅつ》が、いきなり立ちあがって言った。

「兵糧を、着服《ちゃくふく》した者たちがいた。厳しく取調べて、さっきわかったことだ」

「七日間も、わが軍を飢えさせられましたか。その間に、何度も伝令を出しましたぞ。袁紹《えんしょう》殿のもとにも」

「兵糧は出ていた。だから届いていると信じていた。調べに調べて、やっと着服がわかったのだ。およそ二百で、それをやっていた。指図した二十人ほどの首は、刎《は》ねて持ってきてある。残りも刎ねろと孫堅殿が言われるなら、すぐにそうしよう」

袁術は、平謝りに謝ることが、得策《とくさく》だと判断したのだろう。いくら責め立てても、祖《そ》茂《も》は生き返りはしないのだ。

「後退したとはいえ、わが軍はいまだ汜《し》水関《すいかん》を睨《にら》んでいます。敵が出てくれば、またわが軍が干戈《かんか》に晒《さら》されます」

　誰も、自分が代るとは言い出さなかった。曹操《そうそう》ひとりが、孫堅軍の横に回ると言ったが、五千では少なすぎると袁紹が退けた。

なんの進展《しんてん》もない軍議だった。孫堅は苛立《いらだ》たず、黙って不毛な議論を聞いていた。

鮑信と袁術には、大きな貸しを作った。袁紹にも、いくらか貸しはある。

　汜水関から、一万ほどの兵が出てきた、と報告が入った。もし誰もいかなくても、程普《ていふ》と黄蓋《こうがい》と韓当《かんとう》が、一万なら軽くあしらうだろう。しかし、ここにいる諸侯は、さらに自分に戦をさせようとするのか。

「兪渉《ゆしよう》に、二万の兵でむかわせます」

　思い切ったように、袁術が言った。袁紹が頷《うなず》いた。

　しかし、兪渉が討ち取られたという報告が、すぐに入ってきた。韓馥《かんぷく》が、自分の将を出すと言った。とりあえず汜水関に追い返せば、また孫堅の陣は前へ進める。汜水関を締めあげる態勢に入れるのだ。しかし、韓馥の将も、最初のぶつかり合いで討ち取られていた。

　さすがに、袁紹が顔色を変えた。

「華《か》雄《ゆう》が指揮する軍か。さすがに強いな」

誰も、兵を出すとは言い出さなくなった。

「私のところに、劉備《りゆうび》という客将がいます」

公孫瓚《こうそんさん》だった。孫堅《そんけん》は、閉じていた眼を開いた。あの劉備か、と思った。関羽《かんう》と張飛《ちようひ》という、二人を連れているはずだ。

「中山靖王《ちゆうざんせいおう》の後裔《こうえい》で、いまは義兵として」

「漢《かん》王室につながる血筋か。どこにいる？」

公孫瓚が、陣幕《じんまく》のむこうに声をかけた。

あの劉備が入ってきた。相変らず、茫洋《ぼうよう》とした表情をしている。

「華雄《かゆう》と闘う気があるそうだが、手勢はどれぐらいかな、劉備殿？」

「およそ、二百」

孫堅は、肌に汗が滲《にじ》み出してくるのを感じたが、方々から失笑《しつしよう》も起きていた。袁《えん》紹《しよう》は、話にならないという表情で、公孫瓚を睨《にら》みつけている。

「二百でむかうというからには、成算《せいさん》があるのだな」

言ったのは、曹操《そうそう》だった。はっとするほど、曹操の眼も鋭くなっている。

「華雄を討ち取るだけであれば」

「聞こう」

「一万、二万でかかれば、敵も全力で応じます。二百でむかえば、せいぜい五、六百が応じるほどでしょう。私は二百で、華雄にむかって走ります。兵にも、華雄だけしか見るなと言い聞かせます」

「しかし、二百で」

曹操の眼は、劉備にむいたまま動かなかった。

「背後に、孫堅殿の軍が二万も堅陣を敷いています。敵は、それを無視できません。特に、二百の小勢《こぜい》ならば、本隊はどこだと必ず思います。つまり、二百で闘うのではなく、二百に二万を足して闘います」

「なるほど」

この大耳野郎《おおみみやろう》、と孫堅は思った。胆《きも》が太すぎるのか、馬鹿なのか、それともたぐい稀《まれ》な英傑《えいけつ》なのか。

「二百など、とるに足りない数で、およそ軍とも呼べません。負けても犠牲と見るほどの数でなく、偵察隊が追い散らされた程度でしょう。やらせてみて損はなにもない、と私は思います」

曹操が言った。この小男は、見るものを見ている。ほかの諸侯のように、自分の地位だけで兵を集めている者とは、根もとのところから違うような気がする。

さすがに、天下に人はいる、と孫堅《そんけん》は思った。自分はまだ、小さいのかもしれない。

「劉備《りゅうび》殿、わが軍は総力をあげて、二百の後援《こうえん》をしよう」

孫堅は、そう言っていた。曹操《そうそう》が、孫堅の方に眼をむける。

「ありがとうございます」

劉備の声は、静かだった。

「しかしこれは、二百だけで動いて効果のある作戦です。孫堅殿の精鋭は、堅陣《けんじん》を組んでいまのままいていただくだけでよいのです」

「やってみろ」

袁紹《えんしょう》が、横をむいて言った。

「それほどの成算があるなら、やってみればよい。曹操殿も孫堅殿も、同意らしいし」

それで、話は決まった。

にこりと笑って出ていく劉備の姿を、孫堅は腕を組んで見つめていた。

3

陣営に戻ると、劉備は関羽《かんう》と張飛《ちょうひ》だけを呼んだ。

「諸侯《しょこう》が見ている前の、大戦《おおいくさ》ではありませんか、兄者。これは、腕が鳴る。一兵も失うことなく、華雄《かゆう》の首を持って戻りましょう」

軍議の様子を説明すると、関羽はもう腰を浮かしかけていた。

「久しぶりだなあ。俺《おれ》の蛇矛《じゃぼう》が泣いておりましたぞ、大兄貴。よくぞこの任をもぎ取ってくださった。やはり大兄貴だ。頑張るところは、頑張るのだな」

「負けても、砂一粒が消えたことにしかならん。みんな、そう思っているのだぞ、張飛」

「勝手に思わせておけばいい。負けるわけがないのだから」

関羽が、兵に武器の点検を命じた。百頭の馬も曳《ひ》かれてきている。

「劉備」

公孫瓚《こうそんさん》が、ひとりで駈《か》けつけてきた。

「俺の軍を出そう。どう考えても、二百では無謀すぎる」

「いや、公孫瓚《こうそんさん》殿。軍議で二百と言った以上、二百で闘うしかありますまい。ここで公孫瓚殿が兵を出されれば、奇策《きさく》で先陣を取ったと、孫堅《そんけん》殿あたりに言われますぞ」

「うむ」

「御心配には及びません。もともと、われらはいなかったようなものです。公孫瓚殿は、一万五千の兵を擁《よう》しておられるのです」

「うむ」

公孫瓚が、また唸《うな》った。

「成算《せいさん》があると言うから軍議に呼んだが、二百で華雄《かゆう》にむかうなどと言うとはな」

「まあ、御覧いただきたい。私がもし勝てば、公孫瓚殿の軍議での立場も大きなものになるのですから」

笑ったが、劉備《りゆうび》は楽観しているわけではなかった。なんといっても、二百なのだ。敵が全力で応じてきたら、勝てるわけがない。

『劉《りゆう》』の一文字の旗を掲げ、劉備は出発した。孫堅の軍の脇《わき》を駈け抜け、前面に躍り出す。躊躇《ちゆうちよ》はしなかった。騎馬隊を両翼に拡《ひろ》げ、劉備は剣を引き抜いた。全身がふるえた。これしきの艱難《かんなん》。前方を見据えた。これを打ち破れなくて、なんの天下か。のどが、ひりついた。剣を持った手が、瘧《おこり》のようにふるえた。

「劉備玄徳《げんとく》、ここにあり」

剣をあげ、肚《はら》の底から叫び声をあげた。振り降ろす。切先を、敵にむける。駈けた。小さくかたまった。両翼から、関羽《かんう》と張飛《ちょうひ》が出てくる。ぱらぱらと矢を射かけてくるだけだ。笑っている者もいる。正面から、ぶつかった。押しこむ。本陣の旗。まだ遠い。張飛の叫び声が聞えた。蛇矛《じゃぼう》が舞う。ひと振りで、六、七人が弾《はじ》き飛ばされ倒れる。劉備も、群がってくる敵を突き倒しながら進んだ。張飛が、さらに前へ出る。蛇矛が、道を作っていく。不意に、関羽がその道を疾駆《しっく》していった。首が、四つ五つと飛んだと見えた時、関羽は本陣に達していた。

「華雄の首だ。みんなみろ、討ち取ったぞ」

青竜偃月刀《せいりゅうえんげつとう》の先に突き刺された首が、高々と掲げられた。その姿のまま、関羽は戻ってきた。張飛と並ぶ。劉備のそばまで来ると、両脇について戻りはじめた。敵は、しんとしている。斬《き》りかかって来る者さえいない。

「殿のあとに、旗はつけ」

兵が集まってきた。

「勝ったぞ。胸を張れ」

張飛《ちょうひ》が大声で言う。ほとんど、兵は失っていなかった。遠く、孫堅《そんけん》の軍から、大《だい》喊声《かんせい》があがった。それは、いつまでもやまなかった。喊声に押されたように、敵は散り、汜《し》水関《すいかん》に逃げこみはじめたようだ。

劉備《りゅうび》はふり返らなかった。

孫堅の軍のそばを通った。拍手や歓声が続いた。晴れがましい思い。自分に付き従ってきた者たちに、一度だけは味わわせてやることができた。一度きりかもしれない。劉備が考えている闘いは、まだ先が長い。

袁術《えんじゅつ》の本陣の前で、関羽《かんう》が華雄《かゆう》の首を放《ほう》り出した。

「ただいま、戻りました」

劉備は、それだけを言った。諸侯は顔を揃《そろ》えている。公孫瓚《こうそんさん》が自分のそばに劉備の席をあけた。着座を勧められたが、劉備はそれを辞した。

「このまま関に攻めこむべきだ、と私は思うのですが」

「それを話合おうと言っているのだ」

袁術が言った。

「思いがけぬ手柄を立てたのだ。着座することを許すぞ」

「私は、陣屋へ戻ります。犠牲は少なかったとはいえ、手負った者もおりますので」

「汜水関を攻めないのが、不満なのか？」

袁術の語気《ごき》が荒くなったが、劉備は気にしなかった。袁術には、闘う気がない。それがはっきり見えたのだ。

「それとも、わしが着座を許すのが気に食わんのか？」

「私は、戦がないなら手負った兵とともにいてやりたいと思っただけです」

「いずれ、戦はある」

「その時に、呼んでいただきたいと思います。二百の兵しか率いていない私に、軍議に出る資格はありますまい」

「袁術殿、よいではありませんか。劉備殿はまた役に立ってくれましょう。二百といえば、私の兵糧を着服した者の数ではありませんか」

孫堅が言うと、袁術は不快そうに横をむいた。袁術が孫堅の軍に兵糧を届けなかったのはほんとうらしい、と劉備は思った。

一礼し、陣幕の外に出た。

待っていた兵を連れて、公孫瓚の陣へ行った。兵たちが集まってくる。

「大兄貴、勝った褒美はあったのですか？」

「なにを言っているのだ、張飛《ちょうひ》。兄者が、つまらぬ褒美を欲しがっているとでも言うのか。この戦は、義のための戦だ。曹操《そうそう》など見てみろ。『忠義』という旗を掲げておる」

張飛が道を開き、そこを関羽《かんう》が疾駆した。それで関羽は、敵の本陣に届いたのだ。褒美を貰《もら》うなら、この二人だろう、と劉備《りゅうび》は思った。ほかの将軍のところなら、必ず褒美は貰えるはずだ。

「私は、漢《かん》のために戦をしている。天下広しといえど、私に褒美を与えられるのは、いま洛陽《らくよう》におられる帝《みかど》だけだ」

それだけ言い、劉備は手負いの者の手当てを命じた。三人ばかりは、次の戦には出られそうもなかった。そして、二人は死んだ。

酒と肉が届けられたのは、夜になってからだった。曹操からで、自ら劉備の陣屋に足を運んできた。

「久しいな、劉備玄徳《げんとく》」

「曹操殿、私の名を憶《おぼ》えていてくださいましたか」

「忘れられる名ではない。関羽も張飛も」

「今日は、あの二人の働きですべてが決まりました」

「見ていた。袁紹《えんしょう》殿ほか六、七名は見に行った。孫堅《そんけん》殿もな」

「そうでしたか」

「よくやってくれた。あれで、董卓《とうたく》も大きく動かざるを得なくなっただろう」

この戦をどこまでやる気があるのかと、曹操に訊《き》いてみたい気分に劉備は襲われた。このまま勝ってしまえば、反董卓軍の盟主である袁紹が、董卓に代るということになる。諸侯もそれぞれに功を主張するだろう。曹操は、諸侯と較《くら》べると、まだ小さい。

劉備は、眼《め》の前にいるこの男が、どこを見据えて動いているのか、知りたいと思った。目先の勝利とは思えない。漢王室の未来なのか。それとも、もっと別のものか。

「兵たちにまで、酒や肉を頂戴《ちょうだい》いたし、お心遣いを感謝します」

「なんの。いまの私には、せいぜいこれぐらいのことしかできぬ。ゆっくりと兵を休ませてやってくれ。明日からは、また別の動きがあるだろう」

馬に乗っている時はあまり感じないが、こうしてむかい合って座っていると、曹操は小柄だった。しかしその躰《からだ》の底に、不気味なほどの気力が満ちている。

「おぬしの顔を見てみたかった。声も聞きたかった。並みの豪傑《ごうけつ》ならば、戦捷《せんしょう》に酔っていたのかもしれない。むしろ、思いの中に沈んでいるところであろう。そのかけらすらも見えん。むしろ、思いの中に沈んでいるようにさえ見える。どこで笑うのだ、劉備《りゅうび》？」

「さあ、私が笑える日が来るでありましょうか」

「そうか。遠いものを見ているのか。いや、今宵《こよい》は、おぬしと言葉を交わせただけでよかった。また、こうして酒でも酌み交わしたいものだと思う」

幼いころの話をして、曹操《そうそう》は出ていった。学問を好まず、それでも無理に書物を読んでいた、という話だった。劉備は、筵《むしろ》を織っていたころの話をした。

「曹操というのは、立派な大将ですな、兄者。やつが率いている兵を見れば、それがわかります。精鋭かどうかは、手合わせをしてみなければわかりませんが、自分たちがなにをなすべきか、兵のひとりひとりが知っている、というように見えます」

関羽《かんう》と張飛《ちょうひ》を呼んで、劉備は酒を飲みはじめていた。

「酒の度は過させるな、張飛」

「大丈夫です、大兄貴。俺はこれぐらいの酒では酔いません」

「おまえではない。兵たちの話だ。二百人で飲むには多過ぎるほどの酒を、曹操殿は持ってこられた」

「それほど、俺たちに感心したということですよ、大兄貴」

「いいから、おまえは兄者の言う通り、兵たちには二杯ずつの酒を配ってやれ。残ったものは、どうするかな」

「捨てろ」

二百人で飲みきれない酒で、曹操は自分のなにかを測ろうとしているのかもしれない。喋《しゃべ》ることのひとつひとつが、やることのひとつひとつが、意味を持っている男であるような気がする。

「そうだ、捨てさせろ、張飛。戦陣に、多過ぎる酒は禁物だ、と兄者は考えておられる。俺《おれ》も、そう思う」

「大兄貴と小兄貴がそう言うなら」

あっさりと立って、張飛が出ていった。すぐに戻ってくる。五つあった大樽《おおだる》のうちの三つは、捨てさせたという。

「おまえ、捨てる前にしこたま飲んだな」

「わかるか、小兄貴」

「腹が突き出るほどに、飲んでおる」

張飛が、自分の腹に掌《て》をやった。劉備が笑うと、関羽も声を出して笑った。からかわれたことに、ようやく張飛《ちょうひ》は気づいたようだった。

洛陽《らくよう》から、軍が出動しはじめた、という知らせが本陣に入ったようだった。

すぐに、五万ほどが汜《し》水関《すいかん》に入ったという噂《うわさ》が流れた。汜水関と対峙《たいじ》しているのは、孫堅《そんけん》の二万である。それには、増援が送られはじめている。

董卓《とうたく》自身が出陣してきて、十数万で虎《こ》牢関《ろうかん》にむかったという。汜水関、及び酸棗《さんそう》の本陣の側面を衝《つ》くかたちになる。

すぐに軍議が開かれ、めずらしく速やかな決定が出た。全軍を二つに分け、半分を虎牢関にむけるということだった。公孫瓚《こうそんさん》の軍は、虎牢関へむかう方に入っていた。曹操《そうそう》の五千が、虎牢関と汜水関を繋《つな》ぐ役目をするらしい。

諸侯が思い思いに動くので、大軍の移動はしばしば滞《とどこお》った。

最初に到着した軍が、後続も待たずに虎牢関の前面に突出してきている敵とぶつかったという。虎牢関には董卓がいるので、功を焦ったというところなのだろう。その軍は瞬時に蹴散《けち》らされ、逃げ惑っているところを、ようやく到着した第二軍、第三軍に助けられたという。公孫瓚は、第五軍だった。

八軍のすべてが到着すると、すぐに軍議で、それには公孫瓚に伴われて劉備《りゅうび》も出た。

虎牢関から突出している敵は、呂布《りよふ》という大将が率いる騎馬隊を中心にした一万で、すさまじい強さだという。ぶつかった王匡《おうきよう》という河内《かだい》の太守は、負けたからことさらそう言っているわけではなさそうだった。

黒ずくめの大将である。鎧《よろい》からひたたれ、帯から戟《げき》の柄《え》にいたるまですべて黒で、首に赤い布を巻いているらしい。その赤が、乗っている馬とぴったり合っていて、どこにいても呂布と知れるという。

「あれは、大変な将軍だ。わしは、再び闘いたいとは思わん。とにかく、一万が巨大な一頭の動物のように動いて、その先頭に必ず呂布がいる。ぶつかっていった者は、みんな斬り殺された」

十数万の兵を率いてきたものの、董卓は実戦を呂布に任せ、虎牢関を出てくる気配はないようだった。

とにかく、どの軍も出られるように、虎牢関に半円を描くようなかたちで対峙することになった。呂布を関に追いこんでしまえば、その囲みはぐっと絞ることができるが、いまのところ大きな半円である。

「見事な陣だ」

虎牢関を背に陣を敷いている呂布の軍を見て、劉備は思わず唸《うな》った。守りなど考えていない。いつでも前へ出られる。そういう陣構えである。

一軍が、前へ出た。全軍で打ちかかるには、虎牢関《ころうかん》の前は狭すぎるのである。二万五千から三万。それぐらいだろう。呂布《りょふ》の騎馬隊が、ゆっくりと前へ出た。先頭が一歩出た時、最後尾も出ている。前に従って動くのではなく、呂布の指示と同時に動いているようだ。

「兄者、あの黒いのは、ただ者ではありませんぞ。あんなのを見たのは、はじめてです」

「呂布奉先《ほうせん》。私も、騎馬隊をあんなふうに扱える男は、見たことがないぞ、関羽《かんう》」

「それに、あの馬。大きさもさることながら、全身から血を噴き出しているようではありませんか」

「洪紀《こうき》も、あれほどの馬は手に入れられまいな」

「動きはじめましたぞ、兄者」

呂布の騎馬隊から、土煙《つちけむり》があがりはじめた。五千というところか。後方に五千ほどの歩兵がいるが、陣形を変えただけでほとんど前へ出ていない。

騎馬隊が、二つに分れた。一隊が、二万五千の中に、一直線に突っこんでいく。すさまじい速さになった。鉈《なた》で断ち割るというより、もっと鋭利な刃物で切ったような感じがしたほどだ。中央を突っ切られた軍が、もう一度態勢を立て直そうとした時、呂布が駈けた。あっという間に、騎馬十人ほど馬から打ち落とされた。大将の場所。呂布は、迷うことなくそこへ突っこんでいる。ぶつかり合いは束《つか》の間《ま》だった。大将が呂布に突き落とされると、二万五千は潰走《かいそう》しはじめる。それを、呂布の騎馬隊がいいように突き落としていた。しかし、それほど深追いはしてこない。

「あの野郎を、俺に任せてください、大兄貴」

「ならぬ、張飛《ちょうひ》。いまは、われらだけで戦をしているのではない。われらは、公孫《こうそん》瓚《さん》殿の軍の一部にすぎないのだ」

「あんな男と、俺は闘ってみたいですよ」

曹操《そうそう》が、駈けつけてきたようだった。ということは、汜水関《しすいかん》の方は静かなものなのだ。八軍の大将に参集《さんしゅう》をかけている。軍議が必要だ、と曹操は見たのだろう。

その時、別の一軍が攻撃をかけていた。

呂布の騎馬隊は、整然としてまったく乱れがない。静止したかと思うと、激しく動く。見とれるほどの動きだった。そしてまた、大将を突き殺したようだ。攻撃をかけた一軍も、算を乱して駈け戻ってくる。

劉備《りゅうび》は、公孫瓚とともに軍議に出た。袁紹《えんしょう》の軍議と違い、曹操を中心にしてみんな立ったままだ。

「これはもう、くり返し新手《あらて》を出すしかあるまい。もう少し呂布《りょふ》が攻めこんでくれば、八軍が一斉にかかることもできるが、それは呂布も警戒している。こちらの原野までは、どうしても出てこようとしない」

虎牢関《ころうかん》の前も、狭い場所ではなかった。ただ、西側に岩山がある。そしてそれは、虎牢関からはすべて見通せる。つまり、横からの奇襲《きしゅう》は狙《ねら》えないのだ。

汜水関《しすいかん》は兵力差があるが、虎牢関は兵力が拮抗《きっこう》している。董卓《とうたく》が出てくれば、汜水関の方からの増援が必要にもなる。

「呂布という男の戦ぶりは、勇猛《ゆうもう》というだけではない。周到《しゅうとう》でもある。特に、あの騎馬隊の動きは、実に五万の兵力にも匹敵するように思える」

曹操《そうそう》は、冷静に戦況を見ていた。ただ、活路《かつろ》までは見つけられないようだ。

「董卓は、ここを防ぐ気ではなく、勝つ気なのではありませんか」

劉備《りゅうび》が言うと、曹操の眼が光った。

「ここで勝てば、汜水関で対峙しているわが軍を、ほとんど挟撃《きょうげき》のかたちで攻められます。呂布を使って、こちらの力を測っていると私には思えるのですが」

「だとしたら？」

「新手を次々に当てていくというのは、むこうに手の内を見せることにもなりかねません。出てきているのは、呂布の一万。こちらは董卓の全軍についてはまったく知らないことになります」

「手の内を、見せてしまうか。しかし、新手を次々に当てる以外に、なにか方法はあるのか。虎牢関の対峙は、長引かせるわけにはいかん。地の利は、むこうにある。補給も、むこうが楽だ」

「呂布を、動かさないことです。その方策を考えるべきです」

「それがあるのか、劉備？」

「騎馬隊を封じこめれば、呂布は動けません」

「そんなことは、わかっている」

「公孫瓚《こうそんさん》殿の軍が、呂布を止めます。虎牢関の下まで、押します。その間に、全軍をもって馬止めの柵《さく》を作るのです」

劉備はしゃがみこみ、小枝で地面に線を引いた。三重、四重の柵で馬を止め、柵には弓手を配置する。自由に動けない騎馬隊は、恰好《かっこう》の弓の的である。

曹操《そうそう》が、低い唸り声をあげた。

「よかろう。公孫瓚殿の軍が呂布を止められたら、この策はうまくいくかもしれん」

早速、全軍で柵用の木を集めた。

公孫瓚《こうそんさん》は、逸《はや》りきっていた。自分の軍を出したくて仕方がなかったのに、虎牢関《ころうかん》から近い方の軍が攻めこみ、潰走《かいそう》を続けてきたのだ。それが、全軍注視《ちゅうし》の中で、自分の軍を動かせるのである。

「問題は、呂布《りょふ》の動きを封じられるかどうかです。勝とうと思われないこと。動きを封じれば、勝ちですから」

「わかっているが、俺は勝ちたい。なぜか、勝てそうな気もする」

柵用の木の用意ができた。

公孫瓚は、騎馬隊を先頭に軍を動かしはじめた。ほとんどが、白馬である。劉備《りゅうび》は、二百の手勢を連れ、少し離れて進んだ。

呂布の騎馬隊も動いてくる。中央に三千。両翼に一千ずつ。やはり見とれるような動きだった。中央の先頭に、『呂《りょ》』の字の旗がある。黒地に赤だった。

「二人とも、呂布から眼を離すな」

関羽《かんう》と張飛《ちょうひ》に言った。張飛は、すでに蛇矛《じゃぼう》をしごいている。

両軍の動きが速くなった。劉備は、横に動いた。先頭がぶつかり合う。その時は、呂布に近づいていたい。

公孫瓚が、駈け出すのが見えた。呂布が、落ち着いた動きでそれを迎えた。ぶつかり合う。公孫瓚と呂布の、大将同士のまともなぶつかり合いである。関羽も張飛も、劉備の前を駈けていた。公孫瓚と呂布が打ち合っている。公孫瓚の命は捨ててもらおう、というつもりに、劉備はなっていた。こだわって打ち合いを続ければ、必ず突き殺される。まともに背をむけて逃げても、呂布の馬には追いつかれる。唯一助かるのは、劉備がいる方へ、移動してくることである。呂布の戟《げき》を、かわしにかわしながら移動する。それが公孫瓚にできるかどうかだ。

公孫瓚は、すぐに逃げはじめた。こちらにむかって駈けてくる。しかし、呂布に背をむけていた。呂布が追う。すぐに追いついた。突き落とされる。そう思った時、張飛が打ちかかっていた。呂布が、蛇矛を戟で受けとめている。激しい打ち合いになった。そこに関羽も加わった。さすがに、呂布に騎馬隊を指揮する余裕はない。関羽の青竜偃月刀《せいりゅうえんげつとう》が舞った。呂布はかわしている。人馬一体の動きが、見事だった。戟を遣《つか》いながら、呂布が少しずつ後退した。

公孫瓚の軍が、全力で押しはじめる。呂布の騎馬隊の動きが、ほとんど止まった。張飛が少し離れ、勢いをつけて呂布に突っこんだ。呂布の馬が、棹立《さおだ》ちになる。そうやって、馬自身が蛇矛をかわしたようだった。

呂布《りよふ》が、馬首をめぐらし、関の方へ駈け戻りはじめた。騎馬隊も、それに従う。関の真下で、歩兵が横に並んで弓を構えていた。関の上にも、兵の姿が現われた。

呂布の騎馬隊が、歩兵の後ろに回り、再び隊形を整えはじめた。

突っこもうとする公孫瓚《こうそんさん》を、劉備《りゆうび》は止めた。関羽《かんう》も張飛《ちようひ》も、深追いはしていない。関の下まで追っていくと、矢や石を食らう。

「退《さ》がりましょう、公孫瓚殿」

「しかし」

「関の真下まで攻めこむには、死なせてもいい兵が十万は必要です」

十万という言葉で、公孫瓚は我に返ったようだった。全軍を止め、歩兵を退かせた。その間、騎馬隊は隊形を組んで、呂布の反攻に備えた。

三重、四重の馬止めの柵は、すでにできあがっている。

4

手強《てごわ》い二人だった。

二度は、赤兎《せきと》に救われた。並みの馬だったら、あの蛇矛《じやぼう》はかわせなかった。一度逃げ、追撃を誘ったが、乗ってはこなかった。

「あれが、劉備の軍か」

二百人で、大軍の中に突っこみ、華雄《かゆう》を討ち取ったというのも、頷《うなず》ける。

呂布は、赤兎に跨《また》がったまま、敵の動きを見ていた。あの二人と闘っている間に、柵《さく》が作られていた。岩山に挟まれた関の前から、原野に出るところだ。柵には弓手が配置されはじめているようだ。三千、四千の歩兵が、何組も柵のむこう側に駈《か》けこんできている。

騎馬隊を封じる。そういう動きに出てきた。こちらのやり方を、しっかりと読んだのだろう。呂布の騎馬隊が、出てくる敵を突き崩す。機を見て呂布が敵中深く突っこんでいく。その時、董卓《とうたく》も全軍で出てくる。

騎馬隊を封じられれば、できない作戦だった。馬止めの柵にむかって突っこむのは、いたずらに兵を死なせることにしかならない。

呂布は赤兎を降り、陣屋に入った。騎馬隊も、半数だけ敵の攻撃に備えさせ、残りは休ませた。

黒い鎧《よろい》が、返り血を浴びていた。方天戟《ほうてんげき》も血に濡《ぬ》れている。呂布は、従者《じゆうしや》に布を持ってこさせ、方天戟の月牙《げつが》を拭《ぬぐ》った。先端が両刃の刀になっていて、左右に三日月のかたちをした月牙《げつが》がある。先端の刀では突き、月牙では斬《き》ったりひっかけたりする。柄も細い鉄で、それに籐《とう》を巻いて滑りにくいようにしていた。七十斤《きん》（約十五キロ）ある。洛陽《らくよう》一といわれた鍛冶屋《かじや》に打たせたものだ。罪人三十人を並べて試しをやったが、首を刎《は》ねても胴を両断《りょうだん》しても、ほとんど刃こぼれはなかった。

方天戟《ほうてんげき》の血を拭《ぬぐ》うと、従者に鎧を調べさせた。どこも傷《いた》んではいなかった。

「あの二人が、関羽《かんう》と張飛《ちょうひ》というのか」

声に出して呟《つぶや》いた。いままで、あれほどの男たちに出会ったことはない。劉備《りゅうび》は、そういう男を二人も側《そば》に置いているのか。

面白いな、と呂布《りょふ》は思った。いそうもない男が、この世にはいるものだ。

首に巻いた布を、新しいものに替えた。黒ずくめの軍装は、瑶《よう》が勧めたものだった。そして首に巻く赤い布。はじめから血を流しているので、戦場で流す血はもうないのだ、と瑶は言った。

董卓《とうたく》に従った時、まずはじめに与えられたのが館《やかた》だった。大臣たちが住んでいる館と変りなかった。広い庭もあり、二十人の使用人がいた。迎えの者に連れられてきた瑶は、館を見て感嘆《かんたん》の声をあげた。その声を聞いただけでも、丁原《ていげん》を殺してよかった、と呂布は思った。

五百の騎馬隊がいた。それは鍛えあげた呂布自身の麾下《きか》の兵で、董卓の軍の中から、四千五百人を選んで、総勢五千の騎馬隊を編成した。鍛え抜いたので、これ以上に優れた騎馬隊はいない、と呂布は思っていた。

将軍、と会った時から董卓には呼ばれていたが、いまはまことの将軍である。歩兵も合わせると、一万の兵を動かしている。丁原の下にいた時とは、大きな違いだった。

実戦ははじめてだったが、騎馬隊はほぼ呂布の思う通りに動き、闘った。自分が指示を出せない時にどうするか、というのが今後の課題だった。一千の騎馬隊を動かせる指揮官を、何人か育てあげなければならないのか。指揮官を育てることが、自分に合っているのかどうか、呂布にはよくわからなかった。

董卓は、粗暴《そぼう》な男だった。臆病《おくびょう》でもあり、勝てるとわかっている戦《いくさ》でなければ、決して出ていこうとしないこともわかった。勝てば、ひどく残酷になる男でもあった。

そういう董卓を、呂布は悪くないと思っていた。人間とは、そういうものなのだ。

董卓は、呂布をそばから離そうとしない。呂布の麾下の一万は、董卓の旗本《はたもと》の精鋭というかたちになっていた。暴虐をなすくせに、気は小さく、心の底には怯《おび》えがある。誰《だれ》かが殺しに来るのではないか、とたえず疑っている。呂布《りよふ》がそばにいないと、ひどく不安がり、それが不機嫌というかたちで出る。

これぐらいの主君がちょうどいい、と呂布は思う。もともと、主君は自分のために持つものだ、と呂布は考えていた。主君がいなければ、ただ強い男ということに過ぎなくなる。主君がいれば、その力の一部を自分のものにできるのだ。忠義は、主君が自分になにを与えてくれるかで、大きくもなれば小さくもなる。だから呂布は、自分の麾下《きか》の者たちが、権限にしろ金品にしろ、ほかの隊の者たちより多く得るように立ち回ってもいた。

「董卓《とうたく》様がお呼びです」

従者が、部屋の外から言った。

呂布は頷き、腰をあげた。黒い幘《さく》（頭巾《ずきん》）を被《かぶ》り、方天戟《ほうてんげき》も持った。

虎牢関《ころうかん》の中で、十万を超える軍に守られて、董卓は酒を飲んでいる。食物がいつも卓に並べられていた。戦場に出てきても、洛陽《らくよう》にいる時と暮しぶりは変えようとしない。ただ、女だけはいなかった。洛陽の館にいる時は、百人ばかりの女がたえず侍《はべ》っている。

「これから、どうなる？」

董卓は、突き出た腹を両手で抱えるようにして、椅子《いす》に腰を降ろしていた。

「おまえの騎馬隊は、関の下まで退《さ》がってきたな」

「退がったことは、大したことではありません。その方が、兵を失わずに済んだということなのです。問題は、馬止めの柵です」

「破れるか？」

「敵に気づかれないように、騎馬隊を大回りさせて、後方から衝《つ》くという方法があります。あくまで、気づかれずにですが」

「どれぐらいかかる？」

「およそ、十日から二十日。それだけあれば、なんとか」

「ならん。時がかかりすぎる。その間に敵は新しい動きを見せるかもしれん」

董卓は、自分と離れたくないのだ、と呂布は思った。信用できる人間が少ない。信用できて強いとなれば、自分ぐらいしかいないはずだ。軍でさえ、信用しきってはいなかった。こういう状況で、呂布が十日から二十日も離れるというのは、不安でならないのだろう。

「寄せ集めだと思ったが、やつらもやるのう」

「強いのは、一部だけです」

「孫堅《そんけん》の軍か。孫堅がこちらに靡《なび》かぬかと、李傕《りかく》をやってあるが」

「無理でしょう。それに、手強いのは孫堅ではありません。劉備玄徳《りゅうびげんとく》という男です」

「華雄《かゆう》を討ち取った男じゃな。どれぐらいの兵を擁している？」

「二百」

「二百だと？」

「馬鹿になさいますな、殿。この私も、五百の麾下《きか》を抱えているだけです。その五百が核《かく》となって、五千の騎馬隊は力を出しているのです。劉備は、公孫瓚《こうそんさん》の軍の中にいます。したがって、いま手強いのは、公孫瓚の軍です」

「そういうことか」

董卓《とうたく》は、杯に手をのばして酒を飲もうとした。それには入っていなくて、呂布《りょふ》が注《つ》ごうとしてのばした壺《つぼ》にもなかった。

董卓が大声を出す。従者が慌《あわ》てて駈《か》けこんできた。このところの董卓は、気に入らないとすぐに従者の首を刎《は》ねる。気に入ることがあれば、多過ぎるほどの金品を与える。

「酒がない」

呂布が言うと、従者はすぐに壺を二つ運んできた。なぜか、陶器《とうき》の杯や壺を、董卓は好んでいる。従者は、すぐに退がった。

「わしは、帝《みかど》を擁している。それは大きなことだ」

「わかります」

先帝の弁《べん》は、毒杯を呷《あお》らせて殺した。いまの帝以外に、誰も代りは立てようもない。そのあたりは、驚くほど周到な男だった。ものを食い、口のまわりや髭《ひげ》を脂でてらてらと光らせていても、大抵はなにか考えているのだ。裏切りそうな人間のこと。利用できそうな人間のこと。過《あやま》ちをどう罰するか。

過ちの罰し方は、酷薄《こくはく》だった。残酷な刑を好んだ。時には、自身でそれを見る。

それでも、呂布は董卓という男が嫌いではない。自分の強さを、誰よりも買ってくれるからだ。

「虎牢関《ころうかん》に来てから、ずっとわしは考え続けていた」

「敵を打ち破る策ですか？」

「そんなものは、おまえに全軍を与えれば、できるという気がする。しかし、勝ったところでやつらは散っていき、またなにかあると蟻《あり》のように集まってくるだろう。そのたびに、汜水関《しすいかん》と虎牢関を守らなければならん」

「確かに、そういうことになります」

「洛陽《らくよう》が守りにくいわけではないが、もっとたやすく守れる場所がある。そこへ、帝を移す。そこを、新しい都とするのだ」

「それは」

「わしには、それぐらいの力はある。洛陽を攻めようとしている者たちは、目標を失うのだ」

「どこへ、移るのです？」

「長安《ちようあん》だ。天然の要害《ようがい》に守られておる。しかも、わしが力を蓄えた涼州《りよう》は、すぐそばではないか。洛陽を攻めようとする者たちも、肩を落としてそれぞれの拠《よ》って立つ土地へ帰るだろう。そうなれば、土地と土地の争いも起き、いまのようにひとつにまとまることはできなくなる」

「しかし、殿。長安は焼かれ、廃墟《はいきよ》同然のままですぞ」

「建設すればよい。おまえにも、もっと大きな屋敷を与えてやれるようにもなるだろう」

「人がおりません。誰に建設させるのです」

「洛陽には、百万を超える民がいる。奴隷《どれい》も入れれば、百五十万にはなる。それに三十万の兵だ」

「では」

「帝が移るのだ。民が移らなくてどうする」

呂布《りよふ》には、思いつきもしなかったことだった。そんなことが、ほんとうにできるのか。そして、洛陽という広大な街は、敵の手に委《ゆだ》ねてしまうのか。

「洛陽の何百人もの商人は、蓄えも持っておろう。それは全部吐き出させる。墓もあばいて、ともに埋葬《まいそう》された財宝は貰《もら》う。二百年、洛陽にためこまれた富のすべてを、長安に移す。そして、洛陽は焼く」

それも、呂布には思いつかないことだった。もしかすると、董卓《とうたく》は自分など想像もつかないほど大きいのかもしれない、と呂布は思った。

「遷都《せんと》に反対する者は多いだろう。それらは処断《しよだん》するか平民に落とす。貴族たちの風通しも、それでよくなる」

「さすがに」

「よい考えであろう。街には運気というものがあり、洛陽はもう衰えている。これからは長安だ」

「それで、どうするのです?」

「ここは、どれほどの軍で守れる？」

「三万。汜《し》水関《すいかん》も、同じようなものでありましょう。三万いれば、敵は攻めあぐね、戦線は膠着《こうちゃく》というかたちになると思います。なにかあれば、すぐに増援を送る態勢が整っていればよいのです」

「なるほどな。ならば、おまえはわしとともに洛陽《らくよう》に戻れ。兵も、少しずつ引き揚げさせろ。二つの関に、三万ずつ残せばよい」

決めたら、すぐにやる。後ろはふりむかない。それも董卓《とうたく》だった。

その夜のうちに、百騎ほどで董卓を守り、呂布《りょふ》は洛陽へ戻った。

「ちょっとうるさいことになる。しばらく洛陽を出ていてくれぬか」

館に戻り、出迎えた瑶《よう》に呂布は言った。

「おやまあ。洛陽で戦でございますか」

「似たようなものだろう」

着物の着替えなど、すべて瑶に任せる。瑶は、着替えさせる前に、呂布の躰《からだ》を洗うことがあった。人を斬《き》ってきた時など、そうだ。血が匂《にお》っているのかもしれない、と呂布は思っていた。

躰を洗われるのは、嫌いではなかった。呂布の指の股《また》まで、瑶は丁寧に洗う。召使はいくらもいるが、決して他人に任せようとしないのだ。

そういう時を過すのが、呂布には心地よかった。瑶の寝室で二人だけになると、呂布は手を瑶の腿《もも》に挟みこむ。そのやわらかさを感じながら眠るのも、好きだった。懐かしいというのではない。安息があるというのでもない。不思議な充実感がある。それだけだが、身を浸せるほど大きな充実感でもあった。

「召使のなりをさせて、兵を三十人ばかり付けよう。なに、またすぐに会える。おまえたちがいない間に、俺《おれ》は洛陽でやらなければならないことがあるのだ」

躰を洗わせながら、呂布は言った。

洛陽を焼くなどと言ったら、瑶は怒るかもしれない。しかし、長安《ちょうあん》にはもっと立派な館を建てることができるのだ。洛陽など、たやすく忘れさせてやれる。

翌日から、董卓は遷都を言いはじめた。反対する者の意見は、黙って聞いていた。三日も経《た》つと、反対する者の顔ははっきりと見えてきた。

「わしが、決めたことだぞ」

四日目の会議で、董卓はそう言った。何人かの名を呼び、兵に連行させ、首を刎《は》ねた。宮中で遷都に反対する者は、それでひとりもいなくなった。

商人の捕え方も、見事なものだった。一斉に兵を出し、商人の家を取り囲み、袁《えん》紹《しょう》と通じた罪で首を刎《は》ねる、と言わせたのだ。助かりたい一心で、商人たちは隠してあった財まで出す。全部取りあげたあとに、やはり首を刎ねるのだった。

四百人以上の商人の首が刎ねられた。

人が次々に洛陽《らくよう》からいなくなっていく。五万人ほどを出すと、兵を一隊つけ、また五万人出し、兵をつける。そうするので逃亡はできず、歩けなくなった者は死ぬだけだった。

洛陽から長安《ちょうあん》へと、人の列がえんえんと続いた。

呂布《りょふ》は、精鋭の一万のほかに、五万の軍を指揮下に置き、洛陽にとどまっていた。董卓《とうたく》も、五万の軍に守られて、まだ残っている。

汜水関《しすいかん》からも虎牢関《ころうかん》からも、援兵の要請はなかった。思った通り、戦線は膠着《こうちゃく》している。この膠着は、そうたやすく破れはしないだろう。

洛陽は、めっきり人が少なくなった。兵の姿ばかりが目立つ。やがては、墓もあばかれるのだ。洛陽には、何代にもわたる、王室や貴族の墓もある。

董卓は、洛陽を憎んでいるのではないか、と呂布はふと思った。辺境の戦で生き、辺境に力を蓄えた男だ。洛陽の華々しさが鼻についたとしても不思議はない。

そういう話を、董卓としたことはなかった。それどころか、訊《き》かれることにただ答える、という会話だけが続いてきたような気さえする。軍の状態はどうか。洛陽に、叛乱《はんらん》を起こそうとする者が入りこんでいないか。敵の力をどう見るか。

呂布はいつも、思ったことを簡潔に答えていた。

丁原《ていげん》の下にいたころより、主従らしい会話といえば言えた。

赤兎《せきと》に語りかける日が、呂布は多くなっていた。

5

はじめは、なにが起きているのかわからなかった。長安へ遷都《せんと》という知らせを持ってきたのは、五錮《ごこ》の者だった。それも、民まで全部移してしまうという、強引なやり方だった。報告を聞いた曹操《そうそう》は、しばらく信じられなかったほどだ。

董卓は、洛陽全体を砦《とりで》にして闘う気なのかもしれない。そうなれば、厄介《やっかい》なことだった。なにしろ、洛陽へむかう関の二つを、まだ抜けないでいるのだ。

義軍《ぎぐん》として集まった諸侯《しょこう》がなにを考えているのか、曹操には手にとるようにわかった。自軍を疲弊《ひへい》させせない。犠牲を出さない。まず第一がそれだ。功名《こうみょう》をあげそうな者の足を引っ張る。それが第二だ。そして、義軍として立ったという証拠を、この駐屯で得られればいいというのが、第三だ。

わずかに、孫堅《そんけん》と公孫瓚《こうそんさん》だけが、闘って行こうという姿勢を見せ続けている。人々も、すでに義軍に対しては失望しているようだ。

自分はまだ、なにも得ていない。曹操《そうそう》にあるのは、その思いだった。

汜水関《しすいかん》で董卓《とうたく》軍と対峙《たいじ》している孫堅は、しばしば攻撃をかけていたが、関は破れそうもなかった。関を攻めるには、兵力が少なすぎるのだ。せめて十万は必要だろう。そして、遊んでいる兵が二十万以上いる。

虎牢関《ころうかん》の公孫瓚軍は、孫堅とは対照的に、じっと動かなかった。劉備《りゅうび》の軍も、その中に混じっている。

劉備は、なぜ自分を売りこもうとしないのか、と曹操はしばしば考えた。公孫瓚の客将などしなくても、いまならば自分を高く売れるはずだ。たとえば袁紹《えんしょう》なら、一、二万の兵力を用意して、劉備を迎えるだろう。自分にも余裕があれば、劉備を迎えたい気持はある。しかし、なんといっても兵力は五千だった。

「虎牢関は、動かぬか？」

「孫堅の動きを見た公孫瓚が焦って飛び出そうとしても、劉備が止めているようです。公孫瓚の兵力は孫堅よりだいぶ劣るので、犠牲は出せないと思っているのではないでしょうか」

「おまえは、劉備の軍には入らなかったのか？」

五錮《ごこ》の者は、雑卒《ざっそつ》のなりで各軍に紛れこみ、内情を探っては曹操に報告に来る。洛陽に潜入したのとは、別の者たちだ。

「公孫瓚の軍にはたやすく入れますが、劉備の軍には近づけません。隙《すき》がないのです」

「関羽《かんう》と張飛《ちょうひ》か？」

「成玄固《せいげんこ》という、烏《う》丸《がん》族の隊長もいます。これもなかなかの者で、兵はよく従っています」

曹操が届けた戦捷《せんしょう》祝いの酒樽《さかだる》の大部分を、捨てたという話は聞いていた。陣中に、大量の酒は禁物なのである。酔《よ》い潰《つぶ》れた兵は、戦では使いものにならない。どう扱うかと見てみたくて、大樽を五つも届けた自分が、浅ましいもののように曹操には思えてきた。劉備という男は、なにを見ているのか。なんのために、戦をしているのか。奮戦《ふんせん》にそれほど報《むく》いなくても、部下は不満を持たないのか。

「洛陽《らくよう》が、大変なことになっているようですな」

朝の会議を、曹操軍では持つ。部将が十人ほど集まるのである。言ったのは、夏《か》侯惇《こうとん》だった。

「民まで長安《ちょうあん》に移して、どうする気なのだと思う？」

「洛陽《らくよう》全体を、砦《とりで》とする気なのでは」

「そんなところか、と私も考えているが、どうも腑《ふ》に落ちん」

「董卓《とうたく》も呂布《りょふ》も、洛陽城内にいるそうではありませんか」

帝《みかど》だけを移す。それならば、話はわかる。いかに義軍とはいえ、百万の民がいる洛陽は攻めにくい。それを民まで移しているのだ。

長安は、焼けていて廃墟《はいきょ》に近い。人もいない。そこに洛陽の民を移すというのは、新しい都を建設しようとでもいうのか。

そこまで考えて、曹操《そうそう》は息を呑《の》んだ。

「馬を曳《ひ》け」

「どうされました、殿？」

「いやな予感がする。袁紹《えんしよう》殿に会ってくる」

曳かれてきた馬に、曹操は飛び乗った。

酸棗《さんそう》の本陣まで、ひと駈《か》けである。袁紹は、陣屋の外を歩き回っていた。毎朝、そうするのが習慣なのだ。

「どうした、曹操殿。血相が変っているぞ」

「ただちに、全軍で洛陽を攻めるべきだ。洛陽の民を長安に移している。ということは、董卓は洛陽を焼く気だ」

「なにをまた。洛陽全体を、巨大な城にするつもりなのであろう」

「ではなぜ、帝ばかりでなく、民まで移すのだ。董卓は、新しい都を建設するつもりでいる。だから民も必要になる。その民に、帰るところがあってはならんのだ」

「だから洛陽を焼くなどと、馬鹿なことを。滞陣《たいじん》が長くなると、考えなくてもいいことまで考えてしまうものだ。民を移しているのは、董卓にも人の心があるからだろう」

「暢気《のんき》すぎるぞ、袁紹殿。洛陽を焼かれれば、われらの負けだ。その前に、全軍で洛陽に残る董卓軍を討つべきだ」

「洛陽を焼かれれば、確かに負けだな。われらは、洛陽を取り戻しに来ているのだからな」

袁紹が、低い声で笑った。

「しかし、そんなことが起きるはずもない。まだ、汜《し》水関《すいかん》も虎《こ》牢関《ろうかん》も抜いていないのだぞ。それを、全軍を動かせなどと、軽率《けいそつ》なことは言うな」

「決断のしどころなのだ、本初《ほんしょ》」

曹操《そうそう》は、袁紹《えんしょう》を字《あざな》で呼んだ。幼いころからともに学んだ。昔は、字で呼び合っていたのだ。

「血迷うな、孟徳《もうとく》。洛陽《らくよう》は、二百年来の都だぞ。誰《だれ》が焼くことができる」

「火をつければ、誰でも焼くことができよう。ここで全軍を動かせないのなら、盟《めい》主《しゅ》などやめてしまえ」

「朋輩《ほうばい》だった。だから、いまの言葉は忘れてやろう。一度だけな」

そう言い、袁紹は横をむいた。

かっと、頭に血が昇っていた。曹操は馬に飛び乗ると、鞭《むち》をくれた。自軍の陣営まで、全力で駈けさせた。馬蹄《ばてい》の音で、陣屋から部将たちが駈け出してくる。

「曹洪《そうこう》、兵をまとめろ。すぐに出撃できるようにしておくのだ。董卓《とうたく》は、洛陽を焼く、と俺は思っている。袁紹は、それを聞かん」

陣屋へ入り、曹操は荒い息をついた。そういう暴虐が許せるものか、と思った。爪《つめ》を嚙《か》んだ。落ち着け、と自分に言い聞かせた。どうあがいてみても、兵力は五千なのだ。十倍近い兵力の袁紹を動かせないかぎり、なにもできはしないのだ。それでも、躰《からだ》の中でなにか別の生き物が暴れようとしている。いや、心の中なのか。

騒然としていた外は、静かになっていた。いつでも出撃できる状態で、兵たちは待機に入ったのだろう。

俺《おれ》は、義軍の兵を挙げたのだぞ。曹操は、声に出して呟《つぶや》いた。義軍という言葉が、むなしい響きしか持っていない。『忠義』、という旗を掲げた。その旗が、色褪《あ》せるままにしておくのか。それで、男として生きていることになるのか。宦官《かんがん》の家の子。俺の血の中に、拭《ぬぐ》いようもなくそれがあるのではないのか。

人が入ってきた。

夏侯惇《かこうとん》だった。ほほえみ、ちょっと眼《め》を細め、夏侯惇は曹操の前に腰を降ろした。いつも沈着《ちんちゃく》で、落ち着いたもの腰の男だ。

「いつものわが殿らしくありませんな」

「そうかな」

「兵を挙げる時も、その時機を狙《ねら》いすましておられた。ここに諸将《しょうしょう》が参集《さんしゅう》しても、殿の理《ことわり》の通ったもの言いは、諸将を頷《うなず》かせるに充分でありました。五千の小勢《こぜい》で殿が重きをなしておられたのも、その理が誰にも曲げようがないものだったからです。どんな小さなところでも、殿は理を通された」

「なにが言いたいのだ、夏侯惇？」

「今回の袁紹《えんしょう》との衝突には、理もなにもありません。孫堅《そんけん》のような荒武者さえも言わないことでありました。いまごろは、諸将の噂《うわさ》にものぼっておりましょう」

「俺はな、夏侯惇《かこうとん》」

「なにも、おっしゃいますな、殿。そういうわが殿も、悪くはありません。私は、挙兵《きょへい》に従ってよかったと思っております」

夏侯惇は、じっと曹操《そうそう》を見つめている。

「理を忘れてしまわれる時がある。そういう殿であってよかった、と私は思っています」

「とんでもないことをするかもしれんぞ、俺は」

「結構。存分におやりください。理など、忘れてしまって」

「よいのか」

「理だけで、天下は取れません」

曹操は、伏せていた顔をあげた。相変らず、夏侯惇はほほえんでいる。

洛陽《らくよう》の空が、黒い煙で覆われはじめたのは、午後だった。凶々《まがまが》しいほどに、黒い煙がたちのぼり、風に吹き飛ばされている。こちらから見えるというのは、よほど大きな火だということだ。

本陣に、諸侯が集まった。汜水関《しすいかん》、虎牢関《ころうかん》の敵と対峙している孫堅と公孫瓚《こうそんさん》がいないのは、関の敵兵も動きを見せているからだろう。

董卓《とうたく》の軍は長安《ちょうあん》へむかい、もはや洛陽は無人だという。

「追撃せよ。全軍で、董卓を討ち果すべきではないか。それが義軍であろう」

強硬《きょうこう》に追撃を主張したのは、曹操ひとりだった。袁紹は、力なくうなだれている。他の諸侯も、ほかがどう出るか、ということだけを気にしていた。

「わが軍は、出撃する。諸侯がどうされようと、それが義軍だと思うからだ」

五千。一緒に出撃しよう、と言い出す者はいなかった。持っていた杯を卓に叩《たた》きつけ、憤然《ふんぜん》と曹操は席を蹴《け》った。

馬。曹操が自軍に駈け戻った時、すでにみんな乗馬していた。

「行くぞ、董卓を追う。なんとしても、一矢《いっし》を報いる。それが、この曹操の廉恥《れんち》心《しん》が命じることだ。命は預かった。続け」

駈け出した。先頭である。『曹』と『忠義』の旗が並んで付いてくる。夏侯惇、夏侯淵《かこうえん》が騎馬を率いている。曹洪《そうこう》が歩兵を走らせる。虎牢関を迂回《うかい》し、黒煙をあげる洛陽をあとに見て駈け続けた。西。長安への街道。屍体《したい》が転がっている。戦で死んだのではなく、長安への移動の途中で死んだのだ。

斥候《せっこう》も、放たなかった。一歩でも早く、董卓《とうたく》軍に追いつきたかった。滎陽《けいよう》。原野から、山にかかってくるあたりだ。伏兵《ふくへい》を置く。自分なら、そうする。頭ではわかっていながら、曹操《そうそう》は突っ走った。山と山の間を、走り抜けた。伏兵はいない。いや、ほんとうにいないのか。

前方。間違いなく、董卓の殿軍《でんぐん》だった。

「突き崩すぞ。止まるな。怯《ひる》むな」

曹操は、剣を抜き放った。ぶつかった騎馬の二人を斬り落とす。馬群。待っていた。中央に、黒ずくめの男。呂布《りょふ》。なにも考えなかった。呂布ごとき。そう思っただけである。

「呂布の首、私が頂戴《ちょうだい》します」

夏侯惇《かこうとん》が駈け出した。呂布が、ゆっくりと出てくる。よせ。夏侯惇に声をかけようとした。全体を憶《おぼ》えているのは、そこまでだ。横から、後ろから、同時に攻められた。後退する。後ろからも押される。躰《からだ》に、二本ほど矢が立っている。馬がぶつかった。斬り落とす。死ぬまでここで闘うのだ、と曹操は思った。

「支えきれません」

曹操の馬の尻《しり》を叩いたのは、誰だったのか。駈け出していた。追撃が来る。ふり返る余裕さえなかった。それでも、駈け続けていると、麾下《きか》の兵がまわりに集まりはじめた。

「夏侯淵《かこうえん》、曹洪《そうこう》、兵をまとめろ。これで引き退《さ》がりはせんぞ。もう一度、突っこむ」

呂布がいた。それでも深追いはしてこなかった。殿軍だからだ。本隊と離れすぎると、殿軍としての意味はない。

夏侯惇も、無事だったようだ。二千ほどの兵が、集まってきた。

「よし」

曹操が言った時、背後の山が揺れた。およそ三千ほどの新手《あらて》で、一斉に山を駈け下ってくる。曹操は、落ち着いて兵を小さくまとめた。勢いをつけてくる敵をまともに受けるより、小さくかたまってやり過ごせばいいのだ。平地になれば、条件は五分だろう。ぶつかったが、敵は拡《ひろ》がっていたので、それほどの衝撃は受けなかった。やり過した敵にむかう。まだ態勢が整っていない。勝てる。そう思った時、再び山が揺れた。五千近くの新手だった。支えきれなかった。蹴散らされた。前後から、揉《も》みに揉んでくる。潰走《かいそう》をはじめていた。誰がどこにいるかも、わからない。

馬が倒れた。曹操は、剣を握って走った。剣だけは、放すまいと思った。馬群が追ってくる。剣をむける暇もなく、曹操《そうそう》は草むらにふっ飛ばされた。じっとしていた。馬群は、駈け抜けていく。

立ちあがり、林の中を走った。すでに、陽《ひ》が落ちかかっている。走り続けた。息があがってきたが、走るのはやめなかった。まだ、方々で残兵狩りの声が聞える。松明《たいまつ》の火も見える。

ここで死ぬのか。何度も思った。死ぬなら、それまでのものでしかなかったということだ。死にたくはない。だから、死ぬまでは走り続ける。のどがひりついた。足がもつれる。死んでたまるか。声を出したが、ほとんど言葉としては聞えなかった。

原野に出た。空が赤い。洛陽《らくよう》が燃えているのだ。その赤い空を見て、走る方向を決めた。自分は、まだ生きている。ほかの者は、死んだのか。ほんとうに潰走した時は、陽が落ちかかっていた。闇《やみ》が、自分の兵のどれほどを救うだろうか。

倒れた。草に顔を突っこんだまま、もう起きあがりたくないと思った。それでも、手をつき、肘《ひじ》をのばしていた。

月の明りはある。空の赤さもある。方向を間違えることだけはない。なにかを考えられるならば、その分走るのだ。生にむかって、走り続けろ。時々、闇が白くなるような気がした。剣だけは、まだしっかり握っている。

馬蹄《ばてい》の響き。一騎だ。いや、後ろから数騎が続いている。曹操は、剣を持ちあげた。刺し違えてやる。それが、曹操孟徳《もうとく》の死に方だ。叫び声をあげたかった。死にたくない、と叫びたかった。まだ、わずかしか生きていない。もっと、生きたいのだ。一歩ではなく、千歩、前へ進みたいのだ。

馬。闇から、いきなり現われた。俺を蹴り殺すのか。曹操は、立ったままだった。逃げる力はなかった。剣を構えた。

「殿。御無事でしたか」

誰だか、わからなかった。斬りつけてこないので、闘いようがない、と曹操は思っていた。横から、支えられた。

「私の馬を。敵が後方にいます。急いでください」

「曹洪《そうこう》」

ようやく、相手の顔が見てとれた。

「みんな、殿を捜しています。敵も、味方も。とにかく、駈けに駈けてください」

馬に乗せられていた。

「曹洪、おまえは」

「おさらば」

馬の尻を剣で突いたのか、すさまじい勢いで駈けはじめた。鞍《くら》にしがみついているのが、精一杯だった。曹洪《そうこう》は死ぬ気なのか。思ったが、後ろもふりむけない。どれぐらい、駈け続けたのか。馬が、前脚を折った。曹操《そうそう》は、投げ出されて草の上に転がった。雑兵《ぞうひょう》がひとり。手には弓を持っていた。曹操は立ちあがった。まだ、剣は握ったままだ。雑兵に、近づいていく。矢をつがえ、雑兵は弓をひきしぼった。

「曹操孟徳《もうとく》と知ってのことか」

雑兵が、たじろいでいる。こんなところで、雑兵の射る矢で、俺は死んでいくのか。どうしても、肯《がえん》じられなかった。叫び声をあげた。矢。肩に突き立っている。曹操は、もう一度叫び声をあげ、渾身《こんしん》の力で剣を振った。

気づくと、雑兵は首から血を噴いて倒れていた。

走った。剣は、まだ持っていた。俺は、曹操孟徳だ。叫んだ。声にはならなかった。樹々が、草が、大地が揺れた。斜面で足がもつれ、転がり落ちた。水。川だった。二度、三度と、曹操はのどを鳴らして水を飲んだ。飲んだ水は、すぐに口から噴き出してきた。腹が、水さえも受けつけようとしない。

しかし、生きている。

曹操は立ち、川の中に入っていった。流れが強い。腰のあたりの深さのところで、何度か流れに倒されそうになった。さらに、深くなる。泳いだのは、わずかの間だった。躰《からだ》が、流れに呑みこまれていく。喘《あえ》いだ。巨大な敵が、自分に襲いかかっていると思った。剣を振った。斬っても斬っても、敵は押し寄せてくる。なにかに触れた。剣が、流れの中の岩に突き立っている。生きていた。立ちあがる。腰の下までの深さしかない。そして、むこう岸がすぐそばだった。気力をふりしぼり、曹操は水の中を歩いた。岸に手が届くところで、倒れた。這《は》う。剣は放さなかった。砂の中に顔を埋《うず》めた。しばらく、そうやってぼんやりしていた。

馬蹄の響き。顔をあげた。明るくなっていた。敵なのか。もう、逃げきれはしないのか。いや、逃げられる。闘うこともできる。生きているというのは、そういうことなのだ。上体を起こそうとした。二、三度失敗し、しばらく休み、それから気力をふりしぼった。上体が起きた。しかし、立てなかった。座りこんだ恰好《かっこう》で、曹操は剣を構えた。

「殿」

「おお、御無事だ」

誰なのか、すぐにはわからなかった。声に聞き憶《おぼ》えがある。そう思っただけだ。近づいてくる。人が、近づいてくる。

「夏侯惇《かこうとん》か。なんだ、その顔は」

返り血なのか、傷のためなのか、全身が血に染まった夏侯惇を見て、曹操《そうそう》はそう言い、眼を閉じた。闘っていた。呂布《りょふ》の騎馬隊が、眼の前でゆっくりと散開《さんかい》する。黒ずくめの呂布の首に、血のように赤い布が巻きつけてある。来い、呂布。おまえの騎馬隊ごときに、俺が負けると思うのか。

眼を開いた。夏侯惇の血まみれの顔。夏侯淵《かこうえん》も、曹仁《そうじん》もいる。

「安心してください、殿。明るくなって、董卓《とうたく》軍の残兵狩りも姿を消しました。ここには、われらだけしかいません」

「洛陽《らくよう》は？」

「まだ、燃えています。消火に当たる者もなく、風に煽《あお》られて、火勢《かぜい》は強くなるばかりです」

「負けたな、夏侯惇」

「なんの。殿は、生きておられます。生きているかぎり、まことの男に敗北などありませんぞ」

「生きている。そうか、生きているか」

「天は、殿を生かしました。生きて、闘えということです」

眼を閉じた。今度は、夢には襲われなかった。生きている。それを嚙みしめただけだ。立とうとした。両脇《わき》から支えられた。四、五百人の兵も、集まってきている。

曹仁が、手から剣をとろうとした。指が開かなかった。腕から手にかけて、曹仁はゆっくりと揉《も》みほぐした。ようやく、一本ずつ開いていく。

「この剣は、曹洪《そうこう》に与えたい。生きていてくれればだ。自分の馬に私を乗せ、敵中にひとりで残った」

曹洪の生死は、誰も知らないようだった。

肩の矢疵《やきず》がいくらか深いが、銅の鎧を貫いて刺さったもので、ちょっと切り開けば抜けそうだった。痛みはあまりない。

馬に乗って酸棗《さんそう》にむかいはじめた時から、曹操は自分を取り戻していた。

無益な戦をしてしまったのだろうか、と思った。長安《ちょうあん》へ逃げる敵を追ったにしろ、五千とはいかにも無謀だった。

一千は、失っただろうか。あるいは、二千に達しているか。失ったものだけで、得たものはなにもない。

諸侯の兵の陣の前を通っていく。惨憺《さんたん》たる敗兵である。

「胸を張れよ。われらは、義の戦をしたのだ。負けたのは小勢であったからで、断じて恥ではない。むしろ誇ってさえいいことなのだ」

静かな低い声で、夏侯惇《かこうとん》が兵に語りかけている。

その通りだ、と曹操《そうそう》は思った。兵に惨めな思いをさせないためにも、自分が胸を張っていなければならない。

声がかけられた。それが二つになり、三つになり、喚声《かんせい》になった。闘いを、讃《たた》えているのだ。その声が、酸棗《さんそう》の本陣まで続いた。

「失ったものばかりではありませんぞ、殿。殿は稀代《きたい》の勇将として、人の口にのぼります。負けることさえ恐れなかった、勇将として。これは、無形の財産ではありませんか」

夏侯惇の声は、相変らず落ち着いていた。

本陣から、袁紹《えんしょう》が出てくる。袁術《えんじゅつ》も韓馥《かんぷく》もいる。十七人の諸侯のうち、十三人は集まっていたようだ。

「曹操殿、よく戻られた」

馬を降りた曹操に、袁紹が声をかけた。曹操は、気力をふりしぼった。

「洛陽《らくよう》が焼かれたら負けだ、と袁紹殿は言われた。だから、この戦は負けだ」

しんとした。曹操の声は、遠くまで通っているようだ。

「私も、負けた。完膚《かんぷ》なきまでに、負けた。この姿を見れば、それはわかろう。しかし、私は闘って負けた。そして諸君は、闘わずして負けたのだ。私は、闘わずして負けた諸君に、訣別《けつべつ》を告げる」

袁紹の顔が歪《ゆが》んでいる。ほかの諸侯も、ただうつむいていた。

「手負っている兵ばかりだ。その手当てを終えたら、陣を払わせて貰《もら》う。焼け焦げた洛陽の地を、私は踏むつもりはない」

馬に乗った。声ひとつない。その中を、曹操は自分の陣屋へむかった。一騎、血まみれで駈けてくる者があった。

「曹洪《そうこう》」

曹操は、声をあげた。

「殿、御無事でしたか。討死《うちじに》されたのではないかと、気が気ではありませんでした」

曹洪が、大声をあげて泣きはじめた。

「生きている。また、闘える」

曹操《そうそう》は言った。顔をあげた曹洪《そうこう》が、大きく頷いた。諸侯の兵たちが、声をあげはじめる。地鳴りのように、それが拡がった。

群雄の時

1

黒い原野だった。

五日燃え続けて、洛陽《らくよう》の火はようやく消えたのだった。消えたというより、燃え尽きたと言った方がいいかもしれない。

孫堅《そんけん》の軍が消火活動をし、袁紹《えんしょう》の軍が入った時は、ほとんど残り火も消えていた。

黒い原野になった洛陽は、広かった。建物があった時より、ずっと広く見える。そして、取るべき価値もなくなった場所になっていた。

董卓《とうたく》の荒らしようは、すさまじいものだった。商人の首を刎《は》ね財産を取りあげたというが、王室の墓さえもあばいているのだ。孫堅が、泣きながらそれを修復した。

本営は、かつて太尉府《たいいふ》があったところにした。最も親しみを感じる場所だったからだ。

曹操《そうそう》は、洛陽《らくよう》に入る前に去った。ほかにも、去った諸侯《しょこう》は二人いて、洛陽に入った諸侯もすぐに去りそうな気配だった。

なぜ、盟主《めいしゅ》を引き受けたのか、袁紹《えんしょう》は何度も考えた。董卓《とうたく》を叩《たた》き潰《つぶ》そうと思ったことは確かだが、集まった諸侯を見て、無理だろうとすぐに思った。戦意を持っているのは、孫堅《そんけん》と公孫瓚《こうそんさん》ぐらいのもので、曹操など五千の兵しか連れていなかった。五万近くも率いてきた自分が、愚《おろ》かにさえ思える。

やはり、曹操の口車に乗せられたのだ。自分だけでなく、集まった諸侯のほとんどがそうだった。

帝《みかど》を新たに立てる。袁紹はそれを考えていた。その帝のもとで、董卓と対峙《たいじ》すればいいと思ったのだ。しかし、先帝《せんてい》は殺されていた。帝には、帝たる血が必要なのだ。袁紹が思いついたのが、幽《ゆう》州の牧《ぼく》(長官)であった劉虞《りゅうぐ》である。血統を辿《たど》れば、いまの帝とそれほど遠くない。しかし、その計画は曹操に鼻で嗤《わら》われた。劉虞も、辞退して動かなかった。

なにもかも、うまくいかなかったのだ。戦意もない諸侯を抱えれば、汜水関《しすいかん》と虎《こ》牢関《ろうかん》の二つの関と対峙しているのがやっとだと思えた。

それにしても、董卓は思い切ったことをやったものだった。洛陽を燃やすなどということが、どういう考えから出てくるのか。それが、実際に燃えている。反董卓で集まった諸侯は、ただ自分を当てにするだけだったし、戦《いくさ》をしないことを曹操には責められた。

自分は、人を信じすぎるのかもしれない、と袁紹は考えた。

結局、担《かつ》がれただけなのだ。

洛陽が燃えると、関を守っていた敵将も浮足立った。その時に、汜水関を攻めたのは孫堅で、虎牢関を攻めたのは公孫瓚だった。はじめから、なにも変っていないのだ。

孫堅は、力押しに押しまくって、汜水関を抜いた。それと対照的に、公孫瓚は剣で斬《き》るように、一直線に虎牢関を抜いた。公孫瓚のもとには、劉備《りゅうび》という客将がいる。その男が、よく闘った。袁紹の見るところ、成りあがろうとして成りあがれず、戦での勇猛さだけで生き延びてきた男だった。同じ成りあがりでも、孫堅よりはずっと劣る。

成りあがりの無頼《ぶらい》の輩《やから》を、袁紹は好きではなかった。そういう男たちは、せいぜい将校にしておけばよく、間違っても将軍になどすべきではないのだ。

洛陽に入ったものの、やることはほとんどなかった。毎日、焼跡を眺めているだけである。

時々、曹操《そうそう》が言い捨てていった言葉を思い出した。闘わずに負けた。ひどいことを言うものだった。諸侯に闘う気があれば、当然自分は闘っていたのだ。そんなことは、曹操にはよくわかっていたはずだ。

幼いころからの、朋輩《ほうばい》だった。本初《ほんしょ》、孟徳《もうとく》と、字《あざな》で呼び合った仲だった。それでも、やはり宦官《かんがん》の家の子なのだ。それを言うと傷つくと思い、袁紹《えんしょう》は一度も曹操に言ったことはない。

宦官は、嫌いだった。本来ならば、宦官がやる仕事も、自分がやったはずだ。西園《せいえん》八校尉《こうい》の筆頭にも、蹇碩《けんせき》などという宦官が就《つ》かず、自分が就くべきだったのだ。四代続けて、三公（最高位、三名の大臣）を出した家柄だった。名門中の名門だと、自分でも思い、人にも言われている。それが、宦官の下風《かふう》に立たなければならなかった。

大将軍の何進《かしん》にもっと決断力があれば、自分と袁術《えんじゅつ》だけで宦官を誅殺《ちゅうさつ》できた。自信がなくなり、各地の将軍を召し出そうとしたのだ。そして、涼州《りょう》から董卓《とうたく》が来た。

「兵たちは、どうだ。だらけてはおるまいな。毎日、駈《か》けさせせよ」

顔良《がんりょう》と文醜《ぶんしゅう》を呼んで言った。この二人は、袁紹の自慢の部将である。呂布《りょふ》が出てきた時に、手合わせをさせるとしたら、この二人だった。しかし、袁紹は出さなかった。

「そういう御心配を、殿がなさることはありません。一日一日、兵は強くなってきておりますから」

いままで、袁紹は官兵《かんぺい》を指揮してきた。自ら兵を募《つの》ったのは、はじめてである。強い者も弱い者もいた。それでも、五万だ。曹操は五千しか集められなかった。

「騎馬隊が少ない。馬を集められぬか？」

「時がかかります。だから、歩兵として闘えるようにしておくのがいいと思います」

文醜は、騎兵を指揮して力を出す。それがそう言うのなら、仕方がなかった。秣《まぐさ》も不足してきている。

「それより、殿。おかしな噂《うわさ》があるのですが」

顔良の声は濁声《だみごえ》で、しばしば董卓を思い出させた。

「なんだ？」

「建章殿《けんしょうでん》の井戸を浚《さら》っていて、孫堅《そんけん》が宝物を見つけたというのです」

「ほう」

宝物のひとつぐらい、手に入れていい働きを孫堅《そんけん》はした。いずれ報告に来た時、そのまま与えてやれば喜ぶはずだ。

「間者《かんじゃ》の報告によると、ただの宝物ではないのです」

「一体なんだというのだ？」

「伝国《でんこく》の玉璽《ぎょくじ》だと」

袁紹《えんしょう》は、一瞬絶句した。伝国の玉璽といえば、帝たる印と言っていい。それがあれば、新しい帝を立てることができる。いや、もっと別なこともできる。

「間違いないのか？」

「無学な孫堅が、兵から受け取って、部将の程普《ていふ》になんだと訊《き》いたのだそうです。伝国の玉璽だと、ふるえるような声で程普は言ったそうです」

袁紹は、腕を組んだ。にわかには信じられない思いもある。

「井戸を浚った兵を、ひそかに捕えてあります」

「連れてこい。わしが直接訊きたい」

顔良《がんりょう》が、外へ出て行き、しばらくして雑卒《ざっそつ》をひとり連れてきた。

袁紹は、くり返し、時をかけて訊問《じんもん》した。首に袋をぶらさげた女官の屍体《したい》が、井戸からあがった。その袋の中にあったのが、伝国の玉璽だったという。間違いはなさそうだった。

「それで、孫堅は玉璽をどうした？」

「わかりません」

「わしに届けよう、とは申さなかったのか？」

「それは、聞きませんでした」

「わかった。おまえはもう孫堅のもとには戻れまい。わが軍中に留《とど》まるがよい」

兵を呼んで、連れていかせた。

ひとりになっても、袁紹はまだ疑っていた。兵の話は信用できるが、程普がただの玉印《ぎょくいん》を、伝国の玉璽と間違えたのかもしれない。とにかく、物を見て確かめてみることだ。

なにかあれば、本営《ほんえい》に届けるようにという通達は出してある。明日、報告に来るだろう、と袁紹は思った。

顔良の濁声《だみごえ》で起こされたのは、早朝だった。

孫堅の軍が、次々に洛陽《らくよう》から出て行っているという。もう二千ほどが残っているだけで、それも雍門《ようもん》にむかっているらしい。

「して、孫堅は？」

「夜中に、洛陽《らくよう》を出たものと思えます」

「伝国《でんこく》の玉璽《ぎょくじ》だったのか、やはり」

「でなければ、こんな立ち去り方はいたしますまい。追いますか？」

「いや、よい。荊州《けい》の劉表《りゅうひょう》に早馬を出せ。どうせ、孫堅《そんけん》は長沙《ちょうさ》に帰るに決まっている。途中で捕えさせよう。伝国の玉璽などを持っていても、孫堅には使い道もなかろうに」

大変なものを手にした。だから一目散に逃げる。こういう時に、育ちというものは出るのだ。

「劉表が、うまくやるだろう。それより、わしもそろそろ洛陽を出ようかと思っている」

「どちらへ参られます？」

「どこへ行こうかのう」

袁紹《えんしょう》には、考えていることがあった。

「すでに、公孫瓚《こうそんさん》も韓馥《かんぷく》も領地へ帰っております。殿も渤海《ぼっかい》へ行かれますか？」

領地は、かなりある。渤海郡の太守《たいしゅ》ということにもなっている。しかし、五万の兵を養うには狭すぎた。五万を、十万二十万に今後増やしていくのだ。

「とりあえず、洛陽を出よう。どこの郡でも、わしが行けば兵糧《ひょうろう》の供出《きょうしゅつ》ぐらいはするであろう」

洛陽にいては、兵糧にも事欠くのだ。

「少しは、育ちの悪いやつらの真似《まね》もしてみるか」

袁紹が呟《つぶや》くと、顔良《がんりょう》は聞き耳を立てるような表情をした。

2

劉表が、おかしな真似《まね》をしていた。

一万ほどの兵で、長沙への道を塞《ふさ》いでいる、と物見が報告してきたのだ。

「俺《おれ》を待っているとしか思えんな。やはり、伝国の玉璽が欲しいわけか」

「劉表は、漢《かん》王室に連《つ》らなる者ですからな」

「王室に連らなる者が、この国に何人いると思うのだ。程普《ていふ》。あの劉備《りゅうび》でさえ、中《ちゅう》山靖王《ざんせいおう》の後裔《こうえい》だというぞ」

「王室に連らなる者なら、われらよりもっと玉璽を欲しがるのでございましょうな」

「誰《だれ》が渡すか。これは、天が俺に与えたものだ。王たるを目指せ、という啓示《けいじ》なのだ」

「殿が天下に眼《め》をむけられたので、われらも働き甲斐《がい》があります。これまで、漢《かん》王室のためにひとり奮戦《ふんせん》なされたのに、国はいっこうに治まりません。もう、帝《みかど》は違う血になった方がいいのです」

天下、と孫堅《そんけん》にはっきり見えているわけではなかった。伝国《でんこく》の玉璽《ぎょくじ》を握った時、不思議な気分に襲われただけなのだった。

こんなものが、帝の印なのか。自分の手の中に、それはいまあるではないか。そう思うと、袁紹《えんしょう》などに渡すのが馬鹿らしくなった。今度の戦《いくさ》でも、盟主《めいしゅ》顔をしながら、自分ではまったく闘おうとしなかった男だ。名門の出だというから、一応はへりくだっていたが、将軍としての働きは自分の方がずっと大きい、とも思っていた。

「劉表《りゅうひょう》には、ちょっとばかりこの孫堅がこわい男だということを、教えておこうか」

「荊《けい》州の刺史《しし》(長官)ですぞ。長沙《ちょうさ》は、荊州の中の一郡にすぎません」

「止めているのか、程普《ていふ》?」

「いえ。この乱世では、刺史であろうと太守《たいしゅ》であろうと、力がなければ人形のようなものです。これからは、力がすべてを決していく。この国の民に、それをわからせるのによい機会でございましょう」

「とにかく、斥候《せっこう》を増やして、伏兵《ふくへい》を探れ。こちらが二万の軍だということは、よく知っているだろう。それなのに、一万で道を塞《ふさ》いでいるのだ」

「五隊の斥候を出しましたが、少なすぎますか？」

「あと五隊出せ。臆病者《おくびょうもの》にかぎって、伏兵の策を取りたがるものだ。劉表は、臆病な男だと俺は思う」

「わかりました。進軍はこのままでよろしいでしょうか？」

「騎馬隊の半数を後ろだ。あとは、斥候隊の報告を待って決める」

程普が、馬を返した。

孫堅は、首からぶらさげた袋の中身に、指で触れた。

こんなものが、帝たる印なのか。やはり、そう思う。なにか、つまらぬことのために自分が働いてきた、という気がするほどだった。こんなものが帝の印で、そして帝はいま、董卓《とうたく》という男の人形のようになっている。

自分が、南方で第一の武将だ、という自負《じふ》が孫堅にはあった。帝のための戦を続けることで、そこまでのしあがれた。しかしもう、帝のための戦をする時期は終ったのではないのか。若いころから憧《あこが》れ、そこを闊歩《かっぽ》することを夢見ていた洛陽《らくよう》さえ、いまはただの廃墟《はいきょ》になっている。

自分のための戦だった。それを、帝のための戦と重ね合わせてきた。これからは、重ね合わせる必要もないかもしれない。自分の力を拡《ひろ》げるためだけの戦。そう思い定めれば、もっと自由に羽ばたくこともできる。

「伏兵の報告が入りました。前方の川の手前に三千。街道の両側に二千ずつ」

「歩兵を三千、先に出せ。川の手前の敵に当たらせろ。騎馬の一隊を韓当《かんとう》が率いて、右へ迂回《うかい》。あとの騎馬隊は、黄蓋《こうがい》が率いて、劉表《りゅうひょう》の待つ五里（約二キロ）手前で合図を待て。俺は、このまま本隊六千と進み、劉表に会う。残りの兵は、さらに後方で、万一の場合に備えさせろ」

程普《ていふ》が、大声で指示を出しはじめる。

孫堅《そんけん》は、悠然《ゆうぜん》と街道を進んでいった。

前方に、劉表の軍が見えた。州の刺史《しし》らしく、飾り立てた軍だ。構わず、孫堅は前へ出た。劉表の陣から、五百ほどの騎馬が突出してきた。

「長沙太守《ちょうさたいしゅ》孫堅の行手を阻むのか？」

程普に言わせた。

「旗が見えんのか。荆州《けい》刺史、劉表の軍だ」

孫堅は、止まりはしなかった。突出した五百が、どうしていいかわからず、後退していく。

「荆州の刺史は、王叡《おうえい》という者だった」

進みながら、孫堅は言った。劉表の顔がはっきり見えた。声も届いているはずだ。

「俺に対して、いつも無礼なやつだったので、今度の戦に出る途中で殺しておいたが、すぐに代りのやつが来たか。刺史であろうが牧《ぼく》であろうが、大人《おとな》しく郡の太守たちに担《かつ》がれていろ。刺史だと威張《いば》る時代は、とうに終っているぞ」

劉表が、怒りで顔を赤くし、剣の柄《つか》に手をかけるのが見えた。

「おまえは、伝国《でんこく》の玉璽《ぎよくじ》を持っているはずだ。おまえが持っていても、何の価値もないものではないか。それを、置いていけ」

「王叡というのは無礼なやつだったが、今度の刺史は強盗《ごうとう》か。伝国の玉璽だかなんだか知らんが、そんなものは持ってはおらんぞ。もし持っていたとしても、おまえのような強盗に渡せるか。袁紹《えんしよう》あたりにそそのかされたのだろうが、俺を敵に回していいことはないぞ。それだけは言っておく」

「おまえは漢《かん》王室の臣下《しんか》のくせに、伝国の玉璽を私《わたくし》するつもりか」

「臣下としての働きは、充分にした。袁紹《えんしょう》のような腰抜けの、百倍もこの戦で働いてきたぞ。とにかく、ないものはないのだ。道をあけろ。俺は気が短い。同じことを二度言う気はない」

劉表《りゅうひょう》が、戦に自信を持っているとは思えなかった。それが、戦をしてまで伝国《でんこく》の玉璽《ぎょくじ》を取り戻そうとしている。

俺が持っていて、なんの価値もないというものではない、と孫堅《そんけん》は思った。なにかの取引には使えるはずだ。董卓《とうたく》とすら、取引できるものかもしれない。

劉表が、手をあげた。全軍が、攻撃の態勢に入った。孫堅は、そのまま六千を進ませた。劉表の軍が、退《さ》がっていく。退がるくせに、あまり混乱はしていなかった。両脇《わき》の伏兵。見えすいた手だ。進み続けた。劉表は、背中をむけて立去るという感じだ。

不意に、両脇から声があがった。左の敵にだけ、孫堅は兵をむけた。右の敵は韓《かん》当《とう》が蹴散《けち》らしているはずだ。先に行っていた歩兵が、川のそばの伏兵を襲っている。その声も聞えてきた。孫堅は、さらに左の敵を押した。劉表の一万の本隊が、横をむいた孫堅の軍に突っこんできた。孫堅は、黄蓋《こうがい》に合図を出した。騎馬が突っこんでくる。劉表の軍を、きれいに二つに割るかたちになった。すでに潰走《かいそう》しはじめている。

「適当に残兵を蹴散らしておけ」

黄蓋にそう伝令を出し、なにもなかったように孫堅は進みはじめた。

伝国の玉璽を握った時、なにか感じた。それが、いまははっきりしている。自分のために、どうにでも利用できるものだ。思いがけないほど、大きなことに利用できるかもしれない。戦は不得手という感じの劉表が、二万近くにもなろうという軍を出してまで、自分を止めようとしたのだ。

面白くなってきた。

董卓は長安《ちょうあん》で帝を擁《よう》し、袁紹は関東で兵を集めるだろう。公孫瓚《こうそんさん》は、北平《ほくへい》郡で力をつける。それに、袁術《えんじゅつ》もいた。それぞれが、なにかを持っている。功名《こうみょう》がある。一門の名声がある。帝の権威がある。

自分にも、同じものはある。功名があり、長沙《ちょうさ》郡を中心とした肥沃《ひよく》な一帯への影響力がある。その上、この伝国の玉璽まであるのだ。

「進軍は、どのようにいたしますか、殿？」

「今日は、このまま進む。明日は、通常の進軍のかたちに戻せ」

孫堅は、もう劉表のことは頭から追い払っていた。すでに、長沙のことを考えている。長沙郡《ちようさ》だけでは、兵力に限界がある。広大な地域に散らばる豪族を、どうやって味方につけていくか。それによって、自分の今後が決まるだろう。地方の、ちょっとした勢力で終ってしまうのか。それとも、十万、二十万の兵を擁するようになって、中央に躍《おど》り出ていくのか。

天下。中央に躍り出てそこを制すれば、天下を手中にするということだ。天下という言葉を思い浮かべると、孫堅《そんけん》は全身に鳥肌が立つのを感じた。遠くはない。決して遠くはないのだ。

この数年、実によくもの事を考えるようになった、と孫堅は思った。呉《ご》郡から義勇兵を募りながら出発した時は、闘って闘い抜いて、眼の前にあるものを奪うということしか考えていなかった。それが、闘いだけではない、ということがわかってきた。いや、闘いにもいろいろあるということだ。

長沙や、その周囲三郡の民政の状態に眼がいくようになった。賄賂《わいろ》が横行するのをやめさせる。公平に税を取り立てる。それだけで、地域は豊かになっていく。豊かになるということは、多くの兵を養えるということでもあった。戦は、そこからはじまると言っていい。

こういうことは、長沙の館《やかた》に戻って、策《さく》にも話してやらなければならないことだ、と孫堅は思った。長男の策はもう、十六になっていた。いろいろなことを、考えてもいい歳《とし》だ。そして、もう戦に出てもいい。

長沙の境には、孫賁《そんぽん》が迎えに出ていた。策も伴っている。

「おかしなものを、手に入れられたようですな」

賁が、馬を寄せてきて言った。荊州《けい》一帯には、間者《かんじゃ》を放っているはずだ。劉表《りゅうひょう》との一件も、すでに耳に入っているのだろう。

「まったくおかしなものよ。欲しいやつは、のどから手が出るのだろう。俺にはよくわからんがな。とにかく、袁紹《えんしょう》などに渡さずに、さっさと帰ってきてよかった」

賁を見て、にやりと孫堅は笑った。

策が、先触れの騎馬隊を指揮している。なかなかのものだった。五歳で、馬を与えた。十歳のころには、鹿《しか》や兎《うさぎ》を追って、自分で射とめてくるようになった。

「どうかな、策は？」

「落ち着きを持って自分を見つめることができれば、英雄の資質《ししつ》です」

「いまからそんなことが」

「いや、殿の下には、程普《ていふ》をはじめ、勇将《ゆうしょう》がおります。しかし、殿の身内ではない。策は、戦をさせたら非凡《ひぼん》です。いずれ、殿の片腕にもなろうかと思います」

賁《ほん》は、従兄《いとこ》ということになっているが、ほんとうは同じ母から生まれた兄だった。いつからか、臣下としての口をきくようになった。戦場で勇猛というわけではないが、謀略《ぼうりやく》はうまい。これから、揚《よう》州、荊《けい》州の豪族を味方につけなければならない時、力を発揮するはずだった。

「策《さく》も、そろそろ初陣《ういじん》かな」

「まあ、折を見て。しばらくは長沙《ちょうさ》におられるのでしょう。策がどれほどのものか、その眼で確かめられることですな」

策の母は、呉《ご》夫人だった。ほかの三人の弟も、同腹《どうふく》である。第二夫人、第三夫人を持ちはじめたのは、長沙に来てからだった。

美醜《びしゅう》は、あまり問わなかった。丈夫《じょうぶ》な女であればいい。女は、いればいいのだ。抱きたい時に、抱きたいように抱ければいい。女のことを頭に置きすぎると、男はほんとうには生きられなくなるのだ。

「賁、俺は天下の諸侯《しょこう》とともに闘った。それで、はっきりわかったことがある」

「ほう」

「俺ほど強い男は、そう何人もいないということだ」

「何人かは、いるのですか？」

「まず、董卓《とうたく》軍の将軍をしている呂布《りよふ》。そして、曹操《そうそう》。それから劉備《りゅうび》」

「ほう、劉備が」

「世渡りは下手だ。いまだに公孫瓚《こうそんさん》のようなやつの客将《きゃくしょう》をしている。しかし、戦はうまいぞ。それに、他軍の兵にも、おかしな人気があるようだ」

「人気といえば、曹操は最後の戦で、負けて人気を得たようですな」

「俺は、ずっと闘いづめだった。曹操は、最後にちょっと闘って人気が出た。劉備より、ずっと世渡りがうまい」

「袁紹《えんしょう》や袁術《えんじゅつ》はいかがでした？」

「名門を鼻にかけているだけの、腰抜けだな。しばらくは、名門の効目《ききめ》も続くだろうが」

「自分が強いとわかって、それから殿はなにを考えられました？」

「天下を、狙《ねら》える」

「天下」

　賁の声が、いくらかふるえたようだった。

「ただし、長沙をよく治め、周囲の豪族たちも味方につけて、十万、二十万の兵を動かせればだ」

「天下、ですね」

「そうだ、天下だ」

長沙《ちょうさ》には、山が少ない。その代りに、豊かな水がある。

晴れた日、水はなにかを訴えるように、陽《ひ》の光を照り返すのだった。

3

袁紹《えんしょう》は、洛陽《らくよう》から遠く離れず、数カ月河内《かだい》に駐屯した。冀《き》州、幷《へい》州を睨《にら》む位置である。洛陽を守護する、という名目はあった。しかし、洛陽は廃墟《はいきょ》である。守るに値する場所ではなくなっていた。

河内に腰を据《す》え、全国の様子を見ていたのである。幽《ゆう》州北平《ほくへい》に公孫瓚《こうそんさん》、冀州に韓《かん》馥《ぷく》、長沙に孫堅《そんけん》、このあたりがうるさいというところか。領地を守るだけでなく、もっと拡《ひろ》げようという野心を持っている。そして荊《けい》州の刺史《しし》が劉表《りゅうひょう》、南陽《なんよう》郡には弟の袁術《えんじゅつ》がいる。

長安《ちょうあん》から西の涼《りょう》州にかけてが董卓《とうたく》の勢力圏で、こう考えるかぎり、帝《みかど》を擁《よう》しているといっても、董卓も地方勢力のひとつと言うこともできた。

益州《えき》だけが、不明である。州の刺史を軍事権まで持った牧《ぼく》に変え、そして自ら益州の牧となって赴任したのは、劉焉《りゅうえん》だった。漢中《かんちゅう》を五斗米道《ごとべいどう》の張魯《ちょうろ》が塞《ふさ》いでいるので、音信はない。混乱を逃れて益州にむかったのか、とも思えた。

とりあえずはいま、張魯と益州に構っている暇はない。

曹操《そうそう》は、兗《えん》州の中にいた。特に定まった駐屯地は持たず、東《とう》郡から陳留《ちんりゅう》郡の中を動いているようだ。兵は五千から一万の間である。

潰《つぶ》す気になれば、いつでも潰せる、と袁紹は考えていた。河内にじっとしていても、自分を慕《した》って加わってくる兵は少なくなく、六万にまで増えてきているのだ。飢えた流亡《りゅうぼう》の農民も多いが、訓練すれば使える。戦《いくさ》には、死に兵というものが必要なことが多いのだ。囮《おとり》にする。置き去りにする。とりあえず、最前線に出す。そういう死ぬための兵は、流亡の農民で作れる。

反董卓軍の盟主《めいしゅ》に担《かつ》がれて、いいことはなにもなかったが、唯一、諸侯《しょこう》の肚《はら》の据《すわ》り具合だけはしっかり見ることができた。盟主である自分のところに、話しに来る者も多かったのだ。

孫堅は、まともに触れると危険なところがある。気性が激しく、戦上手で、弁も立つ。ただ、当分は南方から動かないだろう。伝国《でんこく》の玉璽《ぎょくじ》を孫堅《そんけん》が所持しているはずだが、さすがにいまのところ使い道は見つからないようだ。董卓《とうたく》との取引に使われることが最も面倒を招くが、孫堅の性格はそれをさせないに違いない、と袁紹《えんしょう》は思っていた。

「これも、益州《えき》と同じようにしばらく放《ほう》っておくか」

袁紹が呟《つぶや》くと、そばにいた顔良《がんりょう》が頷《うなず》いた。

「やはり、冀州《き》かな」

土地の肥沃《ひよく》さ、人の多さを考えれば、冀州が最も袁紹が望む条件に合っている。

袁紹は、まず自分の領地をどこにしようか、決めようとしていたのだった。州の牧《ぼく》、刺史《しし》といっても、名だけの者が多い。郡《ぐん》の太守《たいしゅ》では、自分には小さすぎる。やはり、ひとつの州が必要だった。それで、十万の兵は養える。四囲を併呑《へいどん》していけば、あっという間に二十万、三十万の兵を擁するようになり、充分にひとりで董卓に対抗できるのだ。

闘わずに負けた、と曹操《そうそう》が言ったことを時々思い出した。あの反董卓連合軍は、孫堅と公孫瓚《こうそんさん》を除けば、ほとんど闘う意志を持っていなかった。闘いは、盟主の袁紹にやらせよう、という態度さえ見えたのだ。

連合して、董卓を打ち負かすことは難しい。ひとりで、董卓を倒すしかないのだ。連合してみて、それははじめてわかったことだった。そして、董卓を倒す力を得るためには、領地が必要なのだった。

「いま、公孫瓚を叩《たた》いておくことは、必要でしょうな。あの男は、いくらか勢いづいています。放っておくと、劉虞《りゆうぐ》を圧倒して、幽《ゆう》州全体を手に入れかねない」

「白い馬に乗って匈奴《きようど》と闘っていれば、英雄でいられたものを、野心を抱きすぎてしまったようだな」

「そのためにも、やはり冀州です」

冀州は、韓馥《かんぷく》が刺史である。それほど面倒な相手ではなかった。わがままだが、野心はなく、胆《きも》は小さい。軍勢も二万集められるかどうかだ。

州の牧であろうと刺史であろうと、力がないかぎり兵は集まらない。むしろ、郡の太守の方が現場で兵を掌握《しようあく》しているのだ。

冀州を奪《と》るというのは、冀州全郡の太守を奪ることと、袁紹にとっては同じ意味だった。

ゆっくりしてはいられなかった。全土が、不穏な状態になっている。下火になり、力を失いかけていた黄巾賊《こうきんぞく》が、混乱に乗じて再び各地で盛り返しはじめている。それが全国的な争乱《そうらん》になる前に、冀《き》州を奪らなければならない。

「育ちの悪い者たちの真似をする、と殿は言われましたが」

「まず、北平《ほくへい》の公孫瓚《こうそんさん》に、密使《みつし》を出せ。心利《き》きたる者を選べよ」

「公孫瓚にですか」

「ともに、冀州を攻めようと申し入れるのだ。そして冀州は分轄《ぶんかつ》する」

「その後に、公孫瓚を倒すのは、面倒でございますぞ」

「韓馥《かんぷく》にも、使者を出せ。公孫瓚が、ひそかに冀州を攻めようとしているとな」

「なるほど。韓馥は怯《おび》えおののきますな。そして、周囲を見渡す。助けてくれそうなのは、わが軍六万。ほかにはおりません」

「あとは、おまえがうまくやれ。わしは韓馥を助けるために、全軍で冀州へ入る」

「わかりました。全権を殿に預けるように、私が先に行って韓馥を説得します。殿は、闘わずして、冀州を手に入れられます」

「育ちの悪い者の考えそうな、やり方とは思わぬか」

「一滴の血も流さずに、冀州を手に入れてしまう。これを思いつくのは、凡庸《ぼんよう》な私ではやはりできません」

顔良《がんりよう》が、声をあげて笑った。濁声《だみごえ》の顔良の笑いだけは、袁紹《えんしよう》は好きではなかった。

董卓《とうたく》に似ていると思ったころから、はっきりと嫌いになった。

「わかったら、行け。一液の血も流さないで済むというのは、大きな間違いだぞ。公孫瓚が黙っていることはあるまい。必ず軍を出してくる」

「そこを討てば、殿の力は幽《ゆう》州にも及ぶということになります」

それも、口には出さないが考えていた。したり顔をしている顔良を、袁紹は手を振って追い払った。

使者の効果は、思った以上だった。公孫瓚はすぐに戦《いくさ》の仕度《したく》にとりかかり、間者《かんじゃ》を放ってそれを知った韓馥は怯えはじめているという。虎牢関《ころうかん》で、公孫瓚が果敢《かかん》に闘ったところを見ているのだ。ひとりでは勝てないと思いはじめているだろう。

それからしばらくして、韓馥から援軍の要請が届いた。袁紹は全軍を率いて速やかに進発し、信都《しんと》の冀州城《きしゅうじょう》へ入った。

最初にやったのは、田豊《でんほう》をはじめとする文官たちに、州の政治を立て直させたことである。立て直すという名目だったが、掌握させたと言っていい。特に、郡の支配に力を入れた。六万の兵力を背景にして、太守たちを入れ替えたのである。

韓馥には、将軍の称号だけを与えた。そのころになって、冀州を乗っ取られたことを、韓馥はようやく気づいたようだ。

「韓馥《かんぷく》は、いずれ殺す。わしがそう考えているのだという気配を、韓馥にたえず見せてやれ。それで、あの男は出奔《しゅつぽん》するか、自殺するかする」

文醜《ぶんしゅう》を呼んで言った。

「いっそ、首を刎《は》ねてしまえば」

「いくらか、時をかけるのだ。冀《き》州を奪って首を刎ねたとなると、わしも董卓《とうたく》と同じような評判を立てられる。ああいう男は、その名が人の口の端《は》にものぼらなくなった時に、誰《だれ》にも知られず消えていくのがいい」

袁紹《えんしょう》はまた、冀州の軍制にもすぐに手をつけた。郡の太守《たいしゅ》の権限は、すべて取りあげ、袁紹直轄《ちょつかつ》の軍にした。総勢で、およそ八万である。あとは、その八万を精兵に鍛えあげていけばいい。

当初は、なにが起きたかわからずに困惑したのは、公孫瓚《こうそんさん》も同じだったようだ。すぐに攻めこもうとはせず、二万の軍を州境に駐屯させたまま、いたずらに日を過した。

それから、公孫越《こうそんえつ》という弟を使者に寄越《よこ》し、領土の分轄を求めてきたのである。悠長《ゆうちょう》なことを考えている男だった。これならば、意外に早く片《かた》がつくかもしれない。

袁紹は、公孫越の首を刎ねさせた。

烈火の如《ごと》く怒る、公孫瓚の顔が見えるようだった。四万の軍を待機させた。公孫瓚は、すぐに全軍で押し寄せてきた。

「さて、この袁紹が、どれほどの戦ができるか、見せてやることにするか」

公孫瓚は、二万の軍を三段に構え、先頭に白馬で揃《そろ》えた騎馬隊三千を置き、力押しに押してくる態勢だと、斥候《せっこう》からの報告が入った。

「自信を持ち過ぎているな、やつは。騎兵、歩兵一万で、まず揉《も》み合いをさせよ。三千は失ってもいい。力のかぎり闘わせるのだ。押し勝った公孫瓚は、追撃に移るに決まっている。それを待ち受けて、迎え撃とう」

一万を先行させた。流亡《りゅうぼう》の農民が兵に志願し、まだ訓練ができていない。そういう者が半数を占めていた。大した兵ではない、と公孫瓚は最初の手合わせで感じるだろう。ただでさえ長くのびる追撃の軍が、さらに荒っぽいものになり、陣形などなくなっているに違いないのだ。

「ほんとうの兵法を、知らぬ男だ」

一万が公孫瓚の軍とぶつかった、という報告が入った。揉み合ったが押され、一万はすぐに潰走《かいそう》しはじめた。

土煙《つちけむり》があがるのが、袁紹のところからもよく見えた。

やがて、公孫瓚《こうそんさん》自慢の白馬隊が見えてきた。勝ちに乗って、勢いはいい。しかし、かなり長くのびていた。騎馬隊の後ろから、歩兵が息を切らせながら駈《か》けてくる。

「よし、まず文醜《ぶんしゅう》が騎馬と歩兵を分断しろ。公孫瓚は、騎馬隊の中にいるぞ。騎馬隊だけ孤立させて、弓で射倒《いたお》していけ」

文醜が駈け出していく。ほかに部将が二名。分断は、たやすかった。後続の歩兵を、顔良《がんりょう》に止めさせた。

これで勝てる。はっきりそう思った。手間がかかる男と感じていたが、思い過しだったようだ。逃げる白馬隊を、文醜の騎馬隊がしぼりこむようにして追っている。もう、公孫瓚を討ち取ったも同じだった。

なにか、いやな感じがした。それがなにかわからぬまま、袁紹《えんしょう》も馬に乗り、旗本《はたもと》を動かしはじめた。

白馬隊が、懸命に方向を変え、歩兵と一緒になろうとしている。白馬隊の行手を塞《ふさ》ぐように、袁紹は旗本を動かした。挟撃《きょうげき》になる。白馬隊はまとまりを失い、思い思いの方向に逃げはじめた。

「公孫瓚を討て。ほかの者には構うな」

叫んだ時、袁紹は遠くに土煙を見た。それは、すぐに近づいてきた。伏兵《ふくへい》か、と思ったが、そんな馬鹿なことがあるはずはなかった。公孫瓚の軍の中にも、間者《かんじゃ》は紛れこませてあるのだ。第一、伏兵を使うような用兵《ようへい》ではなかった。

また、いやな感じがした。近づいてくる騎馬隊は、一千ほどである。袁紹にとっては、ものの数ではなかった。

「劉《りゅう》だと」

旗の字を読み、袁紹は声をあげた。

文醜が、公孫瓚を追いつめている。しかし、公孫瓚を守っている一騎の動きがすさまじく、うまく囲いこめずにいた。兜《かぶと》まで飛ばした公孫瓚が、白馬の首に抱きつくようにしている。それと較《くら》べて、守っている一騎の動きは、惚《ほ》れ惚《ぼ》れするほどだ。早く始末しろ。袁紹がそう呟《つぶや》いた時、部将のひとりが突き落とされた。文醜も、その一騎にてこずっている。

「劉備《りゅうび》か」

すぐそばまで駈けてきた軍を見て、袁紹は肌に粟《あわ》が立つのを感じた。公孫瓚が、劉備の騎馬隊の中に駈けこむ。

次に袁紹が見たのは、信じ難い光景だった。

二騎を先頭にした騎馬隊が、真直《まっす》ぐに袁紹にむかってきたのだ。文醜の隊も旗本も、必死に防ごうとしているが、蹴散《けち》らされるだけだった。

袁紹《えんしょう》は、馬首を巡らせて逃げた。逃げながら、追いつかれるという恐怖に襲われた。駈けに駈けた。文醜《ぶんしゅう》の騎馬隊が、執拗《しつよう》に遮《さえぎ》ろうとしているが、草を薙《な》ぐように馬から払い落とされていた。何度も、袁紹はふりむいた。汜水関《しすいかん》で、華雄《かゆう》の首を持ってきた男だ。関羽《かんう》といった。

恐怖が大きくなった。関羽は、すぐ後ろにまで迫っている。袁紹は剣を抜いた。闘うためではない。馬の尻《しり》を打つためだ。

冀州城《きしゅうじょう》に飛びこんだ時、袁紹は尿が洩《も》れていくのを感じた。股《また》から腿《もも》にかけて熱い。

文醜と顔良《がんりょう》は、しばらくして戻ってきた。

城門を固めさせた。逃げ帰ってくる自軍の兵を収容した。三千は失っていた。それは思った通りだが、負けて失った兵だ。ほんとうなら、公孫瓚《こうそんさん》の首がここにあるはずだった。

袁紹は、城内でようやく自分を取り戻した。

負けたのは、仕方がない。次になにをやるかだった。公孫瓚の軍は、多く見積っても二万で、冀州城を攻めるには少なすぎた。十万は必要だろう。しかし、勝ったという事実を捨てきれず、公孫瓚は陣を敷くに違いない。兵糧が続くのが二カ月。じっとしていても、冬にはいなくなる。それでも、袁紹は落ち着かなかった。

まず、劉備《りゅうび》のことを調べさせた。平原郡《へいげん》にいたようだ。公孫瓚の戦を知って、応援に駈けつけたのだろう。汜水関や虎牢関《ころうかん》では、二百ほどの兵を率いていたというが、一千にはなったようだ。

その一千に敗れたのかと思うと、屈辱《くつじょく》が身に沁《し》みた。その屈辱を押し殺し、間者《かんじゃ》に託して袁紹は手紙を届けた。もし自分に従ってくれるなら、平原郡と清河《せいが》郡の二郡を与えようという内容である。劉備の返答は、簡潔《かんけつ》なものだった。

袁紹殿には、なんの恨みもない。公孫瓚への義理で、自分は参戦した。戦が終ると、また流浪《るろう》することになるだろう。思うところがあって、主《あるじ》は持たないことにしている。

そういう内容だった。非礼《ひれい》ではなく、阿《おもね》ってもいなかった。

劉備玄徳《げんとく》とは何者なのだ、と袁紹ははじめて考えた。もっと早く考えておくべきことだった、と思った。二百人だと、軽く見ていたところがある。

二郡を与えると言っても、靡《なび》かない男がいるのだ。それは、新鮮な発見だった。

冀州を奪《と》り、公孫瓚まで討つということを、袁紹は諦《あきら》めた。そうなると、公孫瓚の軍は早く追い払いたい。意地を張る男だから、陣払いの機を逃すかもしれない。

「長安《ちょうあん》に人をやれ、顔良《がんりょう》」

「長安、と言われましたか？」

「そうだ。ただし、わしの使いではない。董卓《とうたく》か、その重臣に近づける者をやれ。いま帝《みかど》の威《い》光《こう》を試すには、停戦の詔《みことのり》がいい、と董卓に入れ智恵《ぢえ》をさせろ」

「なるほど」

「それで、公孫瓚《こうそんさん》は北平《ほくへい》へ帰るだろう。わしは冀《き》州を手に入れる。つまりは、わしは勝ったということになる」

「心当たりの者が、何人かおります。ひとりだけではなく、三人ほどやりましょう。しかし、帝の詔とは、よく考えられましたな」

「いまの帝は、それぐらいの役にしか立たん。それでも、帝は帝なのだ」

「御意《ぎょい》」

「ひと月近くはかかろうな。うっとうしいことよ」

「悪い方へお考えになってはなりません。この対峙《たいじ》で、疲弊《ひへい》するのは、公孫瓚の軍の方です。疲れさせることは、大いにやってやろうではありませんか」

「そうだな。北平へ帰る時、公孫瓚は疲れきっているであろうよ」

袁紹《えんしょう》も、疲れたような気分になっていた。

これしきのことで疲れて、天下が望めるか、と何度も自分に言い聞かせた。

4

一千の手勢《てぜい》は、公孫瓚の本隊とは離れたところに置いた。客将《きゃくしょう》はあくまでも客将で、部将ではない、と劉備《りゅうび》は思っていた。そのことは、関羽《かんう》や張飛《ちょうひ》にも言い聞かせてある。

二百の手勢が、一千に増えた。汜水関《しすいかん》や虎牢関《ころうかん》での戦《いくさ》が評判になり、従ってくる兵が出てきたのだ。小勢《こぜい》に付こうとする兵たちだから、ただ食いつめただけの者たちは少なかった。ちゃんと戦ができる大将を仰ぎたい、という気持をいくらかでも持っているのだ。

それを、劉備は関羽と張飛に鍛練させた。平原郡《へいげん》にいたのは、そこの太守《たいしゅ》が好意的で、兵糧の面倒などをみてくれたからだ。

兵を鍛えていると、劉備は厳しくなる。体力の劣った者ひとり、やる気のない者ひとり、そのために全軍が危険に晒《さら》されることがある。見ていると、そばへ行って打ち殺そうと思うことが、しばしばあった。それは、関羽《かんう》と張飛《ちょうひ》に止められていた。劉備《りゅうび》が眼《め》に余ると思った者は、必ず張飛が打った。十人ほど放逐《ほうちく》し、六人を張飛が打ち殺した時、兵の動きはずっとよくなっていた。

「かっとしても、兄者は手を出してはなりません。そういう大将ではない、と誰《だれ》にも思わせておくべきなのです。乱暴なことは、容貌《ようぼう》からいっても張飛がうってつけで、軍律を厳しくすることは、私がやります。兄者は、もっと大きなところを見据《みす》えていてください」

自分を失いそうになるたびに、関羽にそう言われた。厳しいが、兵には決して手をあげたりはしない。戦になれば、果敢《かかん》な指揮を執《と》る。いまは、そういうことで人心が集まってくるのだ、と関羽は言い続けた。

乱暴な役目ばかりをやらせている張飛に、時々つらいことをさせていると思うことがあった。張飛は、割り切っているようだった。自分がいて、関羽と張飛がいる。それが、劉備の軍なのだ。

公孫瓚《こうそんさん》と袁紹《えんしょう》がぶつかりそうになった。

これまでの義理から、公孫瓚の援兵《えんぺい》に赴《おもむ》くことに劉備は決めた。関羽も張飛も、新しく加わった兵の力を試したがっていた。

幽州との境界近くまで北進した時、両軍のぶつかり合いの報告が斥候から入った。きわどいところだった。もう少し遅れていれば、公孫瓚は討ち取られていただろう。

逆に言うと、袁紹は最後の仕上げにかかるところで、すでに陣形には隙《すき》が多くできていた。首をひとつ取れば、それで終りというところだったのだ。

そういう状態でなければ、一千で袁紹軍を突き崩すことはできなかっただろう。

まさに、ここしかないという時を、うまくすり抜けた戦だった。

袁紹は、冀州城《きしゆうじよう》に入り、出てこようとしない。待てば、公孫瓚は撤兵《てつぺい》するしかない、とわかっているのだ。老獪《ろうかい》な戦をする男だった。城内には八万からの兵がいるというが、無駄な血は流そうとしない。

冀州を奪ったのも、そうだった。まったく無駄な血を流さず、韓馥《かんぷく》から譲り受けたというかたちになっている。

公孫瓚は焦っていて、劉備は宥《なだ》めるしかなかった。自分ならば速やかに兵を退《ひ》き、他日を期すと考えたが、公孫瓚の性格ではそれはできそうもなかった。ひと月を越えると、兵糧が底をつくのは見えている。

劉備の陣屋に、しばしば趙雲《ちようううん》がやってきた。字《あざな》は子竜《しりよう》といって、劉備が駆《か》けつけた時に、単騎で公孫瓚を守っていた若者だ。見事な武者ぶりだったが、公孫瓚の旗の下に馳《は》せ参じて、はじめての戦だったのだという。

「公孫瓚《こうそんさん》の家来《けらい》になったわけではありません。どれほどの大将か見きわめようとした時、この戦が起きたのです。守ろうとした人間を途中で捨てるわけにもいかぬので、ひとりで守っていました。ここで命を落とすのも宿命かと思っていた時に、劉《りゅう》備《び》様の軍が現われたのです」

趙雲《ちょううん》は、勝手に劉備の家来になったつもりのようだった。劉備は、それを許していない。一度公孫瓚に従ったからには、主従《しゅうじゅう》だという見方をした。

「劉備様は、公孫瓚の家来ではありますまい。それでも、いま客将として公孫瓚に従っておられます。私も、ただひとりとはいえ、客将のつもりで参戦しました。袁《えん》紹《しょう》の冀《き》州の乗っ取り方がひどく、公孫瓚を義軍と見ましたので。しかし、ほんとうの義軍がどういうものか、劉備様の軍を見てはじめてわかりました。なんと言われようと、私は劉備様に従いますぞ」

趙雲は、二十《はたち》歳になるかならないかというところだった。二十四歳になった張飛《ちょうひ》より、まだ若い。

「私が、はじめから客将であることを、公孫瓚殿は認めていた。おまえは違う。勝手に参戦したと言っているが、はたから見ると公孫瓚殿に従ったからそうしたとしか思えぬ」

そういうやり取りを何度もするうちに、趙雲という若者の心根《こころね》が、劉備にもよくわかってきた。真直《まっす》ぐなのである。酒を少し飲ませると、酔う。その酔い方は、かわいくすらあった。身の丈は八尺（約百八十七センチ）あったが、少年の部分がたっぷりと残っている。

「私が、徳の人だなどとは思うな、趙雲。私には弱さも醜《みにく》さもある。多分、狡《ずる》さもな。ここに滞陣《たいじん》している間に、私の姿をよく見ておくといい」

「家来にしてくださるわけではないのですか？」

劉備は、返事をしなかった。欲しい、という気はあったが、露骨《ろこつ》にそれを出すのが、自分を安っぽく見せることになるのではないかという見栄《みえ》に似た感情も、この若者には湧《わ》いてきたのである。

その会話があってから、趙雲は毎日劉備の陣屋に通ってくるようになった。その勇猛《ゆうもう》ぶりは、兵たちも知っている。馬上での戟《げき》の技を教えろという者とか、剣の握り方を訊《き》く者とかが現われはじめた。

趙雲は、丁寧《ていねい》にそれを教えてやる。張飛のように荒っぽくは、決してやらない。兵たちの人気も高くなった。十歳のころから、常山《じょうざん》郡の山中で馬を責め、戟代りに丸太を振り回していたという。劉備《りゅうび》が見ても息を呑《の》むような技を、いくつも持っていた。しかも、惜《お》しまずに兵たちにそれを教えてやる。

劉備は、公孫瓚《こうそんさん》の様子を見ていたが、いきなり飛びこんできたような青年を、家臣とは考えていないようだった。劉備は、趙雲《ちょううん》をどこへ行く時も伴うようになった。

張飛《ちょうひ》が、些細《ささい》なことで、公孫瓚の兵を二十人ほど打ち倒して暴れたのは、そういう時だった。関羽《かんう》が駈けつけると、逃げ出したのだという。

すぐに公孫瓚に謝罪したが、そのあたりは公孫瓚も鷹揚《おうよう》さを見せて、笑って済ませてくれた。張飛の姿は、陣営から消えている。

関羽が、手の者を使って半日がかりで捜し出してきた。十里（約四キロ）ほど離れた川岸の藪《やぶ》の中に、両手両足を投げ出して倒れているという。

「兄者、私は声をかけずに戻ってきました。その意味が、わかりますか？」

「両手両足を投げ出して、寝ていたか。そして、泣きじゃくっていたのであろう？」

「そうです」

「躰《からだ》こそ大きいが、心はまだ子供のところがあるのだな」

「髭《ひげ》も生えてきたのですが」

関羽は、会った時から見事な頰髭《ほおひげ》を蓄えていた。その時、張飛はまだ十七歳だった。

「わかった。私が、ひとりで迎えに行こう」

「そうしていただければ」

「二百人で流浪していたころとは、違ってきている。私のわからぬところで、おまえたちにも苦労をかけているのだろうな」

「そんなことは。張飛を、叱《しか》り飛ばしてやってくだされぱよいのです。兄者に、声をかけてもらいたがっているだけですから」

劉備は頷《うなず》き、従者《じゆうしや》に馬を命じた。付いてこようとした、趙雲を止めた。

川まで行くと、張飛の馬が草を食《は》んでいるのが見えた。

「おい、張飛」

劉備が声をかけると、張飛が跳ね起きた。

「あっ、大兄貴」

劉備は藪の中に入っていった。

「公孫瓚殿の兵を、二十人も打ち倒して、なにをする気だった?」

「公孫瓚殿が、なにか言ってきましたか?」

「いや。張飛は酔っていたのだろう、と笑っておられた」

「そうですか」

張飛《ちょうひ》は、ほっとしたような表情をした。なんでも、表情に出てしまう男だ。

「酒を、飲んでいたのか？」

「いいえ、飲んじゃいません。ただ、長ったらしい滞陣になって、どうも気分がよくありませんでした」

「まだ、ひと月も経《た》っておらぬぞ。それも耐えられなかったか」

「いいえ、その。耐えようと思えば、一年でも二年でも」

「そうだな。おまえは、何年も私とのつらい旅に耐えてくれた。官を得ても、それを捨てる私を、兄と慕ってくれた」

「大兄貴、そんな」

「おまえと関羽《かんう》が私の足りないところを補《おぎな》ってくれたから、ここまでこられたと思っている。はじめは三人だけで夢を語り、涿《たく》県を出た時は五十人に満たなかった。いまは、千人もいる」

「ほんとうだ。千人もいる。小兄貴は、もっともっと増えると言っていますが」

「増えるかもしれん。だが、役に立たぬ者を次々に兵にしていくつもりもない。兵を鍛える役目のおまえが、苦労するだけだからな」

「俺《おれ》は、そんなのは平気です」

「いや、おまえはもともと大らかな男だ。私がやらなければならぬことを、引き受けてやっている。私は、いつも兵にいい顔をしている狡《ずる》い男だ」

「そんな言い方はやめてください、大兄貴。もうわかりました。酒を飲んで暴れたりはしません」

「いいのだ。またやればいい、張飛」

「そんな」

「今度は、趙雲《ちょううん》あたりを殴ってみろ。もっとも、趙雲も殴り返してくるであろうが」

「あいつを。でも、あいつは味方です」

「公孫瓚殿の兵も、味方ではないか」

「あいつは、大兄貴の家来でしょう？」

「まだ、家来にはしておらぬ。すぐに、するつもりもない」

「そうなのですか」

「すぐに部将になれるほどの器量《きりょう》は、確かに持っているが」

「惜しいと思います。気に食わないところはありますが、あいつは強い。俺は、袁《えん》紹《しょう》の兵を蹴散らしているのを、この眼で見ました」

「しかし、足りないものがある」

「なにが足りないのですか？」

張飛《ちょうひ》の機嫌は、少しずつよくなってきたようだった。劉備《りゅうび》がかわいがる。それだけで、張飛には気に食わないのだ。おまけに、自分でも認めざるを得ないほど、趙《ちょう》雲《うん》は強い男だった。趙雲が、劉備の軍に入るのはいいことだと、頭では考えている。そのくせ、劉備にかわいがられているのが気に食わない。そういう自分を、張飛は持て余していただけだった。

「趙雲は強いが、おまえや関羽《かんう》が数年にわたって舐《な》めてきた苦労がない」

「大兄貴、それだけで家来にしないのは、惜しい」

「いや、家来にすれば、趙雲はそのまま部将ということになる。だから、できぬ」

「それは、大兄貴らしくない。言っては悪いが、器量が狭すぎはしませんか」

「おまえが、そう言うなら」

「家来にしますか」

「しない」

言って、劉備は声をあげて笑った。

「陣へ帰るぞ、張飛。久しぶりに、早駈けで競ってみるか」

劉備は腰をあげ、馬にむかって歩いていった。張飛が慌《あわ》てて追ってくる。

陣屋へ戻っても、劉備はなにもなかったような顔をしていた。趙雲とも、いつもと同じように接した。

長安《ちょうあん》からの勅使が到着したのは、それから数日後だった。袁紹《えんしょう》と公孫瓚《こうそんさん》の講和《こうわ》の調停《ちょうてい》である。袁紹が根まわしをしたのだろうと劉備は考えた。講和を受け入れることによって、袁紹は冀《き》州を自領にしたことを、公式な既成事実にできる。抜け目のないやり方だった。代々、宮中でそういう駈け引きをしてきている。つまり、それが名門のやり方というものなのだろう、と劉備は思った。

公孫瓚は、あっさりとそれに乗った。意地を張ってはいたが、冀州城に袁紹を囲むというのは、実力を遥《はる》かに超えたことだったのだ。怒りに任せて攻めたものの、どう幕を引けばいいか、迷っていたのだろう。

公孫瓚の軍は、幽《ゆう》州北平《ほくへい》郡へ戻ることになった。劉備も誘われた。幽州の郡のひとつぐらいなら、攻め奪《と》るのを手助けするというのである。笑って、劉備は断った。

公孫瓚は、領地を接している烏丸《うがん》族と、たえず緊張関係にある。しかし幽州刺史《しし》の劉虞《りゅうぐ》は、融和《ゆうわ》策を取ろうとしているのだ。公孫瓚とともに行けば、皇室のひとりである劉虞《りゆうぐ》と必然的に対立せざるを得ない。

劉備《りゆうび》は、再び流浪の道を選んだ。

陣払いの日、当然のように趙雲《ちようううん》はそばにいて、劉備に従おうとした。

「さらばだ、趙雲」

劉備がそう言うと、趙雲だけでなく、関羽《かんう》や張飛《ちようひ》もびっくりしたようだった。

「家来にしていただけないのですか?」

「おまえは、大将といえば公孫瓚《こうそんさん》殿と私しか知らない。いまこの国に、大将は雲のごとくいる。それを見るために、旅をしたらどうだ。少なくとも一年。それでも私がおまえの大将に値《あたい》すると思ったら、その時に、また私の陣へ来い。私は、どこかで闘っているはずだ」

「殿以外に、私の大将は考えられません」

「若いから、そう思うのだ。いまおまえに必要なのは、私以外の大将を数多く見ることだと思う」

「いやです。私を連れていってください」

趙雲は、地面に座りこみ、涙を流しはじめた。

賭《か》けだった。一年の間旅をすれば、従いたいと思う大将が出てくるかもしれない。

どうしても欲しい男なら、いまここで麾下《きか》に加えた方がいい。しかし一年後にまた戻ってきたら、結びつきはもっと強いものになるはずだ。それに、純真《じゅんしん》なだけでなく、趙雲はもっと世間を知るべきでもあった。

「お願いします。なんのために、常山《じょうざん》の山中で十年も自分を鍛えたのか、と私は思ってしまいます。軍勢の端に、どうか私を加えてください」

「くどいぞ、趙雲」

「私の、どこがお気に召さないのですか？」

「いや、おまえのことは、高く買っている。流浪の身の私の軍に加わってくれるという気持も、ありがたいと思う」

「それなら」

「一年、旅をしてみろ、趙雲。旅をしながら、この国の姿をよく見るのだ。その眼で、おのが大将を選べ」

「待ってください」

「くどい。男は、耐えるべき時は耐えるものだ。それができぬなら、私の前から永遠に去れ」

趙雲が、うつむいた。土の上に、涙が滴《したた》り落ちている。

「進発《しんぱつ》」

劉備《りゆうび》は、関羽《かんう》に言った。関羽が、声をあげる。進みはじめた。さらば。心の中で、劉備はもう一度言った。軍が動きはじめる。

また流浪の旅。千人の軍を、受け入れてくれるところがあるのか。なければ、どうすればいいのか。劉備は、それを考えはじめていた。

「戻ってこい、子竜《しりよう》。一年経ったら、必ず戻ってこいよ」

張飛《ちようひ》が叫んでいた。

5

黒山《こくざん》の賊が暴れはじめた。

黄巾《こうきん》の叛乱《はんらん》と似ていた。動くたびに、兵が増えるのである。やがて十万に達し、西から東郡《とう》と魏郡《ぎ》の境あたりの地域に侵入してきた。略奪《りやくだつ》はひどいようだ。

曹操《そうそう》は、陳留《ちんりゆう》にいた。曹操が挙兵《きよへい》した時、陳留は故郷の譙《しよう》とともに強い力になった。賊徒《ぞくと》が横行《おうこう》するようになったので、陳留に軍を入れ、守備しているというかたちになっているのだ。

黒山の賊は、黄巾の残党と名乗っていた。そういう部分もあったが、むしろ盗賊に近い。それが十万で移動してくるのである。

冀州《きしゆう》は、袁紹《えんしよう》が韓馥《かんぷく》から掠《かす》め奪《と》っていたが、南にまで兵を出す力は、いまのところなさそうだった。北の公孫瓚《こうそんさん》と対峙《たいじ》し、勅使の調停で講和はしたものの、やはり北への備えは怠《おこた》れないのだろう。

東郡《とう》、魏郡《ぎ》だけで、黒山の賊を追い払えるとは曹操には思えなかった。

やがて、援兵の要請が来る。その時に、どうすればいいのか。

曹操の軍は、一万を超えていた。夏侯惇《かこうとん》、夏侯淵《かこうえん》らがよく鍛えあげ、精兵となっている。装備も、充実していた。

しかし、一万なのである。袁紹など、遠からず十万を超えるだろう。一万では、やはり少なすぎた。どういう局面でも、最後は兵力の少ない弱点が出る。

だから、あまり動かなかった。大きな戦《いくさ》の時期ではないのだ。一兵でも多く。いま曹操が考えているのはそれだった。

全国の情勢は、五錮《ご》の者たちが集めてきた。各地で群雄《ぐんゆう》が立っている。その中で、曹操は名こそ知られているものの、弱小の勢力のひとつに過ぎなかった。それでも、焦りはしなかった。どこかで、天が自分に与えてくれる時があるはずだ、と信じていた。それを、見逃さないようにしていればいい。

全国の情勢を集めるのも、そのためと言ってよかった。長安《ちょうあん》の董卓《とうたく》を除いては、やはり冀州《きしゅう》の袁紹《えんしょう》だった。それに南陽《なんよう》郡に弟の袁術《えんじゅつ》がいる。長沙《ちょうさ》には孫堅《そんけん》で、北には公孫瓚《こうそんさん》だった。ほかにも、曹操《そうそう》の数倍の兵力を擁している者は、十指では足りない。

益州牧《えきしゅうぼく》の劉焉《りゅうえん》は、ひとつの国を作っていた。それは驚くべきことで、漢中《かんちゅう》に五斗《ごと》米道《べいどう》の張魯《ちょうろ》がいて、すべてをそこで遮断《しゃだん》しているからできたことなのだろう。益州の豪族の、有力な者は、ほとんど劉焉に討たれている。それも、漢中で張魯が袋の口をしぼるようにしているから、できたことだ。

荊州《けいしゅう》の劉表《りゅうひょう》。この男も、皇室で刺史《しし》ではなく軍事権も持った牧となっている。ただ、領内に袁術の南陽郡と、孫堅の長沙郡を抱えている。劉表は、もう裏では袁紹と組んでいるかもしれない。そうなれば、袁術と孫堅が組む。北の公孫瓚も、どこかに絡むかもしれない。北には、劉虞《りゅうぐ》という幽《ゆう》州牧もいた。

誰かが群雄に順位をつけていったら、自分は二十位に入るかどうかもわからない、と曹操は思っていた。少しずつ、あがっていこうとは思わない。秋《とき》が、来るはずだ。

まず、これから来るのは、東《とう》郡、魏《ぎ》郡からの援兵の要請だろう。十万の賊徒を打ち払えば、どういうことになるのか。

それを、まず読みきることだった。東郡、魏郡に力を持ったとしても、それは袁紹の勢力圏の中だった。曹操が力をのばすことを、袁紹はどこまで許そうとするのか。それとも、なにかに利用することを考えるのか。

声望《せいぼう》とは、恐ろしいものだった。袁《えん》家の声望で、数万の兵が集まり、冀州を奪っても、袁紹ならば州のひとつぐらい当たり前だ、と誰もが思ってしまう。

その声望に対抗するには、もっと深く先を読むことだ。袁紹の先の先を目指して、動くことだ。

「やはり、青《せい》州か」

曹操は、ひとり陣屋で呟《つぶや》いた。

青州は、黄巾賊《こうきんぞく》が強い。信仰という根を張って、黄巾の乱を鎮定《ちんてい》しても、黄巾賊そのものが消えることはない。そしてまた、青州黄巾賊は、黄巾の乱のころの勢いを取り戻しつつある。

青州で黄巾賊が蜂起《ほうき》をはじめれば、境界を接している冀州、兗《えん》州、徐《じょ》州に雪崩《なだれ》こんでくることになる。冀州の最初の防壁に、袁紹は自分を使おうとするかもしれない、と曹操は思った。だから、いまよりは少し大きな勢力ぐらいにはするだろう。

三日、曹操《そうそう》は陣屋から出ず、側近の者さえもほとんど近づけなかった。考えに、考えたのである。

四日目に、東郡《とう》から援兵の要請が来た。

曹操は、自室に石岐《せきき》を呼んだ。憔悴《しょうすい》している曹操を見ても、石岐はかすかに眼《め》を細めただけである。

「信仰とは、なんなのだ、石岐。なぜ、絶えることがなく続く？」

石岐は、表情を変えなかった。

「私はかつて、淫祠邪教《いんしじゃきょう》として、祠《ほこら》などをすべて打ち毀《こわ》させたことがある。商人どもが、それを使って銭を儲《もう》けているのまで見たからだ」

「殿は、不正をなす役人を放逐《ほうちく》し、裁判を公正にされ、淫祠邪教を禁じられました。それは、正しいことであった、と私は思っております」

「おまえも、浮屠《ふと》(仏教)の信仰を持っているではないか」

「淫祠邪教を、信仰とは申しません」

「ならば、信仰とはなんなのだ？」

「生きたいという思いでございます」

「わからぬ」

「人らしく、生きたいという思い。それができぬので、絶望するのです。絶望すれば、どんなものとも闘えます。死んでいいのですから」

「黄巾賊《こうきんぞく》は、まさしくそれだな」

「殿は、はじめから民が生きるとはどういうことか、とわかっておられます。淫祠邪教を禁じられました。役人の不正を許されませんでした。それだけで、民は平穏《へいおん》に生きることができるようになりました。信仰とは、まさしくその平穏に生きることへの願い、と申せましょう。それは、太平道《たいへいどう》であろうと五斗米道《ごとべいどう》であろうと、浮屠であろうと同じなのです。ただ、その願いだけでは人はばらばらです。それをひとつにまとめるのが、信仰とは考えられませんか」

「うむ」

「民は、もともと平穏に暮しておりました。それが、できなくなったのです。豪族が土地を持ち、役人が税を搾《しぼ》るからです。土地のない農民に、生きる意味があるでしょうか。流民《るみん》となり、そして賊となります。その時あるのは、わが子は平穏に暮させたいという思いです。自分は死んでも、わが子は平穏に暮させたい。そういう思いは、死ぬまで人を闘わせます」

「おぼろに、見えてきたような気もする」

「いえ、信仰というものがよくおわかりにならないだけで、なにをなさねばならぬかは、はっきりとわかっておられるはずです」

わかっているような気もした。まるで見当違いのことを考えているのかもしれない、とも思った。

石岐《せきき》は、相変らず無表情だった。ただ、いつもよりよく喋《しゃべ》った。かつてなかったほど、よく喋った。石岐の発するかすかな熱さえも、曹操《そうそう》は感じた。

「五斗米道《ごとべいどう》の張魯《ちょうろ》が、漢中《かんちゅう》を押さえております。外から見れば、押さえているようにしか見えません。しかし、あそこで功名《こうみょう》をあげて出世する者はなく、富を得る者もありません。それでも、兵は外敵に牙《きば》を剝《む》くのです」

「そのあたりを、劉焉《りゅうえん》はよく見抜いたということかな?」

「さあ。教えられたのかもしれません。張魯の母は、いまだ娘にしか見えぬほど若く美しいと言います。劉焉とは、幽《ゆう》州にいたころに会っております」

「劉焉の心を傾けさせたか」

「でなければ、老境《ろうきょう》に入った劉焉が、あれほどに動くことはありますまい。益《えき》州と漢中は、いまは支え合っている仲と申してもよいのです。ただ、私はそれがいいとは思いません」

「五斗米道という信仰が、政事《まつりごと》に利用されることにもなりかねぬな」

「御意《ぎょい》」

「信仰は、信仰か」

「われらが、この方ならばと思っただけのことはあります。まさしく、信仰は、信仰なのです。それは、浮屠《ふと》も変りません」

「もっと考えてみることにする」

「機は来ている、と殿はお考えでございましょう。ですから、私を呼ばれたのではありませんか。殿の頭の中には、青州黄巾《せいしゅうこうきん》とむかい合った時のことがある、と推察いたしますが」

「石岐、これからも五錮《ごこ》の者たちを、しっかり働かせてくれよ」

「はい」

「天下を平定したら、各郡に建物をひとつずつ。それは、忘れておらぬ」

「五錮の者の命は、殿のものでございます」

「おまえたちも、わが子には平穏な生活を、と望んでいるのか？」

「もとよりのことです」

「だから命を捨てる。叛乱《はんらん》の賊と同じだな」

「希望を持っている。そこが違います。そして、曹操孟徳《そうそうもうとく》というお方がおられました」

頭を下げ、石岐《せきき》は出ていった。

曹操が夏侯惇《かこうとん》ひとりを呼んだのは、夕刻になってからだった。

「東《とう》郡へ、援兵に赴こうと思う」

「賊徒は、十万と言われておりますが」

「なにが言いたい？」

「勝てますぞ、わが精鋭ならば。一万二千の全軍をもって、濮陽《ぼくよう》の賊は打ち払えましょう。殿は、東郡を任されるかもしれません」

「多分、そうなるだろう。わしが二万ほどの兵を擁することを、袁紹《えんしょう》は許すだろうな。それ以上にはしたくない。そうさせないための方法を、袁紹は持っている」

「青《せい》州黄巾《こうきん》に当てる、ということでございますな。いずれ、叛乱は起きます。間違いなく、起きることです。それには、袁紹がまず当たるべきでしょうが、殿は、袁紹の代りをされると言われるのですか？」

「闘いは、敵を潰《つぶ》すことだけか、夏侯惇？」

「闘いは、潰すか潰されるかでございましょう」

「ならば、闘わなければよい」

夏侯惇の表情が動いた。眼差《まなざ》しは落ち着いていて、じっと曹操を見つめている。

「敵は民か、夏侯惇？」

「いいえ」

「黄巾は、民であろう」

夏侯惇は、眼を閉じた。しばらくして開いた眼は、また測るように曹操を見つめてきた。動かしかけた口に掌《て》を当て、かすかな笑みを浮かべる。

「殿がそこまでお考えなら、私ごときに申しあげることはなにもありません」

「そうか。ならば進発《しんぱつ》の準備にかかれ。明朝、進発する。ここへは、もう戻らぬ。兵糧も、当座のものだけでよい」

「わかりました」

夏侯惇が立ちあがった。

その夜、曹操は眠らなかった。誰もそうは思わないし、知られることもないだろうが、危険な賭《か》けへの第一歩である。

天が、秋《とき》を与えている。曹操は、自分にそう言い聞かせ続けた。

地平はるかなり

1

長安《ちょうあん》は、栄えていた。

呂布《りょふ》の眼《め》からは、そうとしか見えなかった。建物は新しいし、人は多い。商人たちも、商売をはじめている。五銖銭《ごしゅせん》がなくなり、新しい銭ができて物が高くなったという噂《うわさ》だが、呂布には関係がなかった。食べる物から着る物、飾っておくものまで、ひっきりなしに館《やかた》に届けられる。瑤《よう》は無論、市場に買物に行くことなどはしない。いつも三人の侍女《じじょ》にかしずかれ、狐尾衣《こおえ》を着たり、曲裾《きょくきょ》の三重衣《みええ》を着たりして、喜んでいる。

館は、洛陽《らくよう》のころより三倍も大きかった。馬も、赤兎馬《せきとば》以外に十頭が厩《うまや》にいる。だから、不満なことはなにもなかった。瑤と二人で寝室にいる時は、いつも乳房か腿《もも》に触れている。そのやわらかさが、いつも自分を包みこんできた。充《み》ち足りた気持になるのだ。

董卓《とうたく》の館には、何十人と妾《めかけ》がいるが、呂布にはそれが理解できなかった。女などみな同じで、充ち足りた気持にさせてくれるかどうかだった。若い女を連れてこようと思ったことなど、一度もない。

なにもかも、このままでよかった。それでいて、呂布はおかしな気分に時々襲われる。こんなものか、という思いが滲《にじ》み出してくるのだ。こんなもの以上のものはない、とはわかっている。最高のものでも、こんなものなのか。

瑶を喜ばせることは、単純に嬉《うれ》しかった。呂布が食べるものだけは、瑶は自分の手で作る。呂布の躰《からだ》も、自分で洗う。呂布の爪《つめ》も切る。そのすべてが、かぎりなく気持を穏やかにした。

それでも、おかしな気分に襲われるのだ。

兵を鍛えるために、呂布はよく城外へ出た。匈奴《きょうど》の戦士を中心にした騎馬隊の動きも、申し分なかった。五百騎の、呂布直属の騎馬隊は、間違いなくこの国で最強のはずだ。

それを一千に増やし二千に増やしていくと、必ずどこかに緩《ゆる》みが出る。その緩みが、呂布《りよふ》はいやだった。将軍として二万の軍の指揮を執《と》っているが、それと五百騎とは別なのだ。五百騎は、完全無欠だった。

自分の分身だ、と感じることさえある。手足のように自由に動くからだ。その五百騎の訓練は、峻烈《しゆんれつ》をきわめた。死者が出れば補充しているが、このところそれはない。

諸侯《しよこう》が連合して攻めてくることがまたあるかもしれないので、その備えに城がいくつか造ってあった。その中のひとつは、呂布城《りよふじよう》と呼ばれている。五百騎も含め、訓練は大抵呂布城と長安《ちようあん》の間でやった。

その訓練とは別に、呂布自身が訓練と称《しよう》して行うものがあった。罪人の処刑である。董卓《とうたく》は、しばしば首を刎《は》ねることを命じた。それは宮中の役人であったり、長安の民であったりする。二十人、三十人と、そういう人間をためておく。そして処刑場で、それぞれの人間に武器を持たせるのだ。処刑人は呂布自身で、方天戟《ほうてんげき》と黒の鎧《よろい》に身を固め、赤兎馬《せきとば》を乗り入れていく。決めた時間で太鼓《たいこ》を鳴らすようにしてあり、それまで生き残れば死は免《まぬが》れる。いままで、太鼓の音を聞いた罪人はいなかった。

董卓は、死刑を命じるのが好きだった。鞭打《むちう》ちなどとは、決して言わない。首を刎ねろ。蝿《はえ》でも追い払うような仕草《しぐさ》で、そう言うのである。十人ばかりを引き出し、時間をかけて責めさせながら、死んでいくのを見物していることもあった。

洛陽《らくよう》を焼くころから、急に吝嗇《りんしょく》になった。宮中でも、財を蓄えた者に因縁をつけて首を刎ね、財を没収するということをよくやった。長安に移ってから、臆病《おくびょう》さも極端になった。呂布がそばについていなければ荒れ狂う時があり、それは誰《だれ》かが自分を殺しに来るという妄想《もうそう》がそうさせているのだった。

「おまえとは、父と子だ」

よくそう言った。丁原《ていげん》が言っていたことと同じだった。

呂布に命令できるのは、董卓だけである。それをうるさいとも、呂布は思わなかった。命令する者がいなければ、なにをやっていいかわからなくなる。

役人は、かなりの数がいた。役人がいなければ、政事《まつりごと》は進行しない。董卓には、それがよくわかっていた。やろうとすることに反対する役人の首は刎ねてきたので、いま高い地位に就《つ》いているのは、職を追われていたり、低い地位に甘んじていたりした者が多い。その中にこそ有能な者がいる、というのが董卓の意見だった。いままでは、宦官《かんがん》でその地位を得た者が多すぎたのだ。

帝《みかど》は、帝らしくなかった。まだ二十歳《はたち》にもなっていないのだ。それでも、帝がいればみ朝廷があり、詔書《しょうしょ》を出すこともできる。董卓《とうたく》の力は、すべてそれに寄りかかっている。それも、呂布《りょふ》には見えていた。

旅に出たい、という思いがしばしば呂布を襲った。不自由しているものがなにもない、というのがかえって窮屈《きゅうくつ》なのかもしれなかった。瑶《よう》には、いつでも会える。そうなると、久しぶりに会う時のときめきが懐かしくなる。同じ場所にじっとしているのも、性《しょう》には合っていないようだ。

そういう時、赤兎《せきと》とよく喋《しゃべ》った。赤兎の躰《からだ》は、呂布自身が洗ってやる。鉄蹄《てっとう》も自分で履《は》かせてやる。そうしながら、喋るのである。おまえと、匈奴《きょうど》の土地を旅したい。どこまでも草原が続いていて、草原に陽《ひ》が昇り、陽が落ちていく。そこを、おまえとともに駈《か》けたい。思うさま駈け続け、疲れたら眠り、草についた露《つゆ》を飲みながら、何日も過したい。

そういう時、赤兎はいつもじっと呂布を見ている。その眼差《まなざ》しは、はじめに会った時から変らなかった。だから、時々厩《うまや》に寝た。赤兎の匂《にお》いが快《こころよ》いのだ。

翌朝は、必ず瑶に叱《しか》られた。将軍たる者がするべきことではない、と言うのだ。瑶との言い争いでは、呂布は勝てなかった。将軍がなんだと思っても、言えなくなってしまう。腐った将軍ばかりではないか、という言葉も呑《の》みこむ。言い争いはするが、瑶を傷つけてしまうかもしれないと思うと、言葉が見つからなくなるのだ。

瑶は、将軍の妻であることを、誇《ほこ》りにしていた。

戦《いくさ》がないわけではなかった。それも、身をふるわせるような戦ではなかった。老いぼれの将軍が、漢《かん》王室のためと思いつめて、小さな郡の役所を攻めたりするのである。長安《ちょうあん》から軍を出すことは、滅多になかった。

手《て》強《ごわ》いと董卓が感じている連中は、みんなそれぞれの領土を拡《ひろ》げることに懸命だった。そのうちに食い合うだろう、と董卓はよく言っている。

袁紹《えんしょう》とか孫堅《そんけん》とかいう将軍ではなく、呂布には闘ってみたい相手がいた。虎牢関《ころうかん》で手合わせをした、関羽《かんう》と張飛《ちょうひ》という二人である。劉備《りゅうび》の部将だといい、その劉備は戦の中に時々名前が出てくるものの、しっかりと自分の領地を押さえているわけではなさそうだった。

虎牢関の、あの闘いはいまも心に残っている。赤兎でなければ、斬《き》られていた。少なくとも、二度は斬られていたはずだ。

秋のはじめの、肌寒い日だった。

董卓が、六十二名の死刑を命じた。処刑場で、それを見物するとも言った。

六十二名の全員に、矛《ほこ》や剣を持たせせた。呂布は赤兎に乗り、方天戟《ほうてんげき》である。ひとりで、六十二名を斬ってみせようと思った。それも、首を刎《は》ねるだけで、ほかのところには傷をつけない。そういう方が、董卓《とうたく》は喜ぶはずだった。

処刑場に赤兎《せきと》を乗り入れると、董卓が女を侍《はべ》らせて酒を飲んでいるのが見えた。その背後には、百人ほどの兵が直立している。罪人が、自分にむかってくることを警戒《けいかい》しているのだ。

呂布《りよふ》は、赤兎の腹をちょっと脚《あし》で締めあげて、意志を伝えた。赤兎が駈けはじめる。方天戟《ほうてんげき》を、右に左に振った。宙に、首が舞いあがる。決死の表情をしたまま、罪人たちの首が胴から離れる。呂布は、声をあげて笑いながら、赤兎を駆った。気づくと、六十二個の首が飛んでいた。

ひどいことをしたわけではない。ただ首を刎ねられるはずの者たちに、武器まで持たせてやったのだ。

六十二名では、まだ少なすぎると思った。剣の遣い方すら知らない役人が多いのだ。せめて百名いれば、いくらかは愉《たの》しめたかもしれない。

「見事だぞ、息子」

董卓が声をかけてきた。呂布は赤兎を降り、片膝《かたひざ》をついた。

「なにか与えよう。望みはあるか？」

呂布は黙った。

「よい。老いた妻だけでは、おまえもつらかろう。わしの女の中から、ひとりくれてやる。連れていくがいい」

女がひとり、刑場の土の上に放《ほう》り出されてきた。気を失ったのか、女は倒れたまま動かない。いらないと出かかった言葉を、呂布は呑《の》みこんだ。十一歳年長だが、いままで瑶《よう》を老いていると思ったことはない。腹が立った。呂布は立ちあがり、倒れた女を摑《つか》むようにして担《かつ》ぎあげると、一礼して赤兎に乗った。

女は、そのまま館《やかた》に連れ帰った。

「太師《たいし》から戴《いただ》いたものだ」

出迎え、立ち竦《すく》んだままの瑶にそう言い、呂布は女の躰《からだ》を足もとに放り出した。

赤兎が、返り血を浴びたままだった。呂布は厩《うまや》に水を運ばせ、それを拭《ふ》いてやった。

2

王允《おういん》は、呂布の館に絹《きぬ》を届けに来た。

夫人に、時々こうして絹を届けている。質のいい絹を手に入れる道があるのだ。夫人はいつも、頰《ほお》ずりをして喜ぶ。司徒《しと》（最高職三公《さんこう》のひとつ）たる自分が、一介の将軍に過ぎない男の妻に、なぜ阿《おもね》るような真似《まね》をするのか、自分を嫌悪《けんお》することがしばしばだった。そのたびに、いまの長安《ちょうあん》で三公の地位などなんの価値もない、と思い直したものだった。すべての権力は董卓《とうたく》ひとりに集まり、呂布《りょふ》はその腹心《ふくしん》中の腹心なのだ。自分の地位を保ちながら、漢《かん》王室を守り抜いていく。それが、いまの自分の使命だった。

司徒という地位を忘れ、一介の将軍の妻に阿ることなど、王允《おういん》にとってそれほど大きなことではなかった。宦官《かんがん》が支配しているころ、朝廷を追われ、名を変えて流浪していたことさえあるのだ。

しかし、今日は違う。

四日前、呂布は刑場で六十二人を喜々として斬り殺した。六十二人に武器を持たせた上で、そのすべての首を刎《は》ねてみせたのだ。董卓に命じられて一緒に見ていた王允は、めまいと吐き気をこらえるので精一杯だった。

しかし最後に、董卓は大きな誤りをおかした。呂布の妻、瑶《よう》が老いていると言い、若い女を与えると言って、自分が飽きた女を刑場の砂の上に放り出したのだ。呂布の顔色が変ったのを、王允ははっきりと見た。

董卓は専横《せんおう》をきわめ、宮中の貴族や役人にかぎらず、自分の部下にまで無神経になっていた。呂布には、決して言ってはいけないことがある。それが、妻瑶の悪口だった。それで斬られた者を、長安ではなく洛陽《らくよう》で、王允は二人見ていた。

老いた妻では不満であろう、と董卓は言ったのである。判断力が鈍《にぶ》くなってきているとしか思えなかった。呂布が、妻に恋い焦がれた思いを抱いていることを利用して、その時の主人だった丁原《ていげん》を殺させることを思いついたのは、ほかならぬ董卓なのだ。

呂布の、触れてはならない琴線《きんせん》に触れたということに、董卓は気づいていない。従者に、訪《おとな》いを入れさせた。腹立たしいことだが、司徒たる自分より、一介の将軍である呂布の館の方が、ずっと立派なのである。理不尽だという思いと、当たり前だという思いが交錯《こうさく》している。

いつものように、客殿《きやくでん》に通された。

呂布の妻は、醜《みにく》かった。少なくとも王允には、そういうふうに見えた。瑶が絹に頬ずりなどをしているのを見るたびに、嗤《わら》いたくなってしまうのだ。

「また、絹が手に入りましてな」

言いながら、王允《おういん》は瑶《よう》の表情を見ていた。洛陽《らくよう》に来たころは、穏やかなだけが取《と》り柄《え》のような女だったが、長安《ちょうあん》に移ってからは、自分が特別だと思いこみはじめている。

「なに、いつものものでしてな。礼などは、お考えになることはない」

「それにしても、この重さの心地のよいこと」

「帝《みかど》に后《きさき》がおわさば、まずそちらに献上《けんじょう》するところのものですが」

確かにいい絹で、滅多《めった》に手に入らないものではあるが、后に献上というほどでもない。もともと、洛陽に来るまでは、絹などをまとったことはない女だ。色が黒い。腰なども引き緊《しま》ってはいない。

「ところで、呂布《りょふ》殿は変ったものを太師《たいし》から頂戴《ちょうだい》されましたな」

「ああ、あのことですか」

「大きな声では申せませぬが、呂布殿に若い娘とは、太師も困ったことをなさる」

太師というのは、もともとは周《しゅう》代のころの三公で、いまは三公の上にある特別な職ということになっている。董卓《とうたく》は、勝手に太師になり、そう呼ぶことを周囲に強制しているのだった。

「余計なことですが、どうされているのです。呂布殿としては、連れて帰らぬわけにはいかぬであろうし」

「あの方は、館におられます。私としても、どうすればいいかわかりませんし」

「そうですか。太師は、もう女のことはお忘れで、また新しい女を与えられかねません。なんとかしなければ、この館がそういう女だらけになってしまいますなあ」

いかにも困った、という口調で王允は言った。董卓が与えた女は、さすがに美しい。長安を捜し回って、何万人ときれいな女を集め、その中から特に気に入った者を、千名運び出した。その中のひとりなのだ。

長安の丞相府《じょうしょうふ》の奥には、五十人ほどいる。

ほかの者は、郿塢《びお》にいるのだ。長安から二十余里離れたところで、小長安のようなかたちになっている。宮殿も倉庫もあり、董卓が略奪した黄金その他のものは、すべてそこに置いてあるという。しかも驚いたことに、二十年分の食糧も蓄えてあるのだ。

董卓の家族も、そこに住んでいた。

「この館へ連れ帰ることができれば、まだよろしいが、そうでなくなるとなあ」

「司徒様、それはどういうことでございますか？」

「郿塢には、一千人の美女がいるということは、御存知《ごぞんじ》でござろう。太師は、月に一度はそこへ行って時を過ごされる。呂布《りよふ》殿が、そこで女を与えられて、呂布城に置けと命じられたら、奥方の眼《め》はまったく届かぬということになる」

瑶《よう》の表情が、かすかに動いた。自分が呂布よりずっと年長であることは、気にしているに違いないのだ。館の使用人は老婆《ろうば》が多かったし、若い女でも見栄《みば》えのよくない者を選んでいることに、王允《おういん》は以前から気づいていた。はじめて洛陽《らくよう》に来た時に、都の女の美しさに驚いたに違いないのだ。

そして、呂布が、女などは望めば大抵手に入る力を持っていることも、知ったはずだ。

「ほかのものをくださるのは、よいと思う。将軍には、それだけの軍功《ぐんこう》があり、太《たい》師《し》も将軍の力に頼っておられるところもありますからな。しかし、女だけは私も感心できぬ。もっとも、太師にそれを申しあげる勇気はとても持ち合わせませんが」

卓には、茶が出ているだけだった。いつもなら、瑶はもっと気を使い、侍女に次々と菓子などを運ばせるのだ。

心の中は、揺れ動いている。揺れ動いていなければおかしい。董卓《とうたく》が絡《から》んでいることだけに、なにかに利用できるかもしれない、と王允は思っていた。

董卓と呂布の仲を裂く。それができれば、帝《みかど》はもっと力を持つことができるだろう。二人の仲を調停《ちょうてい》することもできる。董卓にしろ、たやすく帝に手をかけるということはできなくなるはずだ。帝が呂布を頼り、呂布が帝を守ろうと決めたら、二人の立場は逆転することにもなる。

「将軍は、どういうおつもりなのであろうか。やはり、妾《めかけ》にしなければならぬと？」

言った瑶の唇が、かすかにふるえた。やはり、そこが一番気になっていることなのだろう。

「私の考えは、将軍は将軍でいてほしいということです。太師も、かつては将軍であられたが、いまは戦のことなど忘れておられる。将軍が将軍でいてくれなければ、長安《ちょうあん》は危ういのですよ。そして将軍が将軍たることに、奥方は大きな力を持っておられる」

「私などに、なにができましょうか」

「いや、将軍の力の源は、奥方ですぞ。洛陽のころから、私はずっと将軍を見ている。将軍が、どれほど奥方を大事に思っておられるかも、感じるだけではなく、御本人から聞かされてもいる」

瑶が、ちょっとうつむいた。

「将軍が、若い女体に溺《おぼ》れるようなことにでもなれば、長安の危機で、同時にこの

国の危機でもある。将軍にかぎって、そんなことはないとお思いかもしれぬが、あ
あいう女たちは、想像以上にすごいのです」

瑶《よう》の反応を見ながら、王允《おういん》は喋《しゃべ》っていた。決して呂布《りよふ》の悪口にはならない。董卓《とうたく》に対する強い非難にもならない。それは充分に気をつけていた。たとえ司徒《しと》であっても、あの二人にかかれば、そのあたりの罪人の命と変りないのだ。

「昔から、宮中には房中術《ぼうちゆうじゆつ》というものがございましてな。後宮《こうきゆう》には、何百人何千人と女がいた。それに惑《まど》わされぬように、王たる者が身につけるのが、房中術。代々受け継がれてきた術です。あらゆる経験もその中に組み入れられている。王たる者は、幼少からそれを身につけるように教育されたのです」

瑶は、じっと王允の言葉に耳を傾けていた。膝《ひざ》に置いた絹のことすら、忘れてしまっているようだった。

「将軍は、純真なところをお持ちだ。それを失っておられないというのは、やはり私には美徳《びとく》だと思える。軍人は、そうでなければならぬ。しかし」

瑶が、身を乗り出していた。自分と都の水で洗われた美女との、容貌《ようぼう》の差ははっきり認識できているのだろう。その上、董卓にはっきり老いていると言われるほどの、年齢の差である。

「将軍が純真なのは、いまのところとしか言えないのです。厄介《やっかい》なことに、房中術に対する、媚術《びじゅつ》というものも後宮の女たちの中にありましてな。どうあっても、男の眼を自分の方へむけさせるという術です」

そこで、王允は冷えた茶に手をのばした。それでも、熱いものを啜《すす》るように、ゆっくりと飲んだ。苛立《いらだ》つような表情が、瑶の顔をよぎった。眼尻《めじり》には、皺《しわ》が刻まれている。それを、隠そうともしてこなかったようだ。

「司徒《しと》様、媚術とはどういうものなのでございましょうか？」

「たとえば、痩《や》せた女が好みの王が即位したとすると、その後宮では飢えて死ぬ女が次々に出たといいます。痩せるために、なにも食さないのです。それほど峻烈《しゅんれつ》なものであり、眼差《まなざ》しから仕草、顔かたち、声、着る物、そのすべてを追究《ついきゅう》したものでもあり、奥方の前では口に出すのもおぞましいほどの、閨《ねや》の作法であったりするわけです」

瑶が、うつむいて顔を赤くした。

王允には、呂布と瑶の閨のありようが、まったく想像がつかなかった。けだものが絡み合っているという気もあるし、淡々としたものだとも思える。

「太師《たいし》が持っておられるのは、後宮というわけではない。しかし、それに準じるものだとは言えるのです。郿塢《びお》と長安《ちょうあん》にいる千人余の女は、太師《たいし》の手がつかなければ、栄達《えいたつ》は望めませんからな。そういうところの女が、次々に将軍に与えられるとなると、私もやはり心配なのですよ」

今日のところは、このあたりでやめておこう、と王允《おういん》は思った。瑶《よう》の表情は、はっきり強張《こわば》ったものになっている。

「いや、余計なことを申しあげたかな。なにしろ、太師が女を下さるというのは、私の知るかぎりはじめてのことでしたのでな。それに、将軍は女たちに狙《ねら》われて当たり前というほどの力を持っておられる。まあ、年寄りの思い過しと思ってくだされい」

それから王允は、西から送られてくるめずらしい品の話をした。長安に入ってくるものは、ほとんど董卓《とうたく》が奪うように自分のものにする。そして郿塢へ運びこむ。人々の間に流れるものは、ごく少量なのだった。

王允の話を、瑶はほとんど聞いていないように思えた。

王允は腰をあげた。さすがに、瑶は送って出てきた。玄関で別れ、厩《うまや》の横を歩いていると、呂布《りよふ》の姿が見えた。

「帰っておられたのか、将軍。いま、奥方に絹をお届けしたところでしてね」

呂布は、赤兎《せきと》を洗っていた手を止めた。

「それは、いつもどうも。それも、司徒《しと》殿自ら。門前に供の方々がおられたので、挨拶《あいさつ》に出なければと思っていたのですが」

「なんの。将軍は、絹を喜ばれもしますまい。奥方と娘御にちょうどよいと思って、持ってきただけのことです」

呂布は、黒い鎧《よろい》を脱ぎ、上半身裸だった。隆々《りゅうりゅう》たる筋肉が、王允を圧倒した。人ではなくけものだと思ったが、無論口には出さない。

「気に入っておられるな、この馬が」

「気に入っているというより、私自身のようなものです。いまは、そう思えます」

「ところで、この間、太師から下された女は、どうされた？」

「下女にでも使うように、と妻に申しましたが」

「下女に？」

「いけませんか？」

「うむ、太師が下されたものですからなあ」

「しかし、うちではほかに使いようがない」

瑶とあの女と、較《くら》べて眺めてみる気が呂布にはないのだろうか、と王允は思った。

この若い将軍については、なにを考えるにも恐怖が先に立つ。

また、と言って王允《おういん》は歩きはじめた。

3

孫堅《そんけん》が長沙《ちょうさ》郡の地に陣営を築いてから、五カ月が経《た》った。

洛陽《らくよう》から戻ったものの、そのまま長沙に居座る気はなかった。ただ、全体の流れは見据《みす》えていなければならない。

反董卓《とうたく》の連合軍は、分裂した。四分五裂《しぶごれつ》と言っていいほどである。北に公孫瓚《こうそんさん》と劉虞《りゅうぐ》がいて、冀《き》州には袁紹《えんしょう》が入った。荊《けい》州南陽《なんよう》郡には袁術《えんじゅつ》がいるが、荊州全体は劉表《りゅうひょう》が支配しようとしている。ほかにも独立した勢力はあるが、袁紹、袁術のもとに人は集まりつつある。

名門に人が流れるのは、まだほんとうに乱れきっていないからなのか。

それでも、孫堅の陣の兵は、四万を超えてきた。

俺《おれ》にも、人望が出てきている。孫堅はそう思っていた。まずいのは、袁紹と袁術という名門の兄弟が手を組み、北と南を押さえることだった。そうなれば、北から南まで統一され、長安《ちょうあん》の董卓は西域《せいいき》の一勢力となり、益州《えき》の劉焉《りゅうえん》は、益州に漢《かん》王室の血統を残すという名目で、新しい国を作りかねない。

この国が、袁《えん》家の国になっていく可能性は、かなりあった。

しかし、袁紹と袁術という兄弟の仲が、ひどく悪かった。それが表面化したのは、反董卓連合が分裂してからだ。兄弟の間でなにかあったらしく、袁術が袁紹を妾腹《しょうふく》の子と公然《こうぜん》と言いはじめたのだ。つまり、袁家の正統は自分であると。それに対し、袁紹は実力で対抗していこうという構えだった。

こうなると、まず袁家のどちらと組むかということになる。孫堅は、袁術に関しては、まったく信用していなかった。汜《し》水関《すいかん》を攻めあげた時、兵糧を送るべきだった袁術が、それをしなかった。孫堅の軍は七日間耐えたが、ついに潰走《かいそう》せざるを得なくなった。その中で、麾下《きか》の四将のひとりとして信頼を置いていた祖茂《そも》が、孫堅の赤い幘《さく》(頭巾《ずきん》)を被《かぶ》り、身代りになって死んでいったのだ。

ああいう男は、はじめから信用しない方がいい。それでも、南陽郡にいるということは、州牧《ぼく》の劉表と対立するということだ。長沙を拠点《きょてん》にしている孫堅も、やはり劉表と対峙《たいじ》しなければならない。

劉表は、単独ではどうにもならないだろう。袁紹と結びつかざるを得ない。袁紹の方も、北で公孫瓚《こうそんさん》と対峙するからには、南は劉表《りゅうひょう》と結んで固めていたいはずだ。

ここで、自分が軍を発するというのは、どういう意味を持つことになるのか。諸《しょ》侯《こう》の動向を調べると同時に、孫堅《そんけん》はそれを考え続けていた。

「曹操《そうそう》の動きが、ほぼ摑《つか》めました」

孫賁《そんほん》が、陣屋に入ってきて言った。

「東《とう》郡太守《たいしゅ》に援兵を乞《こ》われ、濮陽城《ぼくようじょう》を囲んでいた十万の賊徒《ぞくと》を打ち払ってのち、そのまま東郡に腰を据えました」

東郡といえば、袁紹《えんしょう》の勢力圏といってよかった。つまり、曹操は袁紹と組もうとしているということか。

納得はできなかった。同じ西園《せいえん》八校尉《こうい》出身でも、曹操は袁紹とは違うものを持っている。名門ではなく、宦官《かんがん》の家系だというだけで、孫堅の中では曹操に対する評価は袁兄弟よりずっと高いのである。

袁兄弟の下風《かふう》に立つような男ではない、と思っていたからこそ、賁に曹操の動向も調べさせたのだ。賊徒の討伐《とうばつ》ということで、曹操は袁紹の懐《ふところ》に飛びこんだ。いずれ、袁紹を食う気でいるのか、とも思える。しかし、わからない。

「どう思う、賁？」

「青州《せい》が、不気味な動きをしております。黄巾《こうきん》の賊徒の巣で、そこを制圧できないどころか、やがて青州から叛乱《はんらん》が拡《ひろ》がりかねないとも思えます」

「東郡の賊徒を打ち払った曹操が、やがて青州の鎮定《ちんてい》に当たるか」

「袁紹の狙《ねら》いは、そこでございましょう。自分で闘わず、人に闘わせる。名門のやり方はいつも同じでございますからな」

「袁術《えんじゅつ》のことも、合わせて言っているのか、おまえ？」

「まあ、そういうことも考えておいた方がいいと」

「考えすぎるほど、考えているさ、俺は」

「確かに」

「袁術ごときは、いずれ斬《き》り捨ててやる。劉表と闘えと盛んに言ってきているが、目先のことしか見ておらん。あんな男は、後回しで充分だ」

「後回しですか」

「不服か？」

「後回しでも、斬るおつもりがあるなら」

「俺の肚《はら》を読んでいるな、貢」

「いま、読めました。後回しということで」

袁術《えんじゅつ》と劉表《りゅうひょう》のどちらを先に討つか。孫堅《そんけん》が考え続けていたのは、それだった。長《ちょう》沙《さ》郡を守るだけでは、南方の雄《ゆう》などと呼ばれて終りだろう。もとより、そんなことは考えていない。

荊州《けい》。

まず、これを手に入れることだ。劉表と袁術を討ち果たせば、それができる。荊州を占めれば、当然揚《よう》州にも手が届く。もともと、揚州呉《ご》郡から、自分は出発したのだ。

「なあ、賁《ほん》。子供のころ、俺たちはよく海で遊んだものだったな」

「そうですね。憶《おぼ》えていますよ」

「親父《おやじ》は海賊のようなこともやっていたが、逆に俺は海賊を捕えて名をあげたこともあった。長江《ちょうこう》と海。俺は、水に育てられたようなものだ」

賁は、じっと孫堅を見つめていた。

「その俺も、もう三十六になった」

「ほかの諸侯と較《くら》べれば、殿はまだお若いと思います」

「いや、時は足りぬぐらいだ。もう三十六になってしまったと思う」

「嘆《なげ》いて言っておられるのではありませんな」

「俺が嘆いたのは、漢《かん》王室の乱れだけだ。それも、もういい。俺には、長江と海がある」

「どういう意味なのですか？」

「荊州と揚州を押さえれば、北の兵力と対抗できる。広い割りには人は少ない。しかし、荊州と揚州を押さえれば」

「荊州と揚州ですね」

「地の利が悪い、と誰もが思うだろう。だが、俺には長江と海があるのだ」

「陸路だけではない、ということですか」

賁が、掌《てのひら》で膝《ひざ》を叩《たた》いた。

「そうだ、三つの道があるのだ。自在に、北を攻められる」

「そして、天下」

「まず、劉表を討つぞ。急速に力をつけてきている。先が見えている袁術とは違う。袁紹《えんしょう》も、それで打撃を受けることになろう。袁術は俺が叩き斬りたいところだが、袁紹と闘わせるという道も開けてくる」

「殿の眼《め》と同じようなものが、私にも見えて参りましたぞ」

賁は、嬉《うれ》しそうにまた掌で何度も膝を叩いた。

「子にも、恵まれている。策《さく》がなかなかやりそうだということは、しばらく陣営に置いてみてよくわかった。おまえの言う通りだった。ちょっとばかり無謀《むぼう》だが、実戦を重ねれば非凡《ひぼん》な大将に成長する。今度の戦《いくさ》から、策も伴うことにするぞ」

「権《けん》も、また違う意味で非凡ですぞ」

「それも、見た。そして俺は天下を睨《にら》んでいる」

策は十七歳で、権はまだ十歳だった。それでも、二人の資質が凡庸《ぼんよう》でないことは、一緒に陣営で暮してみてよくわかった。

「権が、二十歳《はたち》になるころまでには」

「殿が戦に出られている間、権は私がお預りいたします」

賁《ほん》は、孫堅《そんけん》に臣礼《しんれい》をとっているが、実は異父兄《いふけい》だった。孫堅の兄だった人の養子に入ったので、かたちの上では甥《おい》で、策や権には従兄《いとこ》となるが、自分の従兄だと孫堅は言ってきた。

「いいか、賁。兵糧は船で運ぶ。ひそかに先発させるのだ。それで、進軍はずっと速くなる。まず、劉表《りゅうひょう》の肝《きも》を潰《つぶ》してやろう」

「これからは、船を使うことも多くなりましょうな」

「敵になく、われにあるもの。考えると、それが船であった」

孫堅は手を叩いて従者を呼び、酒を命じた。

策が、友人を伴って陣屋に来たのは、翌日だった。

策と同年で、さぞかし美男に成長するだろうという感じの少年だった。周瑜《しゅうゆ》といった。

「周異《しゅうい》殿の一族か？」

「はい、父になります」

「ほう」

揚《よう》州の名門だった。一族の中から、三公《さんこう》も出ているはずだ。周異の、役人としての評判も耳にしたことがある。

「このような、殺伐《さつばつ》とした陣営など、好きではあるまい」

周瑜の整った風貌《ふうぼう》に見とれながら、孫堅は言った。

「父上、周瑜はこういうことが大好きなのですよ。学問もできますが、戦になるともっとすごい」

「実戦など、したことはあるまい」

「一度、陣を見てみたかったのです。特に、孫将軍の陣となれば」

「ほう、それでなんと見た」

「出陣でございますね」

「それは、兵の動きが慌《あわただ》しいであろうからな。数日中に、確かに進発《しんぱつ》するつもりでいる」

「さすがに、孫《そん》将軍だと思いました」

「阿《おもね》ることはないぞ。四万の兵がおるが、すべてが精兵というわけにもいかん」

「さすがに精兵、とは申しあげませんでした。さすがに、孫将軍はたえず新しいことを考えられる、と思ったのです」

「ほう、新しいこととは？」

「兵の数に較べて、輜重《しちよう》が少ないのです。船を使われるのだろうと思いました。そうすれば、進軍は速くなりますし」

孫堅《そんけん》は、かすかに眉《まゆ》をひそめるような気持になった。多分、策《さく》に案内されて陣の中を歩いてきただけだろう。それだけで、あるべき場所に輜重がないのを見てとっている。そこから、船を使うことまで見通しているのだ。

「いずれ、周瑜《しゆうゆ》も軍人になりたいと言っております。どちらが早く一軍の将になれるか、競争しようという話をよくします」

「そうか。そんなに戦が好きか」

「好きではありません。しかしいまは、戦が必要な時代です。戦で、この国の無駄なものが削《そ》ぎ落とされていくだろうと思うからです。国は、若々しくなければなりません」

十七歳の少年の言葉とも思えなかった。策などは、弓や剣に熱中していて、戦の意味など考えもしないだろう。

「言葉では、なんとでも言える。将軍になりたいともな。そう言いながら死んでいく。それが戦というものだ」

「胆《きも》に銘《めい》じておきます。幼いころ、私は臆病《おくびょう》で、よく孫策に助けられました。私の二倍の胆《たん》を、孫策は持っています」

「胆か」

「武人に必要なものはそれだろう、とある時から考えるようになりました。兵法《へいほう》は学べます。しかし、胆は自分で太くするしかないだろうと思います」

「これはまた、策はいい友を持ったものだ」

孫堅は、常用している赤い幘《さく》を、周瑜に差し出した。

「羊毛《ようもう》を紡《つむ》ぎ、細かく織って作ったものだ。周瑜殿に進呈《しんてい》しよう」

周瑜の顔に、一瞬緊張が走った。いっそう凛々《りり》しい顔になった。白い歯を見せて笑い、周瑜《しゅうゆ》は両手で幘《さく》を受け取った。

「大事にいたします」

孫堅《そんけん》は頷《うなず》いた。

「出陣前で、あまり相手はできぬが、一日ゆっくりとしていくがいい。陣営のどこを見ても構わぬぞ」

周瑜が、嬉しそうな表情をした。策《さく》とともに、陣屋を飛び出していく。

周瑜とは付き合うな。策を呼び戻して、そう言おうかと思った。長じれば、策を圧倒しかねない器量《きりょう》だ。

策は、この孫堅の息子だ。そう思い直した。すぐれた器量があれば、それを使う。大将とはそういうものである。

程普《ていふ》、黄蓋《こうがい》、韓当《かんとう》、孫賁《そんほん》を集めて、軍議を開いた。

全軍を二つに分け、一万は長沙《ちょうさ》に残し、孫賁が指揮を執《と》る。三万は孫堅が率い、明後日、速やかに進発する。兵糧は、すでに船でかなり先行している。気にかかることは、なにもなかった。部将たちも、闘志に満ちた顔をしている。

劉表《りゅうひょう》を討ったら、すぐに襄陽《じょうよう》郡を固める。長沙と襄陽で連携すれば、その間は、自然にこちらに靡《なび》くはずだ。袁術《えんじゅつ》は、南陽《なんよう》郡で孤立する。孤立を孤立と思わせず、袁紹《えんしょう》とぶつからせることができるか。そのためには、まだしばらくは、袁術の命《めい》で動いている、と思いこませておくことだ。

軍議が終ったあと、孫賁だけを残した。

「賁、これをおまえに預けておこう」

伝国《でんこく》の玉璽《ぎょくじ》。これを手にした者は国を得、失った者は国を失うといわれているもの。

孫堅には、ただの玉だった。こんなもので国を得ることができるなら、戦などは必要ない。国は、自分の力で得るものだ。

しかし、伝国の玉璽は役に立ちそうだった。欲しがっている者がいる。つまり、取引には使えるということだ。ただ、すぐに使う気はなかった。取引をするにしろ、まずその持つ価値を知らなければならない。

「確かに、お預りいたします」

「大それたものだとは思うな。しかし、失うな」

「わかっております」

「決めてあった通り、策は伴う。権《けん》には、伝国の玉璽がどういうものか、見せてやってくれ。ただの石だとも、教えてやるのだ。孫王朝には、これは必要ではない」

「孫《そん》王朝」

「この言葉を、いまはじめて口にした」

「御武運を」

「心配するな。勝ちは見えている。しかし、油断はすまい」

北風には、まだ早い季節だった。

北風が吹くころには、自分は襄陽《じようよう》にいるだろう、と孫堅《そんけん》は思った。

4

船での兵糧輸送が、実にうまくいった。

進軍は、予定より二日早かった。といって、兵の疲れはそれほどでもない。

まず、樊城《はんじよう》だった。

斥候《せつこう》を出した。間者《かんじや》も、何日か前から送りこんである。

劉表《りゆうひよう》軍五万。大軍だが、寄せ集めである。江夏《こうか》郡の兵が多いようだ。江夏郡の兵なら、孫堅のこわさはいやというほど知っている。それを教えるだけのことを、してきた。長沙《ちようさ》で叛乱《はんらん》を鎮定《ちんてい》した時も、郡境、州境を越えて賊徒を追討したのだ。

袁術《えんじゅつ》は、やはり動かない。北へ備えなければならない、という弁明《べんめい》は用意してあるだろう。援兵を頼んだわけではない。しかしいま劉表の背後を衝《つ》けば、たやすく襄陽を落とせる。そうしないのは、自分の軍を温存するためだ。襄陽を落としたあとの孫堅が、臣下のように従ってくるということも、信じて疑っていないからだ。つまらぬ男だった。襄陽を落とすついでに、南陽《なんよう》に入り袁術を叩《たた》き斬《き》ってもいい。ただ袁術には、袁紹《えんしょう》と闘わせるという利用価値がある。

樊城を背にした広野に、四万の大軍が陣を敷いている、という報告が入った。指揮官は黄祖《こうそ》。陣形なども、次々に報告されてくる。

「どう見る、策《さく》？」

黄蓋《こうがい》や韓当《かんとう》に訊《き》かず、孫堅は息子に訊いた。程普《ていふ》は、先鋒《せんぽう》の指揮で軍議の席にいない。

「大軍であり、堅陣《けんじん》でもあります。それは外からそう見えるということで、実際には脆《もろ》いところがあるのかもしれません。まず第一に、脆い部分を探ってみることです」

韓当が、孫堅より先に大きく頷《うなず》いていた。

「それで、どうやって探る？」

「奇襲《きしゅう》でしょう。本気で突っこませて、犠牲《ぎせい》を出す必要はありません。敵陣の動きを見きわめればいいということです」

孫堅《そんけん》は、黙っていた。戦《いくさ》は、ひとりでやるものではない。

「まず、右翼に斥候《せっこう》を頻繁《ひんぱん》に出します。こちらが右翼から崩そうとしている、と敵は見るかもしれません。それが牽制《けんせい》で、実は左翼を狙《ねら》っていると考えることもあり得ます。とにかく、一日は頻繁に右翼に斥候を」

「いつ、その奇襲をやるのだ?」

「相手次第です」

「ほう」

「われらは長駆《ちょうく》してきた軍。当然、敵はこちらの疲労も測っていましょう。それほど時を置かず、夜襲をかけてくるかもしれません。その時は、夜襲の兵を捕えます」

「どうやって?」

「罠《わな》を作っておくのです。単純な罠でいい。それで、夜襲の兵を押し包んで捕えます。翌朝、その兵を先頭に出して、敵陣に追いやります」

「うまくいくかな、言うほどに」

「夜襲があれば、僥倖《ぎょうこう》と考えるべきでしょう。戦には、常に相手があります。なにが起きても対処できるようにしておくこと。敵の夜襲を罠に嵌《は》めるなどということは、小細工にすぎません」

「小細工も、時にはやってみる価値があるということか」

「小細工を、まともな兵法だと思わなければです。最後は、揉《も》みに揉んで相手を倒す。これが孫家の戦ではないのですか？」

孫堅は、腕を組んで黙っていた。小賢《こざか》しいという思いと、やるではないかという思いが交錯している。

「どう思う？」

黄蓋《こうがい》と韓当《かんとう》に訊いた。

「周到な作戦であろうと思います。ただ、夜襲はどこから来るかわからず、誘い口をどう作るかでしょう」

黄蓋が言った。韓当は、ほほえみながら策《さく》を見つめている。

「篝《かがり》を焚《た》き、警戒を厳重にします。必ずや、その篝の間を抜けようとしてくるでしょう」

「よし、やってみろ。夜襲の敵を捕えるところまでだ。すぐに、準備にかかれ」

策《さく》が立ちあがり、一礼すると陣幕《じんまく》の外に出ていった。

「立派な大将になられますぞ、殿」

韓当《かんとう》が言った。黄蓋《こうがい》が頷く。孫堅《そんけん》は、多少得意でもあった。今後の戦では、三将のうちの誰《だれ》かひとりをつければ、大将としてやっていけるかもしれない。それで、孫軍は二面三面の進攻が可能になる。

「韓当、策についていてくれ。わしも、今夜あたりが夜襲ではないかと思っている。策の手助けをすることはないぞ。やりたいようにやらせ、負けたら負けたでいい。死なせない程度の負けに、おまえがしてくれればいいのだ」

「負けませんな、まずは」

「あの若さの鼻は、どこかで一度叩き折らなければならん。その役目も、韓当に頼んでおこうか」

「それはよい。負けて知る味を、早く孫郎《そんろう》（若君）にも知っておいていただきたい。韓当がそばにいれば、まず安心でしょう」

黄蓋が笑いながら言う。韓当は、策を追うようにして出ていった。

「劉表《りゅうひょう》軍の構成は、わかったか？」

二人になると、孫堅は黄蓋に言った。

「江夏《こうか》太守《たいしゅ》黄祖《こうそ》の兵がおよそ一万。それは、現在正面に出てきております。ほかに襄陽《じょうよう》の兵二万。南《なん》郡、新城《しんじょう》郡、宜都《ぎと》郡からかき集めた兵が二万。劉表自身の兵は、襄陽の二万だけでありましょう」

「各郡から集められた兵を、あまりいためつけたくはない。投降《とうこう》してきた者は、できればこちらの兵としてしまいたい。まずは、投降の兵で軍団を作る。それを黄蓋、おまえが自分の麾下《きか》を指揮して動かせ。いずれは、わが軍の有力な部隊にしたい」

「どれほどの数を、殿は見込んでおられますか？」

「わしが襄陽の城に立った時、全軍を五万としたい」

「二万を、投降させた上でこちらに加えるのですね」

「投降者の見きわめを、慎重にやれ。かりそめの投降をしている者は、その指揮官の首を刎《は》ねろ」

「わかりました。形勢を見ていて、加わってくる者が、やはり二、三万はいると思うのですが」

「それは、別にする。形勢を見ている者は、それが習い性ともなっていよう。ひとりひとりを吟味《ぎんみ》して、別々の部隊に加えていかなければならん。時がかかる」

「荊《けい》州全体で、どれぐらいの兵を殿は得るおつもりですか？」

「袁術《えんじゅつ》がいなくなって、十万というところかな」

「妥当なところでしょう。無理をして兵を徴発《ちょうはつ》すれば、いたずらに流民《るみん》を増やすこととなります」

「荊州《けい》で、五年兵を養う。北に対抗できる力を、それで得ることができるだろう」

「北は、これからもっと疲れます。潰《つぶ》し合いをしなければなりませんから。それに、叛乱にも苦しむはずです。北の覇者は、やはり袁紹《えんしょう》というところでしょうか?」

「どうだろうな。まだ見えん」

「長安《ちょうあん》は、少しずつ衰えていく、と私は思っています。董卓《とうたく》が善政《ぜんせい》をしているのならともかく、あの悪逆《あくぎゃく》ぶりでは。北と南の覇者が、この国の覇権を争うということになるのではないかと思います」

益州《えき》がどう出るのか。この国が新しいものになった時、益州だけは切り離されているのか。

四囲を嶮岨《けんそ》な自然の要害《ようがい》で守られた益州は、広大で肥沃《ひよく》で、そこだけでひとつの国になり得るとも思える。まだ、益州にまで眼《め》をむけられるような状態ではなかった。

とにかくこの戦に勝たないかぎり、自分の生涯は南方の雄《ゆう》という言葉だけで終るだろう、と孫堅《そんけん》は思った。

夜襲は、やはりその夜だった。

大きな混乱は起きなかった。夜襲と呼び交わす声が、陣内に谺《こだま》しただけである。

「二千ほどを捕えました。江夏《こうか》郡の兵であろうと思います。孫郎《そんろう》は立派なものです。二千を充分に陣内に引きこみ、暴れる暇も与えず包囲されているとさとらせました」

報告する韓当《かんとう》の顔が、燭台《しょくだい》の明りの中でゆらゆらと揺れているように見えた。

「その二千を、先頭で走らせたらよかろうと思います」

「それで、敵の陣の緩《ゆる》いところを見きわめようというのか？」

「殿は、そのような悠長《ゆうちょう》なことはなさいますまい。孫郎は、兵の拙速《せっそく》ということについては、まだわかっておられません。無理もありませんな。実戦でしか、知ることのできないことですから」

「よし、夜明けに、攻撃をかける。今夜は、もう兵には眠らせるな」

孫堅は、従者を呼んで鎧《よろい》を着こみ、赤い幘《さく》も被《かぶ》った。

風もない。馬を移動させる気配。兵が動いていく気配。眼を閉じた。敵の陣形が頭に浮かんできた。自分で城壁をよじ登って闘っていたころから、何年が経《た》ったのか。

「策《さく》を呼べ。旗本《はたもと》も集結させよ」

従者が飛び出していく。策は、すぐにやってきた。

「陣屋の外に、旗本は集まっております。捕えた二千は、すでに程普《ていふ》殿の先鋒《せんぽう》の前に配置されています」

「そんなことはよい。部将たちがやることだ。大将は、その部将を見ていて、兵の状態までわかるようにならなければならん」

「はい」

「策よ。すぐに戦だ」

「敵の陣の弱点も見きわめずにですか？」

「見きわめた瞬間に、敵を攻める。よいか、戦には順序が必要な時と、瞬時の決断が必要な時がある。大将の仕事は、まずそれだ」

「父上」

「なんだ？」

「ありがとうございます。はじめて、戦について教えていただきました」

孫堅《そんけん》は、ちょっと横をむいた。策に礼を言われて、照れたような気分になったのだ。

「旗本を使う機。これもある。旗本を使うということは、大将自身が敵中へ斬りこむということでもある」

策が頷いた。

「戦に酔ってはならん。わしが摑《つか》む機を、おまえはそばで見逃さないようにしていろ」

「はい」

初陣《ういじん》で緊張しているのは、策ではなく自分の方かもしれないと思い、孫堅は思わず苦笑した。

韓当《かんとう》が入ってきた。行こうか、と孫堅は策に声をかけた。

旗本が、すでに乗馬して並んでいる。策と轡《くつわ》を並べて、孫堅は進みはじめた。薄明である。原野の稜線《りょうせん》、樹木のかたち、敵陣の位置。それが、なんとか見てとれるほどだ。

韓当が、確認するようにもう一度陣備えを説明した。伝令の兵が、五十名ほどそばについている。

敵陣まで五里（約二キロ）。

三里は、静かに進んだ。二里のところで、孫堅は全軍を止めた。敵の旗。はっきり見える。旗の字も、読みとることができる。

「行け」

孫堅《そんけん》は低く言った。捕えてあった二千の敵兵が、一斉に走りはじめる。その後ろに、自軍の二千の歩兵がいて、両翼には程普《ていふ》の騎馬隊が進んでいる。

声があがった。逃げる敵兵は、自軍に飛びこめば助かると思っている。だから懸命に駈《か》ける。懸命に駈ければ駈けるほど、敵は圧力を感じる。

矢で倒されはじめた。ほとんどが、捕えた敵兵だ。孫堅は、敵陣に眼を注いでいた。前線の敵兵の中に、射ているのが味方だと気づく者が出はじめた。矢を射るのを、止《や》めようと叫んでいる。しかし、すべてには伝わらない。

両翼が、逸《はや》っていた。動きの悪いのは中央で、多少混乱もしはじめている。

「程普の騎馬隊を、右翼に突っこませろ」

敵の精鋭がいる場所だった。

合図の旗が振られた。程普の動きは速く、騎馬をひとつにまとめると、矢のように敵の右翼に突っこんでいった。中央でも、歩兵がぶつかりはじめた。左翼が逸り、苛立《いらだ》っている。程普の騎馬隊は、突っこんでは退《ひ》くことをくり返した。

「よし、第二段。中央を押せ」

第二段の五千ほどの歩兵が、喊声《かんせい》とともに突っこんでいく。すぐにぶつかった。中央が混乱する。押しこみはじめている。そばで、策《さく》が唾《つば》を呑《の》みこむ気配があった。敵の左翼は、まだ耐えている。

「黄蓋《こうがい》。中央を騎馬で突き破れ」

一千ほどの騎馬隊が、一斉に駈け出していった。左翼。動いた。ついに、こらえきれずに動き、黄蓋を遮《さえぎ》るように出てきた。

「第三段」

孫堅は、歩兵を三段に構えていた。残るのは、韓当《かんとう》の騎馬隊と旗本《はたもと》だけである。策が、鞍《くら》から身を乗り出していた。

第三段が突っこんだ段階で、敵の中央は崩れ、潰走《かいそう》しはじめた。両翼の騎馬隊が、ひとつにまとまろうとしている。それを、程普と黄蓋が巧《たく》みに遮っているが、数が少なく、押され気味だった。

「韓当、右翼の騎馬隊の背後に回れ。程普も黄蓋も一緒になるように合図を送れ」

韓当が駈けはじめた。右翼の騎馬隊が、背後から突き崩される恰好《かっこう》になった。逃げる方向に、左翼の騎馬隊がいる。敵もひとつ、味方もひとつの騎馬隊になった。歩兵は潰走しているが、騎馬隊が立ち直れば、そこで踏みとどまるだろう。三人の騎馬隊が、押された。敵の騎馬隊に、いくらか勢いがついた。

孫堅《そんけん》は、剣を抜き放った。策《さく》も、素速く剣を抜いた。突っこめと叫ぶ代りに、空にむけた剣を前方に突き出した。駈けていた。五百騎の旗本《はたもと》。三人の騎馬隊が踏張る。敵は、背後からの五百に気づいたが、押しきれないでいる。

ぶつかった。五人、六人と、孫堅は馬から斬り落としていった。騎馬隊が、耐えきれず横に逃げはじめた。これで、歩兵とは離れすぎるほど離れる。

三人の騎馬隊が、追い討ちをかけはじめる。敵の騎馬は散った。原野には、数百頭の主を失った馬が、どこへ走りようもなくただじっとしている姿があった。

すでに、すっかり明るくなっている。

旗本の五百騎は、その場で小さくかたまっていた。策が、肩で息をしている。返り血は浴びているが、手負ってはいないようだ。

歩兵も、追い討ちに移っている。孫堅は、小さく固めたまま、旗本を二里ほど前進させた。

「敵は、樊城《はんじよう》に逃げこみはじめました」

歩兵から、伝令が来た。

「駈けるぞ。追撃中の騎馬隊も、われに続くように伝えろ」

旗本が、ひと塊《かたまり》になって駈けた。策はそばにいる。樊城が見えてきた。まだ、敵兵が逃げこんでいる。

突っこんだ。ひと揉《も》みだった。樊城を捨てた敵兵が、後方の鄧城《とうじょう》に拠《よ》ろうとした。

「西をあけろ。あとは城内に突っこめ」

策が、孫堅の前を走っている。追撃中だった三人の騎馬隊も、二十騎、三十騎とまとまって追いついてきた。

鄧城の中が、あっという間に血の海になっていく。西の門や城壁から、敵はただ逃げるだけだった。

さらに揉みあげた。

襄陽城《じょうようじょう》まで逃げた敵は、多分半数の二万ほどだろう。

全軍を止めた。韓当《かんとう》が、すぐに包囲の配備を決めた。

速やかに、陣屋が造られた。兵も、交代で兵糧をとりはじめる。ようやく、夕刻近くになっていた。

三人の部将は、慌《あわただ》しく駈け回っている。すぐに、損害の報告が入った。歩兵三百。騎馬八十。死者の数である。手負いは、これから調べていく。

「敵は、三千ほどの屍体《したい》を残しています。いま、馬を集めているところですが、投降した者もすでに五千に達しています」

韓当《かんとう》が報告に来た。

死者はあと一千、投降者も二、三千は増えるだろう。

「緒戦《しょせん》には、勝った」

策《さく》を見て、孫堅《そんけん》は言った。

「これから、しばらく時をかけて、襄陽城《じょうようじょう》を抜く。こういう包囲戦が、ほんとうは厳しいのだぞ」

「戦をしました」

策が、孫堅の眼を見つめて言う。

「生まれてはじめて、ほんとうの戦。そして、孫家の戦を」

「よく耐え、よく動いた。これからは、実戦を積んで、自分の戦を作りあげることだ」

策が頷《うなず》く。

ようやく、外は陽《ひ》が暮れてきたようだ。

5

攻囲《こうい》は、十日に及んだ。

兵は倦《う》みはじめる。まして、兵糧はたっぷりあり、敵は矢の一本も射てくるわけではないのだ。

孫堅は、旗本《はたもと》を百人単位で連れ出しては、近くの丘陵《きゅうりょう》で訓練をした。騎馬隊の動きは、全員がある程度以上の技倆《ぎりょう》を持っているかどうかで決まる。最も力量の劣っている者に、動きを合わせるしかないのだ。

五百の旗本は、選び抜いていた。それでも、技倆の差は出る。百名を十隊に分け、交差させながら走らせる。ひとりが遅れると、全体の交差がうまくいかなくなるのだ。

黄蓋《こうがい》が考え出した訓練方法だったが、これが意外によかった。夜明けから日暮れまで同じことをくり返していると、乗っている者は自分がなにをやっているのかもわからなくなってくる。そのくせ、動きはちゃんとしているのだ。

これが、戦場に出た時に役に立つ。ほとんど無意識に馬を操りながら、敵の攻撃を避け、自分の攻撃の機を作ることができるようになるのだ。人馬一体。そうなるためには、やはり一日じゅう乗っていることだった。

人馬一体という感じを一度摑《つか》むと、人も馬も変ってくる。

「どう見る、策《さく》？」

さっきから、遅れている者がひとりいた。一度や二度でなく、何度くり返しても遅れるようになったのだ。苛立《いらだ》つ者が、何人か出てきた。そちらの方は、いくらか速くなってしまう。それでまた、隊列は大きく乱れる。

「この訓練の意味は、なんとなくわかります。しかし、どうすれば乱れないようになるのかは、わかりません」

隊列が乱れると、何度でも根気よくやり直させる。夕刻までそうしていると、全員の動きがなぜか合ってくるのだ。

「とにかく、いつまでも乗っているしかないのですね」

策は五歳から馬に乗っているが、人馬一体という感じをわかってはいなかった。技倆《ぎりよう》は、旗本《はたもと》の誰と較《くら》べても劣らない。

戦場では、技倆よりも、人馬一体という感じの方が、命を救う場合が多かった。陣営へ戻ると、百人は大抵その場で座りこむ。疲れのあまり、眠ってしまう者もいるほどだ。朝から夕刻まで、戦場で武器を振り回していた方が楽だ、と言う者もいる。

自分の旗本は最強でいてほしい、という思いが、孫堅《そんけん》を訓練に駆《か》り立てていた。どんなに隊列が乱れても、苛立ちは抑える。声も出さない。ただ、じっと見つめている。

策には、それがつらいことのようだった。無意味に思える。その無意味さの先に、なにかあることを孫堅は知っていた。

いまは、丘陵の斜面でその訓練をしている。平地よりはずっと難しかった。斜面がどちらむきであろうと、同じ速度で駈けなければならないからだ。

ほかの兵も訓練を怠ってはいないが、旗本ほど厳しくはなかった。

攻囲中である。訓練にも限度があった。旗本を百人ずつというのは、四百は陣にはりつけておきたいからだ。攻囲が十日ともなると、城内でもなにか考えはじめる。

劉表《りゅうひょう》には勝てる、と孫堅はもう確信していた。これからは、奇策に嵌《はま》らないようにすることだった。そのためには、構えを崩さなければいい。攻囲に隙《すき》はないはずだった。しっかり構えて動かなければ、結局敵も動きようがなくなるのだ。

間者《かんじゃ》は、送りこんであった。その間者とも連絡ができないほどの、厳しい囲みになっている。音《ね》をあげるまで、あと十日というところか。劉表《りゅうひょう》が援軍を頼むとしたら、袁紹《えんしょう》しかいない。袁紹の動向もすぐわかるように人を出してあるが、援軍依頼の使者さえも城からは出ることができない。

十三日目の深夜だった。

いきなり城門が開き、一万ほどの軍が飛び出してきた。それは、想定してあったことだ。苦しくなって決死の軍を城外に出してくるというのは、想定の中でも一番あり得ることのひとつだった。

一万という兵の多さが、劉表の覚悟を感じさせた。城門の指揮は程普《ていふ》であり、出てきた一万を包みこむようにして城から離し、伝令を出してきた。黄祖《こうそ》の軍だった。

旗本《はたもと》を出動させた。程普は、黄祖を谷あいに追いこんでいる。ただ決死の軍なので、まともにぶつかれば、こちらも犠牲が大きい。まず矢を使い果させ、次に騎馬で突き崩す。多少、時はかかってもいいのだ。

「策《さく》、旗本の半分を指揮してみろ。わしが、残りの二百五十を動かす」

策の表情が、精悍《せいかん》なものになった。闘志が漲《みなぎ》ったいい顔だ、と孫堅《そんけん》は思った。

韓当《かんとう》と黄蓋《こうがい》には、囲みをさらに固めさせた。

黄祖が、決死の一万で外を駈け回り、攻囲を乱れさせる。攻囲に隙が出たところで、城内の全軍が出てくる。敵が最後の力をふりしぼった時の動きだった。攻囲をさらに厳しくし、一万を引き離してしまえば、敵は動きようがなくなるのだ。

「一万を蹴散《けち》らせば、勝利を摑んだのも同じことだ。黄祖の首を取る。それを城門の前に晒《さら》す。それで城内の意気は挫《くじ》ける。わかるな、策。それから、仕上げの攻めだ」

　二隊に分けた旗本を、黄祖を追いこんだ谷あいまで駈けさせた。朝の光が、かすかに湿った土に降り注ぎ、別のもののようにきらきらと輝かせていた。潑剌《はつらつ》として、策は先頭を駈けている。孫の文字の旗が、生きもののように音をたてている。

「騎馬の二千のうち、五百は倒しています。懸命に駈け抜けようとしましたが、八里(約三・二キロ)先に伏せていた別働隊が、完全に先頭を遮りました」

　程普が、落ち着いた口調で報告する。

「この谷に追いこんだ時は、騎馬も歩兵も入り混じっていて、ほとんど軍の態《てい》をなしておりませんでした。ようやく陣形を組みましたが、すでに決死の覚悟は潰《つい》えているようです」

　陣には、放つ気というものがある。いまの谷の敵は、弱々しい気しか放っていない。攻囲の軍を掻《か》き回すという、最初の目的はもう潰えてしまっているのだ。

「攻囲の方は、どうなのでしょうか？」

「投降した者を、黄蓋《こうがい》が編成し直して、攻囲に加えている。朝になれば、攻囲がさらに厳しくなっているのを、劉表《りゅうひょう》は知るだろう」

「最後の詰めかもしれませんな、これが。矢は、ほとんど射尽させています。背後の山にも一隊を回してありますので、逃げおおせる者の数は、二千いるかどうかだと思っています」

「殺し尽そうとは思うまい。荊州《けい》は、われらが拠《よ》って立つ地となる。そこの兵だ」

「はじめだけですな」

「手強《てごわ》いところに、策《さく》を当てる」

「孫郎《そんろう》（若君）を？」

「策は、自分がどういう敵に当てられているのか、見きわめるぐらいのことはできそうなのだ」

「なるほど。わかりました」

騎馬と歩兵の隊長たちを呼んだ。旗本《はたもと》の二隊の隊長は、孫堅《そんけん》と策である。

それぞれの役割を決めた。自分が強敵に当たることを知って、策の表情はさらに闘志を漲らせたものになった。

「行くぞ。敵が必死の軍だということを忘れるな。策、死んでこい。死んでのち、生きて戻る。戦とはそういうものだ」

「はい」

策が、落ち着いた仕草で、部下に指示を与えはじめた。

策の手があがる。それが振り降ろされた時、二百五十騎が一斉に駈け出していた。敵の前衛。これはと思わせるところが、一カ所ある。策はそこに、騎馬を縦列にして突っこんでいった。ぶつかると、すぐに返す。長い鞭《むち》で、打ってでもいるように見えた。それを二度くり返し、三度目には二百五十騎が一団となって突っこんだ。崩れはじめた敵を、策は無理に押そうとはしなかった。退いては寄せる。一団となったかと思うと、また長い鞭のような隊形にする。

「見事です。一兵も損じていない」

程普《ていふ》が言った。土の塊が少しずつ削り取られるように、敵は崩れはじめていた。

孫堅は、自分が率いている二百五十騎を前に出した。鞭のような攻撃が去ったあとに、一丸となって突っこむ。退くと、策の鞭が代わる。二倍になった攻撃の数が、三倍、四倍の圧力を敵にかけているのがわかった。程普の軍が、両脇から突撃の態勢をとっているので、ほかの敵は動けずにいる。

一番強固だと見えたところが、大きく崩れはじめた。孫堅《そんけん》は、策《さく》と一体になって、五百騎でそこへ突っこんだ。完全に敵は崩れ、五百騎は敵中深くまで突っこんだ。

程普《ていふ》の、総攻撃がはじまった。すでに後方の敵は、山へ駈けあがるようにして逃げている。

戦闘というより、残敵の掃討という感じになってきた。土煙《つちけむり》に包まれていた谷あいが、少しずつ静かになり、やがて視界もよくなった。

倒れている敵兵の姿があるだけだ。程普は、全軍で追い討ちをかけ、すでに後方の山を越えようとしていた。

「隊伍《たいご》を整えさせろ、策。旗本《はたもと》の全軍を率いて、おまえは攻囲の軍に戻れ」

「はい。父上は、どうされます？」

「よい。行け。勝って驕《おご》るな、策よ」

「わかっております」

策が笑った。ほめる言葉を抑えて、孫堅はそう言ったのだった。『孫《そん》』の旗を掲げた五百騎が、整然と進みはじめる。孫堅は、それを眺めていた。離れたところから、策が率いる旗本を見てみたくて、先に行かせたのだ。

俺は恵まれている。旗本が遠ざかっていくのを眺めながら、孫堅はそう思った。

あの息子がいれば、荊《けい》州は任せられる。その間に、自分は揚《よう》州を奪《と》ればいい。荊州と揚州から北へ攻め上るまで、それほどの時は要しないかもしれない。

晴れた日だった。孫堅は、遠い地平に眼《め》をやった。あの地平のむこうに、さらなる地平がまたある。地平をきわめることなど、ないのかもしれない。

それでも、地平をきわめようと前へむかって駈ける。

これが、男ではないか。生きているということではないか。

馬の首を二、三度叩いた。それから、去っていった旗本のあとを追おうと、手綱を動かしかけた。

なにかが、躰《からだ》を貫いていった。背中から胸へ。光か。そう思った。光に貫かれたような気しか、しなかった。

相変らず、地平が見えていた。それが歪《ゆが》んだ。それから、また自分が目指している地平になった。あそこにむかって駈ければいい。ひたすら、駈け続ければいい。

空を見たいと思った。首が持ちあがらなかった。

なぜか。なぜかはまったくわからないが、自分がいま死のうとしているのだということを、孫堅ははっきり感じた。

三国志の日々

書いている世界が狭い、と何度か感じた。

現代小説を書いていて、ハードボイルドに限定すると、リアリティがやや窮屈になる。銃撃戦など現実ではほとんど起き得ないので、それにリアリティを持たせるために、かなりの紙数を費《つい》やさなければならなくなる。ハードボイルドではない現代小説でも、やはり時間がリアリティを蚕食《さんしょく》してくる。公衆電話を捜して夜中に街を駈《か》け回ることなど、リアリティを持っていたのは、せいぜい二十年前までだろう。

そこで私は、時間を飛ぶことを考えた。未来へ飛ぶ感性はないので、過去へ飛ぶことにした。つまり、歴史の中に、小説の舞台を求めたのである。

それは、最初はうまく行った。歴史の中には、無数と言っていいほどの、事件があるのだ。それも頭で考えただけのことではなく、実際に人間が引き起こしたものだ。それに小説的な考察を絡めると、充分に面白い物語が立ちあがってくるのである。大いなる可能性を感じながら、私はかなりの数の歴史時代小説を書いた。

歴史には、正史《せいし》というものがある。つまり公的に記述されたものである。しかしそれが、すべての歴史というわけではない。公的な立場の都合不都合などがあっただろう。そこから排除されたもの、無視されたものも、しかし人はさまざまなかたちで残している。たとえば民話などがそうだと言える。そういうものをひっくるめて、稗史《はいし》という。

正史と稗史の間で、小説は自由に飛翔することができる。私はその可能性を信じたいと思った。しかし、私が中心的に書こうと思っていた時代が、かなり窮屈であるということがわかってきた。具体的には、南北朝《なんぼくちょう》時代である。そこで大きな物語を構想しようとすると、どうしても皇国史観《こうこくしかん》というものにぶつかってしまう。私は、それに対して立場を持っていなかったが、描写するだけでも、相当の注意が必要だったのである。自由に飛翔するのは、困難であった。

私は、五本ほどの長篇《ちょうへん》を書いてから、停滞し、他《ほか》の時代に眼《め》をむけて書くようになった。翼がないことが、どこか不本意でもあった。

そういう時、私の耳もとに悪魔の囁《ささや》きを流しこんできた人物がいる。その人物は出版人で編集者であり、しかも一流の表現者でもあった。仕事では、鉈《なた》のような資質の見せ方をしていたが、時に、日本刀の姿が垣間《かいま》見えることもあった。

角川春樹氏である。

囁きは、おまえのぶつかっている皇国史観を、まったく気にせずに書けるところがある、というものだった。つまり、『三国志』を書けというのだ。その時の囁きは鉈でも日本刀でもなかった。かすかに頬《ほお》を撫《な》でられた。そんな感じだったが、斬《き》られていた。出血し、血が顎《あご》の先から滴ってきたのである。剃刀《かみそり》が走ったということだろうか。

痛みさえも感じず、私は自分の血に驚愕《きょうがく》して、書くことを引き受けていた。

それからが、大変であった。私はじっくりと調べ、五年後あたりで書きはじめようと思ったが、いますぐ書けと言いはじめたのだ。いますぐというのはさすがに無理だが、それに近いタイミングで書きはじめた。しかも、二ヵ月に一冊の書き下しという、苛烈《かれつ》な出版スケジュールであった。

押し切られて、受けたわけではない。提示された話の中で、なにか物語の地平のようなものを、私は感じ取ったのである。そちらへむかって歩けば、やがて地平が見えるのではないか。見えたら、そこにむかって自由に翔《と》べるではないか。

『正史三国志』を読み、周辺の資料に当たったが、実際に書くというのは、調べ尽してほとんどを捨てるところからはじまる。そんなことをしている余裕はなかった。

二ヵ月に一冊の書き下しで、しかも私はほかの連載を何本か抱えていた。書きながら調べる、という日々が続いた。

そんな中で、立ちあがってきた人物のひとりに呂布《りょふ》がいた。義父二人を殺した、三国志上の極悪人である。しかし、列伝の中の呂布伝だけでなく、ほかの人物の列伝の中にも登場する呂布は、どこかかわいげもあった。曹操《そうそう》に追いつめられて死ぬが、最後まで五、六百人の部下がついていた。

この呂布を、角川春樹のように書いてやろう、と私は思った。もとより小説で、呂布に角川春樹を仮託できるものが、多くあるわけではない。ちょっとしたところで、殺人的に忙しい日々に私を追いやった男に、はらいせでもしてやろうという気分だった。角川春樹は極悪人とは言わないまでも、当時、世間から指弾される立場にいた。

ところが、書いていくうちに、呂布は次第に別の男へと成長をはじめたのである。おい、待て、呂布。おい、呂布。書きながら、私はそう呟《つぶや》き続けていた。

そのあたりから、角川春樹とはちょっと離れてしまっただろうか、私の書く三国志の登場人物の中で、最も人気のあるひとりになったのだ。史実で死ぬと知っている読者の方たちから、助命嘆願まで届くほどであった。

そんなふうに、私の三国志の日々は、二年ちょっと続いた。たったそれだけの時間だったのかと、いまふり返って驚くほど、私にとっては濃密な日々だった。

小説がどんなところからできるのか、考えると不思議である。読者の支持が急増したのは、呂布の光芒《こうぼう》を描きはじめた時であった。悪人呂布に角川春樹のなにかを重ね合わせようと考えなかったら、呂布はこれほど成長し変貌《へんぼう》することはなかったかもしれない。

それらを考え合わせると、やはり縁とは不思議なものである。

世間から指弾され、追いつめられるような立場にいなかったら、角川春樹の要求は、これほど苛烈なものではなかっただろう。書くことは引き受けても、私はもっとのんびりしていたはずだ。

そして、苛烈さに音を上げないために、ちょっとしたはらいせを考える、ということがなかったら、あの呂布は生まれなかった。

人間には、潜在能力というものがある。それは多分、ぎりぎりの場面で出てくるものだ。あの時の角川春樹はぎりぎりのところに立っていて、ちょっとあり得ないような、囁きのひと言を、全存在の中からしぼり出した。そして引き受けた私は、苛烈な要求を満たす過程で、次々に新しい人物像を生み出すことができたのかもしれない。

ものが創《つく》られる、できあがるという時は、決してひとりではないのだと、いまふり返っても、しみじみと思う。

まことに幸甚なことに、この『三国志』は、長年、読者の支持を受け続けた。そして、その支持が、まだ拡がり続く、という気配を感じられる。

作家として、これほどの本望があろうか。

時代小説文庫
き 3-41

三国志《さんごくし》 一の巻《いちのまき》 天狼《てんろう》の星《ほし》（新装版）

著者　北方謙三《きたかたけんぞう》

2001年6月18日第一刷発行
2023年6月18日新装版第一刷発行

発行者　角川春樹

発行所　株式会社 角川春樹事務所
〒102-0074 東京都千代田区九段南2-1-30 イタリア文化会館

電話　03(3263)5247［編集］　03(3263)5881［営業］

印刷・製本　中央精版印刷株式会社

フォーマット・デザイン＆シンボルマーク　芦澤泰偉

ISBN978-4-7584-4567-2 C0193

http://www.kadokawaharuki.co.jp/［営業］
fanmail@kadokawaharuki.co.jp［編集］ ご意見・ご感想をお寄せください。